Nicola Förg ist im Oberallgäu aufgewachsen und studierte in München Germanistik und Geographie. Sie lebt mit vielen Tieren in einem vierhundert Jahre alten denkmalgeschützten Bauernhaus im Ammertal. Als Reise-, Berg-, Ski- und Pferdejournalistin ist ihr das Basis und Heimat, als Autorin Inspiration, denn hinter der Geranienpracht gibt es viele Gründe zu morden – zumindest literarisch. Im Emons Verlag erschienen ihre Kriminalromane »Schussfahrt«, »Funkensonntag«, »Kuhhandel«, »Gottesfurcht«, »Eisenherz«, »Nachtpfade«, »Hundsleben« sowie die Katzengeschichten »Frau Mümmelmeier von Atzenhuber erzählt«.

Dieses Buch ist ein Roman. Handlung, Personen und manche Orte sind frei erfunden. Ähnlichkeiten mit lebenden oder toten Personen sind rein zufällig.

NICOLA FÖRG

# Markttreiben

OBERBAYERN KRIMI

Weinzirls achter Fall

emons:

© Hermann-Josef Emons Verlag
Alle Rechte vorbehalten
Umschlagzeichnung: Heribert Stragholz
Umschlaggestaltung: Tobias Doetsch
Druck und Bindung: CPI – Clausen & Bosse, Leck
Printed in Germany 2011
Erstausgabe 2010
ISBN 978-3-89705-786-9
Oberbayern Krimi
Originalausgabe

Unser Newsletter informiert Sie
regelmäßig über Neues von emons:
Kostenlos bestellen unter
www.emons-verlag.de

*»Der Neid isch was Greißlichs.«*
(Irmi)

# Prolog

*Die Atemlosigkeit des Denkens,
auf den Gletscherwiesen,
ohne Beweis.*

Langsam stieg er in diesem steilen Hang. Er hatte seinen Rhythmus gefunden, und seine Atmung ging regelmäßig. Er liebte die Passagen, in denen er einer Flanke seine Spur einbrannte, seine Zickzackspur, die bleiben würde, bis die gleißende Sonne sie verwischt oder Neuschnee sie zugedeckt hätte. Spuren auf Zeit. Lebenslinien auf Zeit. So vergänglich. Er war fast traurig, als er an die Kante kam, wo es flacher wurde. Er musste die Bindung umstellen, er hatte seinen Rhythmus verloren. Er mochte diese flachen Passagen nicht, die doch nur einen langen Hatsch bedeuteten. Auch mochte er solche Stufen nicht. Er wäre lieber weiter steil bergan gestiegen, auf der Direttissima. So lebte er auch. Aber um den Gipfel zu erreichen, blieb ihm nur diese Route über lange Flachstücke, über nervige Verzögerungen auf dem Weg zum Allerhöchsten. Der Schatten zog herein, noch stand die Sonne zu tief; es war zu früh, um den ganzen Berg zu erhellen. Endlich, das letzte Steilstück, er legte den Kopf in den Nacken. Er lächelte. Zum ersten Mal seit Tagen lächelte er wieder. Zum ersten Mal, seit er das Unglaubliche erfahren hatte. Er zog Harscheisen auf und trat an. Diese letzte Passage war eigentlich viel anstrengender als alle vorhergegangenen Teilstücke. Aber nun pendelte sich seine Atmung wieder ein, er ging fast schwerelos und erreichte den Grat. Zog die Ski ab und stapfte in seinen Tourenstiefeln zum Gipfel. Er war allein, die Gunst der frühen Stunde.

Weiße Eisberge staken heraus aus einem Meer in Gebirgsblau. Es war wirklich sehr früh, noch im Dunkeln war er losgegangen. Ein leiser Wind war aufgekommen, er runzelte die Stirn. Es hatte viel geschneit in den letzten Tagen, heute war der erste Tag, der in gleißendem Sonnenlicht erstehen würde. Sie hatten ihn gestern noch gewarnt, seine Kumpels vom Alpenverein, weil sie der Meinung waren, der Neuschnee würde sich nicht verbinden mit dem Untergrund. Sie, seine sogenannten Freunde! Wenn sie wüssten, wären sie kaum mehr seine Gefolgschaft. Schon jetzt hatte er genug Neider, aber er hatte sie bisher mundtot machen können durch seine Leistung, durch sein sicheres Auftreten. Und durch seine waghalsigen Aktionen.

Er lachte kurz auf, das Leben war Risiko, seines war jeden Tag Risiko, und da wollte er sich wegen einer Lawinenwarnstufe grämen! Er kannte diesen Berg wie keinen anderen, sie hatten sich bekämpft, er hasste und liebte ihn. Er hatte lange Jahre gebraucht, bis er so entspannt wie heute auf dem Gipfel stehen konnte. Er war atemloser gewesen, seine Muskeln hatten sich verkrampft. Aber er hatte viele Berge niedergerungen und seinen Körper. Heute war er am Zenit seiner körperlichen Kraft. Und den Rest würde er auch schaffen. Der Aufstieg hatte geholfen, hatte geholfen, den Kopf zu lüften, den ewigen Kreislauf schlechter Gedanken zu durchbrechen. Er hatte sein Shirt gewechselt, seinen Tee getrunken. Er zog die Eisen und die Felle ab, das war wie ein Ritual, eine kultische Handlung. Sorgfältig verstaute er alles im Rucksack, und dann kam der größte Moment. Er stieß sich ab. Der Schnee war bockig, Bruchharsch, er war gezwungen, zu springen mit zwei Stöcken, aber auch so etwas liebte er. Dann kam der Pulverschnee, watteweich, er musste gar nichts mehr tun. Nur einen ersten Schwung setzte er, alle weiteren waren ein Resultat aus diesem ersten. Sie geschahen einfach und schufen ein Kunstwerk. Ein perfektes Zöpfchenmuster. In einem flacheren Stück schwang er ab, sah bergwärts, was für eine Ebenmäßigkeit war das!

Dann hörte er das Grollen. Es schwoll an, und da war sie auf einmal, diese gewaltige Woge aus Schnee, die Riesenwelle, alle Macht der Berggötter gegen ihn winziges Menschlein. Man bleibt niemals in einem Flachstück stehen, dachte er noch und begann anzuschieben. Er kämpfte um jeden Meter. Er änderte seine Richtung, versuchte dem fauchenden Monster über die Seitenflanke zu entkommen. Immer noch atmete er normal. Das Grollen zerriss ihm fast das Trommelfell, dann fühlte es sich an, als würde ihm einer in die Kniekehle treten. Es wurde still. Sehr still. Er wusste nicht, wie viel Zeit vergangen war. Ein Gedanke ergriff ihn. Ein baumhoher Gedanke. Ein Gedanke, größer, als sein Gehirn ihn ertragen konnte. Ein Gedanke, den er niemals zuvor gedacht hatte. Aber jetzt, jetzt sprengte er fast seinen Kopf.

# EINS

*Wie viel, o wie viel
Welt. Wie viel
Wege.*

»Ich kann mir nicht helfen. Die hatten einen Wasserschaden, oder?« Jo verzog das Gesicht.
Evi grinste. »Meinst du? Eigentlich sieht das doch ganz authentisch aus.«
»Bitte?«
»So sehen eure oberbayerischen Höfe nun mal aus.« Evi gluckste.
»Jetzt kimm, du fränkisches Eternitplattengewächs, so sieht es höchstens bei den allergrößten Obergrattlern aus.«
»Zweierlei nimmt mich wunder.« Evi sprach betont gestelzt. »Dass du als Allgäuerin ›kimm‹ sagst und dass du wissen willst, wie es im wunderschönen Aischgrund aussieht. Du warst doch noch nie nördlich der Donau, du Allgäuer Schluchtenolm. Eternit, pah!«
Jo lachte, und beide wandten ihren Blick wieder der Szenerie zu. Jo und Evi waren beim Frühstücken im Café Central gewesen, hatten sündhaft geschlemmt und fanden sich nun eingekesselt zwischen VW-Bussen und einem Lkw, aus dem Menschen, Equipment und Klamotten quollen. Der ganze Hauptplatz war umstellt, die Action aber war am Keppeler. Die Nummer 16 des Keppeler Platzes war sozusagen maskiert. Einst war es ein harmloses Häusl am Biergarten gewesen, nun war es ein Bauernhaus. Oder besser das, was sich jemand unter Bauernhaus vorstellte. Überall lehnten Balken und Bretter, deren Bestimmung absolut nebulös war, an der Hauswand. Strohballen lungerten unsortiert, wie achtlos abgekippt, vor der Frontseite. Eine ganze Armada der übelsten Rostlaubenbulldogs – Jo fürchtete, dass der nur noch von Rost gehaltene Frontlader des einen International jeden Mo-

ment abfallen würde – stand kreuz und quer. Ein windschiefer Kaninchenstall komplettierte das Bild sowie eine Wäscheleine und einige alte Landwirtschaftsgeräte, Töpfe und Gießkannen, die sinn- und achtlos vor ebenjenem Hüttchen herumgammelten, das eigentlich der Getränkeausschank des Biergartens war.

»Ich sag's doch: Wasserschaden! Alles, was noch zu retten war, haben die vor die Tür gestapelt.« Jo schüttelte genervt den Kopf.

»Das mag dein Auge so sehen, der Herr Regisseur sieht in diesem Ambiente den Inbegriff des Bauerntums und Bayerntums.«

»Ambiente!«, schnaubte Jo. »Grattler, nur Grattler hausen so.«

»Hm, so gesehen zum Beispiel in Morgenbach, ich wüsste auch in Boschach ein schönes Exempel. Und noch ein paar Dutzend im ganzen Pfaffenwinkel. Du glaubst gar nicht, was wir bei der Polizei so alles an Ambiente zu sehen kriegen.« Evi lachte.

Ein Mann, der neben ihnen stand, mischte sich ein. »Sie haben ganz recht«, er nickte Jo zu, »so ein Schmarrn, und die Welt denkt, wir Bayern san alle Saubären.«

»Na ja, die Welt? Das wird ein windiges SAT.1-Filmchen, wenn das die Welt ist! Uns bleibt die Flucht zu ARTE und 3sat.« Evi lächelte.

Sie starrten weiter auf das grattlige Sammelsurium, und sie durften beobachten, wie die Schauspielerin nun schon zum zigsten Male die Wäsche abnahm. Plötzlich hatte der Regisseur die Eingebung, dass ein paar Hühner das Tüpfelchen auf dem i wären. Er scheuchte eine junge Frau los, Hühner zu besorgen.

»Puh, die beneide ich nicht um ihren Job!«, rief Jo. »Wo kriegt die denn mitten in Peiting Hühner her?«

»Beim V-Markt«, grinste der Mann.

»Leider aber aus der Tiefkühltruhe«, ergänzte Evi und lachte schallend.

Seit drei Wochen nun schon hatte das Filmteam die Marktgemeinde besetzt. Zahlreiche Statisten waren rekrutiert, Locations ausgelotet, wieder verworfen und ganze Straßenzüge und Häuser eben kurzerhand umgebaut worden. Da war der Orthopädieladen nun eben zu einer Trachtenboutique umgestylt worden – von den orthopädischen Strümpfen zu den Trachtenstrümpfen – Guildo Horn hätte seine Freude gehabt. Hinterher im Film würde das keiner merken. Auch nicht, dass die Statisten gewandet waren wie beim Oktoberfest; es gab Landhausscheußlichkeiten Marke Extrakitsch. Sehr apart war ein Mädel mit Zöpfen in einem Ultrakurzdirndl, das nach oben presste und nach unten Einblicke gab. Aber der Herr Regisseur hatte nun eben sein ganz eigenes Bayernbild, und das Einsetzen von ländlichen Symbolen gehörte wohl dazu.

»Wenn es bei mir so ausschaugn dat, dat i mi schama. Und wenn des mei Tochter wär ...«, sagte der Mann und ließ offen, was dann wäre. »Und jetzt noch Hühner!« Damit trollte er sich.

Jo sah ihm hinterher, dann auf die Uhr. »Ich muss ins Büro, ich bin bloß froh, dass die nun doch in Peiting drehen und wegen der Passion nicht in Ogau. So kann sich der Pfaffenwinkeltourismus damit rumschlagen und nicht ich.«

»Schlecht für euch, das ist doch eine super Werbung. Wenn da im Abspann dann steht: ›Wir danken den Ammergauer Alpen und der lieben Dr. Johanna Kennerknecht.‹ Nun danken die Peiting und dem Pfaffenwinkel.« Evi war heute so richtig gut drauf.

»Sollen sie, sollen sie. Ich verzichte auf diese Ehre, ich habe wegen der Passion genug am Hals, glaub mir. Da brauch ich nicht auch noch ein wild gewordenes Filmteam. Allmächt, wie man bei dir sagen würde.« Jo drückte Evi zwei Küsschen auf die Wange, und weg war sie.

## ZWEI

*Was geschah? Der Stein trat aus dem Berge.*
*Wer erwachte?*

Gerhard fuhr aus dem Schlaf hoch, er brauchte ein paar Sekunden, um die Stimme zu erkennen, die sagte: »Er sitzt im Foyer der Raiba, auf geht's, Weinzirl. Sie sind gefragt.«
Das war die Stimme von Baier, von seinem alten Kollegen und Vorgänger. Menschenskind, der gute Baier, wie oft hatte er ihn besuchen und in Baiers Hobbykeller mal wieder Bier und kubanischen Rum verkosten wollen. Aber er kam ja nicht mal dazu, Kontakte zu seinen engsten Freunden zu pflegen, sogar seine Vermieter nebenan sah er oft tagelang nicht.
»Baier, altes Haus! Das freut mich ja.«
»Schmarrn, Weinzirl. Das freut Sie nicht. Im Foyer, sag ich. Auf, auf!«
»Baier ...« Gerhard überlegte kurz, ob Baier womöglich senil wurde oder wunderlich oder beides. Er verwarf den Gedanken aber wieder. Selbst wenn der Rest der Welt dem Wahnsinn anheimfallen würde, Baier würde seine Klarsicht bewahren. Und sein brummiges Auftreten, hinter dem sich ein brillanter Beobachter und Kriminalist verbarg. »Baier«, hob er erneut an, »wer sitzt in welchem Foyer? Welcher Raiba?«
»Na, der Tote. Er sitzt in Peiting im Foyer der Raiffeisenbank. Sind Sie besoffen? Oder noch nicht wach? Jetzt schwingen Sie die Hufe.«
Zweierlei irritierte Gerhard: Baier sprach in ganzen Sätzen, was er selten tat, und »Schwingen Sie die Hufe« war so gar nicht sein Jargon.
Gerhard sah auf die Uhr. Baier war ein Witzbold. Es war sechs, es war ja noch nicht mal richtig Tag. Außerdem war Sonntag. War das eine Zeit für Tote? Und was hatte Baier damit zu tun? Er nahm einfach mal an, dass Baier zwar nicht dem Wahnsinn anheimgefal-

len war, aber doch an seniler Bettflucht litt. Denn wenn da einer tot war, würde der kaum töter werden. Gerhard hatte keine Lust, wie ein Fernsehkommissar zu den unmöglichsten Zeiten durch die Nacht zu pilgern. Auch er hatte so was wie Dienstzeiten.
Er sammelte sich langsam. Schwang die Beine zur Seite, während er versuchte, gleichzeitig das Handy festzuhalten. Es entglitt ihm. Er wand sich aus dem Bett; er war in dem Alter, wo der morgendliche Kreuzschmerz einen zu seltsamen Krabbeleien zwang, wo man seitwärts-auswärts robbte, weil das Kreuz energetisches Aufspringen sofort mit Höllenschmerz quittierte. Gut, er wollte sich schon länger mal 'ne bessere Matratze kaufen; der uralte Futon, den er nie aufrollte, war ein Bandscheibenkiller. Er fummelte nach dem Handy, aus dem Baier plärrte.
»Weinzirl? Weinzirl, sind Sie verstorben?«
»Nein, ich komm ja schon.«
»Gut, in zwanzig Minuten.«
Baier war ein Witzbold! Sollte er fliegen? Gerhard unterließ alle weiteren Fragen. Was Baier da eigentlich zu suchen habe. Ob denn keine Kollegen vor Ort seien. Was ein Toter in einer Bank mache. Das würde sich später klären, einen Baier ließ man nicht warten. Früher nicht und heute auch nicht. Gerhard schöpfte sich kaltes Wasser ins Gesicht, zog Jeans und T-Shirt an, stürzte zurück ins Bad, wo er schnell noch mit dem Deostick unter dem T-Shirt rumfuhrwerkte. Er griff sich eine Jacke und stolperte über Seppi, der ihn verschlafen ansah. Sein Blick war unmissverständlich: Spinnst du, weißt du, wie spät es ist?
»Kumpel, ich weiß, du brauchst deinen Schönheitsschlaf, kannst du nachher selber aufs Klo gehen?«
Wieder ein Mitleidsblick, der besagte: Ich bin schon groß, ich kann allein Pipi.
»Guter Bursche!« Gerhard stürzte über die Terrasse nach draußen. Seppi hob kurz den Kopf und sank dann mit einem Grunzen in sich zusammen.
Gerhard grinste. Mit diesem Hund hatte er das große Los gezogen. Seppi, eigentlich Sir Sebastian, war kein Kleber, der nicht allein bleiben konnte. Im Gegenteil: Der Irish-Wolfhound-Rüde war ein unabhängiger Geist, der gerne mal allein auf der Terrasse

saß und ins Land einiblickte. Er spielte auch begeistert mit dem Hund der Vermieter, drehte seine Runden in deren schier endlosem Areal und hatte keinerlei Ambitionen, zu jagen. Es war eher so, als schreite er nachdenklich durch seine Ländereien. In seinen Augen lag eine Spur des Unergründlichen, sein schräg gelegter Kopf machte aus dem Hund den Philosophen. Auch Gerhards Angst, dass er auf die Straße hinausstürmen könnte, hatte sich als unbegründet erwiesen: Er mied sie wie der Vampir das Licht oder den Knoblauch. Wilhelmine hatte ihm erzählt, dass er in Rumänien mal angefahren worden war, das hatte er sich wohl gemerkt. Wilhelmine, erst gestern hatte er mit ihr telefoniert. Wilhelmine, seine schöne Bekannte aus Brașov. Sein Magen machte ein kleines Hüpferchen, ein anderes Teil auch ... Das kam ihm alles vor, als wäre es Ewigkeiten her, dabei war es letzten Winter gewesen. Natürlich wollte er Wilhelmine besuchen, und natürlich hatte er sie eingeladen. Aber sie konnte sich das Ticket nicht leisten, und von ihm hätte sie nie ein Geschenk angenommen. Er hatte ihr sogar angeboten, dann eben kein Flugticket zu kaufen, sondern eins für den abenteuerlichen Bus, der von Rumänien nach Fröttmaning fuhr. Ein kalter, zugiger Busbahnhof in Münchens Norden, der nicht mal eine vernünftige Wartehalle oder etwas Gastronomisches dabeihatte. Und da stand man dann allein im Wind, und auf einmal kamen Autos von Abholern, und auf einmal kam auch der Bus relativ pünktlich, wo er doch fünfundzwanzig Stunden unterwegs gewesen war. Gerhard hatte mal einen Kumpel abgeholt – über Fröttmaning lag etwas Frustrierendes, da half die Allianz Arena nebenan auch nichts. Na ja, und Fußballergebnisse hatten ja auch oft was Frustrierendes.

Inzwischen durchfuhr er die gesperrte Straße Am Hahnenbühel. Nebel stieg aus den Wiesen, Herbstboten vor der Zeit und Ergebnis der Gewitterschauer, die an den Abenden aufkamen. Am Flugplatz stand wie immer das Wasser auf der Straße, an der Moosmühle glotzten ihn ein paar Kühe an, und in Fendt standen wie immer die Kaltblüter auf der Weide. Bei jedem Wetter, ohne Unterstand, Gerhard fragte sich jedes Mal, ob die bei Platzregen oder sengender Sonne nicht lieber in einem Stall wären.

Auch in Peißenberg war es noch still; ein, zwei Autos kamen ihm entgegen. Es schlug genau Viertel vor sieben, als Gerhard in Peiting vor der Raiffeisenbank parkte. Da war allerdings einiges los: ein Polizeiwagen, erste Glotzer, zwei Burschen in Trachtenornat und mit starrem Blick. Als er an ihnen vorbeiging, roch er den Alkohol, der sie streng umwehte. So als wolle der Dunst sie nicht loslassen. Und da war Baier.

»Gut schauen Sie aus, Baier«, sagte Gerhard.

»Sie nicht«, antwortete Baier und machte lediglich eine Kopfbewegung in Richtung Tür.

Gerhard grüßte die beiden Schongauer Kollegen, die am Fuße der Treppe standen, ging hinauf, Baier hinter ihm. Er betrat den Raum und sah sich um. Rechts ein knallroter Postkasten von allgäu mail, was immer das war. Er kannte nur die gute alte gelbe Post, die sich nach und nach aus den Städten geschlichen hatte und nun gerne in Getränkemärkten unterkroch. Es gab ein paar Aufsteller, einige Poster an den Wänden. Gerhard registrierte, dass die Tür unentwegt auf- und zuging. Er trat weiter in den Raum, vor ihm schirmte ein halbhoher Paravent den Geldautomaten ab. Zumindest nahm Gerhard an, dass sich der Automat da verbarg und damit die Milliardentransaktionen verdeckte, die der Peitinger so durchführte. Baier machte wieder eine Kopfbewegung, Gerhard umrundete die Holzbalustrade. Zwischen Geldautomat und Holzwand hing ein Mann. Vor ihm stand ein leerer Bierkasten. Eine Flasche schien seiner Hand entglitten zu sein und schwamm in einer Pfütze. Man hätte meinen können, der Typ wäre im Alkoholdelirium, was angesichts der Biermenge ja nicht unwahrscheinlich war. Wäre da nicht an seiner Kehle eine ungute Färbung gewesen. Ein blutunterlaufener Ring umgab seinen Hals.

Gerhard beugte sich hinunter. Der Typ roch ebenfalls sehr ungut, nach Alkohol und angetrockneter Kotze, die sein Hemd und die selbst gestickten Hosenträger befleckte. Er war erwürgt worden, keine Frage. Die Male ließen auf dünnen Draht schließen oder etwas Ähnliches. So wie er da in sich hineingesackt war, schien er auch wenig Gegenwehr geleistet zu haben. Kein Wunder bei dem ganzen Alk!

»An Derwürgten hatten wir schon länger nicht mehr«, brummte Baier. »Den letzten, kurz nachdem Sie hier aufgeschlagen sind, Weinzirl. Der Schnitzer am Döttenbichl.«

Der Schnitzer, ja. Der Viergesang, alle viere tot. Ein atonales Ende für die einst so harmonischen Sänger. Das war Gerhards erste Begegnung mit dem Oberland und seinen neuen Kollegen gewesen. Sein erster Fall, und in der Rückschau war das sein liebster gewesen. Wenn man bei Mord und Totschlag überhaupt Wertungen abgeben konnte. Aber vor vier Jahren hatte er Baier schätzen gelernt und den Mann leider an dessen Rentnerdasein verloren. Baier fehlte ihm, das traf ihn für den Moment wie ein Hammerschlag. Weil er seit Baiers Weggang einfach von zu vielen Weibern umgeben war, weil er keinen zum gemeinsamen Schweigen hatte. Generell waren ihm tote Männer lieber, tote Frauen oder gar tote Kinder erschütterten sein sonst relativ unerschütterliches Gemüt. Der hier war eindeutig ein Mann, ein übergewichtiger, gewamperter Typ, den der Erstickungstod ziemlich entstellt hatte. Allerdings wäre er ohne das Aufgedunsene wohl auch keine Schönheit gewesen.

Gerhard richtete sich auf.

»Okay, Baier, dieser Kamerad hier ist tot. Derwürgt, ohne Zweifel. Was macht er hier? Was machen Sie hier? Was haben Sie damit zu tun?«

»Erste Frage: Er war der Wächter. Zweite Frage: Der Winnie hat mich geholt. Dritte Frage: Ich bin überall, wo ich gebraucht werde.« Er lachte trocken auf.

Gerhard atmete tief durch. Es war kurz vor sieben Uhr. Da hing ein Trachtler mit vollgekotzten Hosenträgern über einem Bierkasten, eine Marke, die Gerhard überdies für unwürdig hielt. Davon musste einem schlecht werden, aber gleich sterben? Ein erwürgter Trachtler in einer Landraiffeisenbank, und der war ein Wächter gewesen? Er hatte gestern – seit langer Zeit mal wieder – mit Hajo, seinem Vermieter, gepflegt getrunken. Gepflegte italienische Weine, eventuell war eine der letzten Flaschen schlecht gewesen, aber so übel fühlte er sich eigentlich gar nicht. Wächter, Winnie, Baier?

# DREI

*Einen Tod mehr als du*
*bin ich gestorben,*
*ja, einen mehr.*

»Baier, auch auf die Gefahr hin, als begriffsstutzig zu gelten, ich bräuchte einen Kaffee und dann eine langsame, wohlformulierte Erklärung, die mein Hirn begreifen kann.« Gerhard fühlte sich schrecklich.
Baier schnippte zur Tür, und jemand von den Schongauer Kollegen reichte ihm eine Thermosflasche. Baier goss etwas in den Deckelbecher und reichte das Gefäß Gerhard. »Los.« Gerhard schluckte gehorsam, Baier beobachtete ihn streng, so wie seine Mutter weiland, als er Multi Sanostol hatte trinken müssen. Dabei hatte er nie so aussehen wollen wie der blonde Bub und schon gar nicht wie das Mädchen mit Prinz-Eisenherz-Ponyfransen und Pagenschnitt, das am Löffel rumgelutscht hatte. Die Kinder auf den Packungen, sie hatten sich in sein Gehirn gebrannt. Er schluckte nun artig – weder Lebertran noch Vitamine, sondern Kaffee –, und als er absetzte, füllte Baier den Becher erneut. Gerhard trank auch den aus: schwarz, bitter, greißlich und die Lebensgeister weckend.
Sein Blick schweifte erneut über die Wand, wo Immobilien angeboten wurden. Er blieb an einem Objekt hängen, einem Haus inmitten struppigen Grases, das aussah wie ein übrig gebliebener Schuppen in einer Industriebrache. Die Beschreibung besagte, dass man hier viel Gestaltungsspielraum habe. Na merci, dachte Gerhard. Immobilienmakler – auch ein toller Job. Dann wandte er sich wieder Baier zu.
»Der Wächter? Winnie und die starken Männer? Sagen Sie an, Baier, in welchem Film sind wir hier gelandet?« Irgendwie war ihm gerade etwas albern zumute. Konnte auch an dem Kaffee liegen.
»Mit Film liegen Sie richtig, Weinzirl. In Peiting dreht irgend-

wo eine Gesellschaft für SAT.1 'nen Film. Müde Handlung, aber egal. Und die Kameras der Crew wurden über Nacht von unserem Freund hier bewacht sowie von Winnie, der sich kurzzeitig absentiert hatte. Als er zurückkam, waren die Kameras weg und unser Freund tot.« Baier sprach leidenschaftslos.

»Und da Sie Winnie-wen-auch-immer kennen, wissen Sie auch, wer unser Freund da ist?«

»Sicher. Leo, Leonhard Lang.«

Sicher ... Das hatte Gerhard vermisst: Baiers unerschütterliches Gemüt. Seine Emotionslosigkeit. Das leise Unverständnis seiner Umgebung gegenüber, die ihm selten folgen konnte. Die etwas lautere Unwirschheit, die dann folgte, weil die Umgebung ihm wirklich nicht folgen konnte. Aber Baier schien gleichsam eine Läuterung durchgemacht zu haben. Denn er verstieg sich zu weiteren Erklärungen.

»Winnie Jörg ist der Sohn meiner Nachbarn. Er weiß, dass ich mal Polizist war, und wusste sich keinen andern Rat. Leonhard Lang ist ein Kumpel von ihm, beide beim Burschenverein, wiewohl Lang deutlich älter ist als seine Kameraden. Er geht auf die fuffzig zu. Aber Sie kennen das ja, Weinzirl: Burschenverein heißt ja nur, unverheiratet zu sein, und der glückliche Leo hat von der Ehe zeitlebens Abstand genommen.« Ein leises Lächeln huschte über Baiers Gesicht.

Trotz der Kaffeescheußlichkeit hatte Gerhard den Eindruck, dass sein Hirn immer noch nicht einwandfrei funktionierte. Wieso war Baier in Peiting? Wieso Nachbar? Aber Baiers Läuterung war gewaltiger, als Gerhard sich je hätte vorstellen können, denn Baier fuhr wieder ungefragt fort: »Erwähnenswert ist in dem Zusammenhang eventuell noch, dass meine Frau und ich nach Peiting verzogen sind.«

»Sie? Nach Peiting?«

Baier hatte Weilheim verlassen? Sein kleines Haus mit dem Hobbykeller? Die Bierkrugsammlung und den kubanischen Rum? Und seine Frau das großzügige Wohnzimmer, das ihr Raum gelassen hatte für ihre Ehrenamtsfreunde, für Yoga und anderen Unsinn, um den Körper in widersinnigen Bewegungen niederzuzwingen und dem Geist Flügel zu verleihen? Baiers Gattin, die alle

Räume nach Feng-Shui-Prinzipien hatte gestalten lassen und einen Rutengeher so lange durchs Anwesen gescheucht hatte, bis nichts mehr da gestanden hatte, wo es hingehört hatte? Sie hatte die beiden oberen Stockwerke besetzt gehalten, Baier seinen Rumkeller. Und dieses Idyll hatten die beiden verlassen?
»Jetzt schauen Sie nicht so, Weinzirl. Sie Allgäuer Berggams haben ja auch den Lech überschritten. Ihren persönlichen Rubikon. Ich wohne jetzt in einer aussichtsreichen Wohnung in der Schloßbergstraße und unsere Tochter mit der Enkelin gleich obendrüber.«

Die Tochter? War die nicht sonst wo gewesen, irgendwelche Ozeane zwischen ihr und Weilheim? Und nun lebten die alle in Peiting? Peiting, das Gerhard so naheging wie eine Supermarkttüte. War Baier jetzt zum Familienmenschen mutiert? Aber das fragte Gerhard natürlich nicht, zumal der erstaunliche Baier nämlich noch einen nachschob. »Ich bemühe mich neuerdings um korrekte Sprache, damit Nelly vernünftiges Deutsch lernt.«

War die Tochter mit einem Südamerikaner verheiratet? Oder gewesen? Baier hat nur von Tochter und Enkelin gesprochen, die demnach wohl Spanisch konnte oder auch Portugiesisch oder etwa Englisch – und nun sollte das Kind eben Peitinger Deutsch lernen. Ein kühnes Projekt. Gerhard musste leicht grinsen, weil er sich Baier so gar nicht als typischen Opa vorstellen konnte. Andererseits: Was war schon ein guter Opa? Von Baier konnte diese Nelly zumindest Pragmatik lernen und einen klaren Blick auf die Menschen. Gerhard versuchte sich zu konzentrieren.

»Diese Filmkameras sind also weg?«

»Ja, laut Winnie waren das zwei Filmkameras und das Equipment der Standfotografin. Und als er wieder reingekommen ist und den toten Leo entdeckt hat, bemerkte er sofort, dass die Kameras fehlten.«

»Und ist zu Ihnen geeilt, der gute Winnie?« Gerhard kam das wirklich spanisch vor – mit oder ohne Enkelin.

»Ja«, war Baiers schlichte Antwort.

»Und niemand hat etwas Verdächtiges gesehen?«

»Nein, ich meine: Gesehen hat er in den frühen Morgenstunden natürlich jede Menge Leutchen. Wissen Sie, Weinzirl, da ist noch das winzige Detail, dass gestern Bürgerfest war. Sie wissen schon: Wein, Weib und Gesang. Rock Selig Erben hat gespielt, bis das Gewitter kam. Es war die halbe Marktgemeinde am Weg und das Umland auch. Mit dem Gewitter hat die Filmcrew schnell ihre Kameras an Leo übergeben, im Ort waren aber trotz des Regens noch jede Menge Leute unterwegs. Im Central, beim Keppeler, im Eiscafé, unter Planen, es war sicher halb drei, bis es ruhiger wurde.«

Gerhard stöhnte auf. Eine Band, die selig war, weil sie einen Rock geerbt hatte? Wo war er da nur hingeraten? Nasse, betrunkene Menschen, die überall rumgetrampelt waren und die sicher nicht mehr klar umrissen, wer wen wo gesehen hatte. Es war ein ermittlungstechnischer Alptraum. Der Super-GAU. Plötzlich hatte er eine Idee.

»In so einem Bankfoyer muss es doch Überwachungskameras geben?«

Baier nickte. »Das war auch mein Gedanke, ich habe einen Verantwortlichen rausgeklingelt bei der Raiba, ich dachte ...«

Der gute Baier – und wie aufs Stichwort tauchten zwei Herren auf, die sich als hohes Tier bei der Raiba Süd und als Techniker zu erkennen gaben. Der eine sperrte die Filiale auf, während der andere sich um die Kameras kümmern wollte. Eine weitere Angestellte war hereingehuscht, sie bekamen Kaffee gekocht, der deutlich besser war als der erste. Gegen neun hatte der Techniker Ergebnisse zu präsentieren.

»Und was sieht man?« Gerhard hatte sich einen Stuhl herangezogen.

»Etwas weniger als nichts.« Er zuckte die Schultern.

Baier und Gerhard nahmen Platz zu ihrer persönlichen Filmvorführung. »Weniger als nichts« stimmte so nicht ganz. Man sah Leo und Winnie durchaus gesellig trinken, durfte den ganzen Prozess des Alkoholabusus miterleben. Immer wieder waren auch noch Bankkunden eingetrudelt, die von den beiden bierseligen Burschenschaftlern zu fortschreitender Stunde stärker angepöbelt wurden. Was auch fortschritt, war der Nebel.

»Scheiße!«, entfuhr es Gerhard.

»Ja, eben das.« Baier hatte sich wegen Nelly wohl auch Kraftausdrücke versagt. »Das hier ist leider nicht die Sahara, sondern unser grünes Bayern.«

»Das nur so grünt, weil's von oben reichlich Wasser bekommt«, ergänzte Gerhard, der sich allmählich wieder auf Baier eingeschossen hatte.

Es war ein Jammer! Die regenfeuchte Kleidung der Raiba-Besucher und die Ausdünstungen der beiden alkoholfeuchten Junggesellen verschleierten die Szenerie zusätzlich. Erschwerend kam hinzu, dass Winnie alle zehn Minuten spätestens hinausstolperte, um zu rauchen. Was Gerhard beachtlich fand, war, dass der besoffene Kamerad da doch so viel Obrigkeitsgehorsam zeigte und nicht im Bankfoyer qualmte. Und mit jedem Mal verbreitete seine regennasse Jacke mehr Nebel. Sie kamen zur entscheidenden Szene. Seit geraumer Zeit schon war Leo hinter dem Paravent abgetaucht, komatös wahrscheinlich. Winnie soff allein, und erneut bemerkenswert umsichtig und mitmenschlich, konterte er eine Übelkeitsattacke mit Rausrennen. Er war kaum draußen, als eine Gestalt hereinkam. Und die war weniger als ein Schemen. Irgendwas Schwarzes mit Hut, das hereinglitt, hinter dem Paravent verschwand, wieder erschien, die beiden Kameras griff. Gerhard nahm das mal als wahrscheinlich an, denn der/die/das Schwarze machte sich zumindest in dem Bereich des Raums zu schaffen, wo die Dinger gestanden waren. Und weg war die Gestalt wieder. Fünfzehn Minuten später kam Winnie wieder oder das, was sie für ihn hielten. Inzwischen war »The Fog – Nebel des Grauens« schier undurchdringlich.

Aber den Rest kannten sie ja. Winnie war nochmals raus zum Kotzen, hatte sich irgendwie gefasst, war bergauf gestiegen und hatte Baier rausgeklingelt, der sich nicht lange bitten ließ. Er hatte bereits auf der Terrasse einen Tee getrunken. »Der frühe Vogel ist die Lerche«, wie Baier zu sagen pflegte.

Gerhard hatte die Arme hinter dem Kopf verschränkt. »Gut – oder nicht gut. Wir haben hier einen Raubmord. Jemand hatte es auf die Kameras abgesehen, und diesen Leo hat es erwischt. Diese Kameras tauchen doch sicher irgendwo im Internet auf, ich werde Melanie mal drauf ansetzen, da dranzubleiben.«

Baier gab ein Grunzen von sich. »Mir gefällt das nicht.«

»Mir auch nicht. Ich weiß, was Sie denken, Baier.«
»Eben.«
Ach, was war eine Minimalkonversation mit Baier doch launig und beflügelnd. Nichts gegen Frauen, aber unter Männern redete es sich einfach präziser. Näher am Kern. Ruhig mitten im Zentrum des Orkans. Frauen waren der Sturm rundherum, sie sorgten dafür, dass Äste bis zum Boden gepeitscht wurden, sie waren das Donnergrollen, das anschwoll.

Gerhard seufzte. Die Wohligkeit verlor sich mit jedem Wort.

»Leo war mehr oder minder im Koma. Der Raum war wie ein Dampfbad, nur kühler wahrscheinlich. Der Dieb hätte die Kameras doch auch nehmen können, ohne Leo zu meucheln.«

»Sehe ich auch so, allerdings wissen wir natürlich nicht, ob Leo da hinter seiner Palisade noch was gekräht hat. Wir haben ein verwischtes Nebelbild, aber keinen Ton. Kann ja gut sein, dass er Laut gegeben hat, der Dieb wollte sichergehen, nicht gestört zu werden. Und schwuppdiwupp – das Ende von Leo war angezählt.«

»Möglich, genauso wahrscheinlich wie Version eins, oder?«, fragte Gerhard.

Baier antwortete nicht, sie waren sich so oder so einig. Wie sinnvoll war es, einen halblebigen Wächter zu töten, selbst wenn der noch aufgemuckt hätte? Er hätte sich doch am nächsten Morgen bestimmt an nichts mehr erinnert.

Gerhard seufzte wieder. »Diese Theorie würde aber bedeuten, dass wir Feinde von Leo finden müssten. Motive finden, die groß genug waren, ihn hinterrücks zu ermorden und das Ganze als Raubmord zu tarnen.«

Baier lächelte fein. »Mein lieber Weinzirl. Da gebe ich nun zweierlei zu bedenken. Erstens: Chef und Staatsanwaltschaft werden da keine Notwendigkeit sehen und auch keine Soko für so was verschwenden. Und zweitens: Nicht wir, Sie werden das tun müssen. Ich bin nicht mehr im Amt.«

Baier hatte leider recht. Und der zweite Teil gefiel Gerhard noch weniger. »Baier, das ist so, als wenn man ein Leben rettet. Man ist dann verantwortlich. Durch ein Band verbunden. Wenn man als Erster am Tatort ist, bleibt die Verpflichtung, dranzubleiben. Außerdem sind Sie ja nun Peitinger, und ich brauche Hilfe.

Diese Marktgemeinde sagt mir gar nichts. Und Evi ist im Urlaub. Ich bin allein.« Den letzten Satz stieß er in angemessener Dramatik aus.

»Allein, allein ...« Baier nickte. »Aber die werte Kollegin wird wiederkommen, und Peiting werden Sie bald kennenlernen.«

War Letzteres eine Drohung? Peiting sagte ihm wirklich nichts. Früher, also gut zwanzig Jahre früher, war er öfter mal vom Allgäu nach Penzberg zu einem Freund gefahren, und das hatte einer Expedition in die Innere Mongolei geglichen. Von Marktoberdorf durch Schongau, wo man sich über Bahn und Lech quälen musste. Durch Peiting schlängeln, weiter nach Hohenpeißenberg, durch das endlose Peißenberg und am Ende durch diverse Söcherings. Unter zwei Stunden war das nie abgegangen. Und heute flog man auf Umgehungsstraßen dahin und vergaß die Existenz von Schongau und Peiting.

»Mir sagen die beiden Käffer Peiting und Schongau nix«, beteuerte Gerhard nochmals, um Baier zu erweichen.

»Halt auf! Weinzirl, werfen Sie nur nicht Schongau und Peiting in einen Topf. Man mag sich nicht. Alte Geschichten.« Baier lachte. »Wenn die Schongauer über den Schlossberg kamen, haben wir denen schon mal eine mitgegeben.«

»Wir?«

»Ursprünglich stamme ich aus Peiting. Ich bin stolzer Peitinger, das sag ich Ihnen! Nicht wie die Hohenpeißenberger, die einen kurzen und einen langen Fuß haben, weil sie allweil am Hang stehen.«

Gerhard lachte und sah Baier interessiert an. Baier war Peitinger, das hatte Gerhard nicht gewusst.

»Der Peitinger ist noch nie auf der Brennsupp dahergeschwommen, Weinzirl. Ein fleißiges Volk hier, arbeitsam, egal ob Bergbau oder Bauer. Nicht wie die Schongau-Städtler-Millibettler.«

Gerhard betrachtete Baier weiter aufmerksam. Der hatte so richtig Spaß.

»Nach Schongau gingst du nur, wenn du hinmusstest. Ich geb Ihnen mal 'ne Chronik von Peiting, da können Sie sich einlesen. Alles dürfen Sie aber nicht glauben, der Altbürgermeister Fliegauf hat da schon auch geschwindelt.« Baier schüttelte den Kopf. »Als

der gestorben war, hatte er 'nen Leichenzug durch alle Gassen angeordnet. Es hatte Schnee, den man nicht mehr derschaufelt hat, Weinzirl, und es war sibirisch kalt. Seine Anhänger sind nicht auf der Schleimspur, sondern auf dem Eis ausgerutscht. Die anderen haben ihn post mortem verflucht.« Baier lachte.
»Sehen Sie, Baier, Sie kennen Ihre Pappenheimer. Ich brauch Sie.«
»Sie können mich ja ab und zu als externen Berater heranziehen, Weinzirl. Ich muss. Nelly muss zur Musiklehrerin.«
Baier, eben doch der Superopa! Dinge gab es.
»Ich melde mich!«, rief Gerhard, und das klang fast wie eine Drohung.
Baier lächelte und ging festen Schrittes davon. Gerhard überließ das Feld den Kollegen, die Leiche war abtransportiert worden, er sah sich um und verspürte Hunger. Das Café nebenan hatte gerade geöffnet, man konnte sogar schon draußen sitzen. Die Frühstückskarte war beachtlich, und Gerhard nahm mal das Frühstück Balkan. Die Bedienung rang ihm ein Stirnrunzeln ab. Ihr Haar saß so perfekt, wie nur ein Helm es tut, und ihr Körper war so eine perfekte Modelage, wie sie selten gottgegeben ist, sondern nur durch eiserne Fitnessdisziplin zu erreichen. Oder aber mittels Doktorchens Kunstgriffen aus dem Chemiebaukasten.

Gerhard fuhr zurück ins Büro, rief seine Leute zusammen, gab beim Chef Rapport und telefonierte mit der Staatsanwaltschaft. Sonntag hin oder her. Sie hatten einen Raubmord zu klären. Als er gegen sechs zu Hause war, war er allein auf weiter Flur. Von Seppi keine Spur, was ihn nicht weiter beunruhigte. Den traf er vierzig Minuten später beim Laufen im Wald. Er gab Sarah, der Vermietertochter, die auf ihrem Fjordhengst saß, Geleit. Seppi wedelte eine Begrüßung, ohne Überschwang, die Gerhard bei vielen Hunden auch wirklich peinlich fand. Wenn sie wuiselten und sich wanden wie die Schlangen. Seppi war souverän. Sie plauderten eine Weile, und als Sarah weiterritt, blieb Seppi ganz selbstverständlich bei ihm. Trabte nebenher, schaute ihn aus diesen unergründlichen Augen von der Seite an. Sie waren ein Team. Sie waren beide unabhängige Geister. Kamen ohne Worte aus.

# VIER

*Verjagt aus dir selber, entweichst du dir nicht.*

An jedem Morgen wiederholte sich das Spiel. Seppi legte allergrößten Wert auf seinen Vormittagsschlaf und hob nur grunzend den Kopf. Schönen Tag, Alter, arbeit du nur, schien er zu sagen. Hund müsste man sein. Hund – nicht Töle. Hund – nicht einer dieser Kläffer, Beißer oder Leinenzieher, wie sie der »Hundeprofi« im Fernsehen immer zurechtzubiegen hatte. Seit er Hundebesitzer war, schaute sich Gerhard das ab und zu an und war immer kurz vor dem Erbrechen. Der arme Hundeflüsterer, um den Job war er nicht zu beneiden. Wie sollte so ein Tier denn anders werden als neurotisch, wenn Herrchen unentwegt redete, schwafelte, quiekte, fluchte, gestikulierte. Er und Seppi hatten sich auf die minimalinvasive Tour geeinigt. Seit er den Hund hatte, gab er nur klare Befehle. Selten hob er die Stimme. Er war auch nicht ironisch. Tiere hatten keinen Sinn für Ironie. Kaum war er heute, an einem heißen Dienstag, im Büro, warf sich ihm der Kollege in den Weg.

»Da is einer, der will zu Ihnen.« Felix Steigenberger deutete zur Tür. »Der will was melden, aber nur bei Ihnen.« Er klang überrascht, wie es jemand allen Ernstes anstreben konnte, freiwillig mit Weinzirl reden zu wollen.

Gerhard verzog leicht die Mundwinkel und wedelte irgendwie mit der Hand. Wenig später trat ein Mann ein – im Schlepptau eine junge Frau und ein junger Typ, die beide so aussahen, als hätten sie was anderes mit dem Tag vorgehabt.

Den Mann kannte er. Das war das Dorfoberhaupt des aufstrebenden Moorbads am Rande der Alpen, das sich damit brüstete, dass Rumgelunger im Moor kinderlosen Paaren endlich zum ersehnten Moorbaby verhelfen würde. Jo sprach das »Bad« in »Bayersoien« englisch aus. Sei es drum, das Wort »Moorbaby« ließ in Gerhard immer etwas unschöne Bilder aufsteigen. Das war der kernige Sportlehrer, der ein Bürgermeister war. Oder andersrum. Der sportliche und sportelnde Bürgermeister, der auch noch Lehrer war.

Gerhard hatte den Mann bei früheren Treffen als recht gradaus empfunden, nicht immer als Meister der Diplomatie. Das war gut, und so machte der Bürgermeister auch jetzt keine Umschweife. »Die zwei haben Ihnen was zu erzählen!«

Die zwei guckten, als stünden sie vor der Klasse an der Tafel und wüssten nicht mal ihre Namen, geschweige denn den Imperativ von »*ambulare*« oder den Subjonctif von »*parler*« oder Goethes fünf wichtigste Werke oder das Datum der Eröffnung des Panamakanals – oder was die Schulbildung denn so vorgesehen hatte für die Kids. Setzen, Sechs! Da die beiden beharrlich schwiegen, hob der Dorfhäuptling an zu erzählen, weil er netterweise Gerhards Zeit nicht mit den beiden Stummen verschwenden wollte. Und was er zu sagen hatte, schwemmte plötzlich einige innere Bilder wieder an die Oberfläche. Obenauf lag ein Bild von Baier mit Sprechblase: Sehe ich auch so. Dahinter spitzte der tote Leo Lang heraus, der komatöse Wächter. Der zweier Kameras beraubt worden war.

Und die, ja die hatten die beiden jungen Leute nun entdeckt. Allerdings nicht irgendwo, sondern in einer Höhle, die sich unweit der Echelsbacher Brücke befand und die einst als Steinbruch für massive Quader für den Bau des Klosters in Ettal gedient hatte. Ein Stollen, den nur noch wenige kannten, weil der Eingang ziemlich versteckt lag und man sich zudem erst mal durch ein enges Loch quetschen musste. Aber wie das so ist mit derlei Geheimplätzen, geheim ist gleich spannend. Verboten ist gleich Neugier weckend. Das Moorbad machte den Ort natürlich nicht bekannt, auch wegen der Haftung. Wäre ja nicht so werbewirksam, wenn so ein beherzter potenzieller Moorbabyzeuger in einem Stollen umkäme, bevor er noch das Moorbaby gezeugt hätte.

Allein der Lindauer senior, der Mann, der jeden Steig in der Ammerschlucht kannte, jeden Quadratzentimeter, jeden Stein und jede Höhle, war so eine Art Hüter der Schlucht. Er war der Wissende, all die anderen einte eine gehörige Portion Halbwissen und Abenteuerlust. Der Herr Bürgermeister war auch so einer, der erst kürzlich mit Austauschschülern aus Tschechien drin gewesen war.

Er hatte auch den Lindauer befragen müssen, wo der Eingang denn sei – schlicht ein Platz, der nicht allzu häufig frequentiert wurde. Es sei denn von einem Liebespaar, wobei Gerhard sich nettere Plätze als eine feuchte Höhle hätte vorstellen können. Die tiefergelegte Landjugend fuhr ja in diesen Breiten gerne mal Audis, A 3 oder A 4, immer in Schwarz, und da gab es doch bestimmt bequeme Sitze. Die Audi-Begeisterung hatte ihm noch niemand erklären können, auch nicht, warum es denn nicht ein röhrender BMW sein sollte. Nur eins war klar: Porsche fuhr hier keiner, den gab's weltweit nun mal nicht mit Anhängerkupplung.

Jedenfalls hatten die beiden Liebenden, Romeo und Julia der Grottenolme, bei ihrem Intermezzo in der Höhle zwei teure Filmkameras und weiteres Equipment entdeckt und immerhin so viel Hirn beweisen, das dem Bürgermeister zu melden. Die junge Frau hatte drauf bestanden, sie hatte nun auch zu ihrer Stimme zurückgefunden.

»Weil da doch das in Peiting gewest isch mit dem Leo. Und dene Kameras. Und da hob i gseht, dass mir des melden müssen.« Ja, ja. Sie hatten sogar die Typen notiert, den Zettel bekam Gerhard nun vorgelegt, und es waren eindeutig die Kameras vom Filmdreh in Peiting.

Eins war klar: Um sie zu verticken, hatte die keiner da abgelegt. Die Feuchtigkeit war sicher nicht dazu angetan, ihren Wiederverkaufswert zu steigern. Der Raubmord war fingiert gewesen. Gerhards erste Ahnung und Baiers untrügliches Gespür für Ärger waren richtig gewesen. Gerhard fühlte sich auf einmal so schwer, obwohl er einige Kilo abgenommen hatte. Einfach so, er hatte das Essen vergessen.

Der Mord lag über eine Woche zurück. Die Filmgesellschaft hatte neue Kameras, die Versicherung hatte gelöhnt. Leo war längst unter der Erde, der Burschenverein hatte sein exzessives Trauertrinken nun wieder auf das Normalmaß dörflichen Stammtischtrinkens heruntergefahren. Es war so was wie Normalität eingekehrt. Und nun tauchten diese Kameras auf. In einem Stollen in der Ammerschlucht. Ausgerechnet!

Am liebsten hätte er den Bürgermeister und die Kids angeschnauzt, ob sie sich mal überlegt hätten, was das für ihn bedeu-

tete. Er riss sich am Riemen, bedankte sich, bat Melanie herein, ein Protokoll aufzunehmen, und wandte sich an den Bürgermeister: »Wir müssen da rein. Sofort, wenn's geht. Ich informier meine Leute. Können Sie uns führen?«
»Natürlich.«

Sie verabredeten sich am südseitigen Brückenkopf. Als Gerhard und die Spurenleser eintrafen, lehnte der Bürgermeister an seinem Wagen. Ein Auto, das Gerhard Bewunderung abrang. Ein Expeditionsfahrzeug, ein cooles Teil. Sie gingen ein kurzes Stück eines geteerten Wegs steil bergab, als der Bürgermeister plötzlich stoppte. Er hielt ein paar Büsche und mannshohe Brennnesseln zur Seite; kaum waren sie durch, schlug die grüne Wand wieder hinter ihnen zusammen. Gerhard sprach plötzlich leiser, die Bewegungen wurden langsamer, es war, als hätte die Schlucht sie umfangen. Sie waren vielleicht fünfzig Meter von einer viel befahrenen Bundesstraße entfernt und doch so weit weg von den Asphaltlebensadern, die dem Leben der modernen Freizeitmenschen die Richtung vorgaben. Ein Pfad ging abwärts, und Gerhard war verwundert, wie zerfurcht die Schlucht war. Sie war durchzogen von Wegen. Sie spielte mit verschiedenen Geländestufen; von oben, von der Brücke, hätte man meinen mögen, die Schlucht stürze einfach nur senkrecht in den Fluss.

Aber das hier war ein Zauberwald, ein »Herr der Ringe«-Wald, hier hätte man einen Ritterfilm drehen müssen, »Robin Hood« oder ein Fantasymärchen. Moosbewachsene Felswände wuchsen aus dem Waldboden, eine Höhle wurde sichtbar.
»Die nicht!«
Der Bürgermeister stieg weiter abwärts. Vor einigen Steinbrocken, auch denen im Mooskleid, blieb er stehen. Die Sonne fand Wege ins Dickicht, malte hellgrüne Flecken ins dunkle Moosgrün.
»Da!« Der Bürgermeister wies auf ein Loch im Boden, das man wirklich kennen musste, um es als Höhleneingang zu identifizieren. Er rutschte als Erster hinein, Gerhard hinterher.

Gut, dass er etwas schmaler geworden war, für Adipositasgebeutelte war das kein guter Weg. Die ersten Schritte waren mehr ein gebücktes Klettern und Balancieren auf großen Felsbrocken, da war wohl mal was eingestürzt. Was, wenn sich der Höhlengeist gerade heute gestört fühlte und an den Wänden rütteln würde? Gerhard fühlte sich unwohl, ein Gefühl, das wich, je höher und weiter der Raum wurde. Eine unterirdische Kathedrale war das, man konnte genau sehen, wo die Steinblöcke gehauen worden waren, riesenhafte Tortenstücke, deren Transport allein schon eine Meisterleistung gewesen sein musste. Der Bürgermeister zeigte ihm einen Zugang zu einem weiteren Stollen, sie aber blieben im selben Kirchenschiff, an dessen Ende die Kameras lagen. Achtlos auf den Boden gekippt, daneben eine größere schwarze Tasche, wohl die Sachen der Standfotografin. Gerhards Hirnbirn funzelte an den Wänden entlang.

»Haben die zwei was angefasst?«

»Sie sagen, nein. Sie hatten tatsächlich einen Geistesblitz, die Marken der Kameras zu notieren und dann schnell zu verschwinden. Flori wollte das Ganze verschweigen, aber bei Irene ist da wohl so was wie Verantwortungsbewusstsein durchgebrochen. Ist eh ein gutes Mädchen. Aus einer Bauernfamilie, aber die Tochter in Ettal. Bauern, die wissen, dass Bildung eine Chance bedeutet. Die dazu stehen, nicht sagen: ›Ein Quali oder die Realschul' reicht doch.‹ Manchmal möchte man grad ans Gute glauben.«

Nun ja, Gerhards Job war weniger dazu angetan, ans Gute zu glauben. Und das Gute im Menschen entdeckte er selten. Und in dem Fall schon gar nicht, denn nun war der Mord an Leo Lang von einem unerfreulichen Raubmord zu einem kniffligen Mordfall geworden. Der schwammige Leo musste irgendjemandem ordentlich das Kraut ausgeschüttet haben, dass er sterben musste. Oder warum sonst war er nun tot? Hier in der Kühle der Höhle war die Welt so weit weg. Draußen war da, wo die Sonne alles so gnadenlos erhellte. Wo sie jede Furche und Kerbe ins Licht rückte. Wo sie Schweiß als Tribut forderte. Gerhard hasste Hitze, die Winterdunkelheit mochte er zwar auch nicht, aber er hatte das Gefühl, dass sein Allgäuer Gebirgsblut über achtundzwanzig Grad zu kochen begann. Er hätte am liebsten alle Tage fünfzehn bis zwanzig Grad gehabt, vielleicht sollte er nach Irland auswandern? Berge gab's da auch. Und Bier. Und schweigsame Menschen.

»Geben Sie mir noch ein paar Minuten? Ich möchte den Tatort

auf mich wirken lassen«, sagte er zum Bürgermeister. »Schicken Sie schon mal die Spurensicherung rein? Ich komm gleich nach.« Der Bürgermeister funzelte davon, das Licht wurde immer fader, bis es ganz weg war, Gerhard löschte seine Hirnbirn. Was für ein Satz! »Ich möchte den Tatort auf mich wirken lassen.« So was sagte er nie. Das war Weibergewäsch. Baier hätte ihn in die Anstalt eingewiesen. Wirken lassen ... Darum ging es auch gar nicht. Gerhard hatte seinem Leben ein paar Minuten Dunkelheit und Ruhe abgerungen, er musste Kraft tanken, denn nun ging es los, und irgendwas sagte ihm, dass er es mit hektischen Ermittlungen zu tun bekommen werde. Mit vielen Sackgassen. Er atmete tief durch. Er hätte ewig hier sitzen können. War das normal? Nannte man so was Burn-out, weil man sich erst gar nicht traute, ein deutsches Wort für das eigene Versagen am Leben auszusprechen? Er atmete nochmals durch, hierher würde er zurückkommen. Der Ort tat ihm gut, obgleich andere hier wahrscheinlich klaustrophobisch würden. Er war nicht normal, na gut, das wusste er bereits. Lichter kamen näher. Gerhard erklärte den Kollegen, worauf es ihm ankam, und machte sich auf den Weg nach draußen. Die Höhle hatte ihn abgekühlt; er bat den Bürgermeister, für eventuelle Fragen zur Verfügung zu stehen.

»Können Sie versuchen, den beiden Höhlenturteltäubchen klarzumachen, dass sie die Klappe halten?«

»Versuchen ja«, lächelte der Bürgermeister.

»Tun Sie's.« Das klang grimmig. Gerhard wusste, dass es schier unmöglich war, Menschen zum Schweigen zu verdonnern. Wenn der Mund überlief und endlich mal was Sensationelles passiert war. Denn außer Raufereien beim Stadelfest, dem üblichen Wer-mit-wem, Livesex hinterm Bauwagen, den kichernde Kids dann auf ihre Handys bannten, gab es wenig an Abwechslung. Wer wollte da schweigen? Gerhard hoffte dennoch auf den kernigen Bürgermeister, denn was er nun gar nicht brauchen konnte, waren Menschenmassen, die in diese Höhle stolpern würden. Schweigen, warum war das so schwer? Vielleicht hatte das auch der Mörder gedacht und Leo zum Schweigen gebracht. Mit der einzigen wirklich todsicheren Methode.

# FÜNF

*Die Fahnen wahren den Schein.*
*Hefte den Blick nicht an sie,*
*wend ihn nicht ab,*
*zahl nicht den Brückenzoll.*

Als der Bürgermeister mit seinem Safariwagen weggefahren war, blieb Gerhard unschlüssig stehen. Die Abkühlung war nur von kurzer Dauer gewesen, der Schweiß rann ihm schon wieder den Rücken hinunter. Er musste die pfiffigen Kriminaltechniker informieren, die würden wenigstens mal einen coolen Job von ihm bekommen. Sie würden in einer guten Stunde da sein, sollte er warten? Einem Impuls folgend packte er sein Handy erneut und rief Baier an.

»Wo sind Sie, Baier?«
»Zu Hause, Sie Lapp. Ich renn bei der Hitze doch nicht rum.«
»Haben Sie ein Weißbier? Schön kühl?«
»Weinzirl, Sie fragen mich doch auch nicht, ob meine Wohnung fließend Wasser hat. Oder das Klo auf dem Gang ist.«
»Gut, ich komme; ach, Baier, wo wohnen Sie genau?«

Baier nannte Straße und Hausnummer, und Gerhard fuhr los. Am Schnaidberg hatte er Mühe, einem Pulk Rennradlern zu folgen, die mussten irr sein, bei der Hitze so in die Pedale zu treten. Er durchfuhr Peiting und erhaschte einen Blick auf die modellierte Bedienung des Café Central, die Latte macchiatos auf der Terrasse servierte. Er seufzte und bog dann wenig später links ab. Er hatte bisher auch nicht gewusst, dass dieses Peiting recht bucklig war, und als er vor Baiers Haus stoppte, hatte er sich durchaus für Peiting erwärmen können. Das war kein Schicki-Ort, keiner dieser geschniegelten und gebügelten Orte für Touristen wie am Tegernsee. Das war das ganz normale Leben.

Baiers Haus klebte am Hang, und das Namensbrett besagte, dass Baier im Erdgeschoss wohnte. Bevor er noch klingeln konn-

te, hatte Baier geöffnet und hielt ihm ein Weißbier unter die Nase. Nicht irgendeins, nein, sein geliebtes Dachs. Sie durchschritten ein großes helles Wohnzimmer, und auf der Terrasse hielt ein gewaltiger Schirm die Sonne auf Distanz. Ein leichtes Lüftchen wehte hier heroben, keine allzu blöde Wohnlage, dachte Gerhard.
»Obendrüber wohnt meine Tochter, das ist recht praktisch«, sagte Baier. »Sind alle zum Baden ausgeflogen, an den Deutensee.« Baier verzog angewidert den Mund. »Handtuch an Handtuch mit stinkenden Leibern, kreischende Kinder, eine moorige Pfütze, in die Hunde, Kinder und alte Säcke pissen, ich bitt Sie, Weinzirl.«

Sie prosteten sich zu. Es blieb still. Recht lange, bis Gerhard vom Fund in der Höhle berichtete.

»Weinzirl, Sie reden mit mir über eine laufende Ermittlung!«

»Ja, genau – mit Ihnen. Nicht mit Hinz oder Kunz. Meine bezaubernde Kollegin ist immer noch im Urlaub, niemand sollte drei Wochen Urlaub am Stück erhalten. Ich nehme diese Verfehlung, Sie zu kontaktieren, auf mich. Nicht mal der Verteidigungsminister und der Oberste Gerichtshof würden es für unlauter halten, mit Ihnen zu reden.«

Auch wenn sich Baier das nie hätte anmerken lassen, er freute sich über derlei Lob, ganz leise konnte er sich freuen. Baier war ins Haus gegangen und hatte zwei weitere Weißbiere geholt. Er schenkte sie ein, formvollendet, und sagte dann: »Die Kameras muss jemand versteckt haben, der sich da auskennt. Diese Höhle kennt doch keine alte S..., na, Sie wissen schon.«

Ach Baier! Gerhard liebte diesen Mann geradezu. Sie dachten im Gleichklang.

»Genau, ein Ortskundiger, der den Mord an Dickerchen Leo als Raubmord tarnen wollte. Der gravierende Gründe hatte, Leo aus dieser heißen sommerlichen Welt zu entfernen. Baier, Sie können mir doch sicher sagen, wer Leo gehasst hat. Sie kennen meinen Mörder.« Gerhard lachte leicht auf.

Baier nahm einen Schluck Weißbier. »Hab mich ein bisschen umgehört die letzten Tage. Was so gredt wird im Markt. Was die Volksseele, die gesunde, so bewegt. Was spekuliert wird. Den Socher-Egon sollten Sie sich ansehen.«

Baier schaffte es immer wieder, Gerhard zu verblüffen. Wie ein Zauberer zog er einen Namen aus dem Hut.

»Socher?«

Baier war abermals aufgestanden und kam mit ein paar Zeitungsausschnitten wieder.

»Egon Socher spielt sich als bayerisches Gewissen auf. Er platziert Leserbriefe in unterschiedlichen Zeitungen und wettert überall gegen die Verdummung im Fernsehen. Lesen Sie das mal, Weinzirl!«

Gerhard überflog die Machwerke.

Süddeutsche Zeitung

## »Wenn der Rest der Republik auch nicht viel zu bieten hat!«

Im Rest der Republik galt und gilt das Bayerische als hinterwäldlerisch, und die Bayern sind arrogant. Dabei haben das ja weniger die Bayern in der Hand, dass im Ausland Oktoberfest, Lederhosen, Bier und Brezeln als »typisch deutsch« angesehen werden, nicht aber als bayerisch. Wenn der Rest der Republik auch nichts zu bieten hat! Was sind denn die großen deutschen Sehenswürdigkeiten? Die Königsschlösser, nicht der Rhein oder Berlin Alexanderplatz!

*Egon Socher, Peiting*

Münchner Merkur

## »Wo ist der Kulturauftrag des BR?«

Ich war entsetzt. Von bayerischem Lebensgefühl finde ich keine Spur. Die Titelmusik ist einfallslos und unbayerisch. Die Kulissen sind eben nur kulissenhaft. Lieblose Bauten, allein die Berge gaukeln bayerisches Oberland vor. Die Häuser wirken eher niederbayerisch, es fehlen die Blumen an den Fenstern, die typischen Fensterläden, es fehlt jede oberbayerische geschmackssichere barocke Opulenz. Darüber könnte ich eventuell gerade noch hinwegsehen, wären da nicht die Schauspieler! Wie kann man Nichtbayern für eine bayerische Serie besetzen! Die Gesichter könnten (und tun das ja auch) in jeder der Großstadtserien des eintönigen Nordens mitwirken! Das Schlimmste aber ist die Sprache! Zwar beherrschen einige sehr wenige Schauspieler unsere wunderschöne bairische Sprache, andere aber sprechen ein gekünsteltes Bairisch oder reden in seltsamen Dialekten, die es gar nicht gibt. Es müsste doch jemand darauf achten, dass man unseren altbairischen Dialekt würdig spricht. Wenn ich diese Sendung im BR mit den »Rosenheim-Cops« im zdf im sprachlichen Bereich vergleiche, so ist die ZDF-Sendung leider um Längen besser. Dort wird das Bairisch zwar etwas für andere Sendegebiete in Deutschland vereinfacht, klingt aber immer noch relativ echt. Wo ist die Medienwelt hingekommen, dass man eine gerade mal mittelprächtige Sendung nun schon heranziehen muss, um eine Produktion unseres bayerischen Heimatsenders BR zu kritisieren? Wo ist der Kulturauftrag des BR? In so einer Produktion fühlt sich keiner dahoam! Das mag auch an den über 20 Autoren liegen, die scheußliche Texte verfassen, die eine grausame Mischung aus Hochdeutsch, hochdeutscher Umgangs- bzw. Modesprache und Dialekt verbrechen. Ja, es gibt doch auch gute bayerische Autoren!

Die einzig positiven Auswirkungen ergeben sich wohl für den sonst traurigen Arbeitsmarkt, wenn man sich die Unzahl der Beteiligten (20 »Autoren«, 15 Regisseure und Regieassistenten und viele andere) vor Augen hält. Könnten diese nicht sinnvoller eingesetzt werden, um ein positiveres Bayernbild zu präsentieren? Wenn es nicht bald zu einschneidenden Verbesserungen kommt, sollte man die Sendereihe baldmöglichst absetzen und um Gottes willen die Drohung nicht wahr machen, 200 solcher unerträglicher Fortsetzungen zu produzieren.

*Egon Socher, Peiting*

Landsberger Zeitung

## »Der bayerische Pfiff fehlt«

Eine Produktion in Peiting? Bayerisches Lebensgefühl haben uns die SAT.1-Produzenten bei einem ersten Treffen versprochen. Ein positives Bild von Peiting in schönen Bildern haben sie versprochen. Das langsamere Lebenstempo, der Humor und unsere Gemütlichkeit existieren durchaus noch, aber hier gibt es Kamerafahrten wie bei einer

> Autobahnserie. Das Tempo ist viel zu hoch. Was liebt der Gast so an diesem Bundesland, und worum wird es vielerseits so beneidet? Um seine Gemütlichkeit und sein niedrigeres Tempo. Es ist auch nicht nötig, den Rest Deutschlands krampfhaft darauf aufmerksam zu machen, dass auch Bayern sich fortentwickelt hat. Dass ein Schwulenproblem aus Berlin über Peiting kommen muss. Dass Menschen gezeigt werden, die tolerant damit umgehen, andere wieder nicht. Welch intelligente Botschaft! Und dazu die überhäuft eingeworfenen Begriffe wie »Timing«, »Coffee to go« beim Marktbäcker. Andauerndes Handyklingeln muss ebenfalls sein. Diese peinliche Produktion schadet Peiting und unserem Lebensgefühl. Jeder bayerische Pfiff fehlt! Volksverdummung in 90 Minuten, in denen wir weitere 30 Minuten in Form von Werbung werden ertragen müssen.
> *Egon Socher, Peiting*

»Puh, flammende Plädoyers für das authentische Bayerntum. Worum geht es da denn eigentlich? Was will uns der Mann denn sagen?« Gerhard grinste.

»Die ersten beiden hat er gegen die Serie ›Dahoam is Dahoam‹ geschrieben, da war ja sowieso halb Oberbayern in Aufwallung. Der letzte bezieht sich auf die aktuelle Produktion hier bei uns.«

»Wofür manche Leute Zeit haben«, wunderte sich Gerhard.

»Der Mann ist a. D.« Baier lachte kurz auf.

»A. D. was?«

»Weinzirl, das fragen Sie doch nicht im Ernst!«

Nein, eigentlich nicht. Leserbriefschreibende Verbalflammenwerfer für ein reines Bayerntum konnten im früheren Leben nur Lehrer gewesen sein. Sie waren nun mal beseelt davon, andere zu belehren, und sie hatten Zeit. Während ihrer beruflichen Laufbahnen und später erst recht. Später war schlimmer, denn die unschuldigen Kinderseelen und aufnahmefähigen Kinderhirne fielen dann ja weg. Da blieb die Flucht in Gremien, freie Bürgergruppierungen, die Lokalpresse, in die Bürgerwehr … Hatte Socher sich so sehr gewehrt, dass Leo hatte dran glauben müssen?

»Aber was hat das mit Leo zu tun?«, fragte Gerhard.

»Leo war sozusagen das Filmmaskottchen. War von Anfang an

dabei. Sozusagen als Best Boy, als Statist, als Wächter der Kameras. Er hatte öfter auf die Kameras und das Equipment aufgepasst. War für die Filmleute einfach praktischer. Die hatten beispielsweise einen Nachtdreh, und am nächsten Morgen ging es früh weiter. Da ist es einfacher, das Zeugs in ein Sparkassenfoyer zu schaffen, anstatt alles abzubauen und in den Lkw zu schichten.«

»Na, da haben sie ja den Bock zum Gärtner gemacht. Und so ein wehrhafter Arnold Schwarzenegger war er ja auch nicht. Im Verteidigungsfall ...« Gerhard verzog das Gesicht.

»Ja gut, Weinzirl. Er war zwar ein alterndes Dickerchen, aber er galt was beim Burschenverein. Die weitverzweigte Familie Lang ist wer! Man unterschätze nie die Macht der Burschenvereine, sie machen Meinung, sie kommen aus den Familien, die in Dörfern die Fäden in der Hand haben. Da steigen die Zuagroasten nie durch, Weinzirl, nie. Der Burschenverein war pro Film, andere Zirkel im Dorf kontra. Die Intellektuellen waren dagegen, die kulturelle Marktgemeinde-High-Society sah und sieht, wie ein falsches Bayernbild gemalt wird. Socher war die Frontfigur, der Fahnenträger, der Marktschreier. Klagt die Klischeehaftigkeit an und ist selber das größte Klischee vom Kulturmenschen, der glaubt, ein Theaterabo in Weilheim und ein Ausflug nach Verona machten ihn zum besseren Menschen.«

Eine lange Rede für Baier, dachte Gerhard. Er lächelte leicht. »Und Sie, Baier?«

»Weinzirl, Sie kennen mich. Mir ist das wurscht. Stört, wenn man mit dem Auto nicht durchkommt, weil Dreh ist. Sonst ist mir das wurscht. Wer glaubt denn im Ernst, so was habe Nachhaltigkeit? Das flimmert bei so 'nem Privaten in zwei Stunden übern Schirm, 'ne knappe Stunde ist eh Werbung. Der Abspann, wo der Gemeinde Peiting gedankt wird, ist weggeschnitten, die wenigsten Zuschauer wissen überhaupt, wo gedreht wurde. Morgen kommt ein neues dünnes Filmchen. Und ob wir Bayern da gut oder schlecht wegkommen, ja mei, Weinzirl? Den Schuh, als dumme Bayern zu gelten, ziehen wir uns doch selber an.«

»Da haben Sie wahrscheinlich recht. Und wahrscheinlich ging es den meisten wie Ihnen. Egal, piepegal, scheißegal ... Nur Leo war richtig heiß auf den Film?«, fragte Gerhard.

»Er und ein paar andere. Socher hat sich reingesteigert. Haarsträubendes Zeug hat er von sich gegeben, Sie haben ja seine Leserbriefe eben gelesen. Ich war sogar mal dabei, als Socher und Leo sich gefetzt hatten.«
»Ja?«
»Ja, im Marktgemeinderat. Als es um die Frage nach der Unterstützung für den Film ging. Sie wissen schon: Feuerwehr zum Absperren und so weiter. Die Frage nach Freiwilligen, die Sitzung war öffentlich. Na ja, Leo war mit ein paar Burschenvereinlern da, und er war Feuer und Flamme.« Er lachte kurz auf. »Das würde jetzt eher zur Feuerwehr passen, aber die waren nur verhalten begeistert. Jedenfalls hat Socher Leo angegangen, er schließe sich der Liga der Volksverdummten an, er sei ein williges Werkzeug in der Hand der von Werbung fehlfinanzierten Filmbranche.«
»Und dann?« Gerhard grinste.
»Leo hat sich das eine Weile angehört, dann hat er Socher am Kragen gepackt und gesagt: ›Du bist bloß neidisch, weil s' dich nicht nehmen. Weil der Rauch-Siggi einfach besser aussieht.‹ Der Saal hat sich sozusagen komplett verschluckt vor Lachen, der ganze Saal hat gerülpst vor Lachen, Socher ist hinausgestürmt. Eine Schmach, Weinzirl. Socher ist ehrpieselig für drei. So was lässt der nicht auf sich sitzen.«
»Wie ging's dann weiter?«
»Socher hat die Filmfreunde mit Verachtung gestraft. Er umschiffte das Zentrum. Allerdings war er auf dem Bürgerfest, und da ist er wieder mit Leo zusammengerückt. Sagt Winnie. Und alles wegen so einem Schmarrn.«
»Ist der Film denn so ein Schmarrn?«
»Keine Ahnung, Weinzirl. Da sollte man erst mal das Ergebnis sehen, den ganzen Film, oder, Weinzirl? Es geht irgendwie um 'nen jungen Typen, der heimkommt zu Mama und heiraten will. Michi bringt er mit. Michi ist dann aber keine Michaela, sondern ein Michael. Michi ist ein Mann, und der Film geht drum, wie die Umgebung reagiert. Ich hab 'ne Sequenz beim Dreh gesehen, wie der Kirchenchor die Mutter von dem schwulen Bubi rauswirft. Mei, was heißt da Bayernklischee? Weinzirl, so was passiert im ländli-

chen Raum von der Schleimündung über den Hunsrück bis zu uns. Intoleranz, Dummheit, Feigheit – das ist weder bayerisch noch norddeutsch. Das ist die Kernkompetenz eines Lebewesens, das sich auch die Krone der Schöpfung nennt.«
Baier hatte sich richtig in Rage geredet. Das Thema war ihm nahe, ging ihm nahe, und das fand Gerhard ungewöhnlich. Nicht dass er bezweifelt hätte, dass Baier etwas naheging, er wusste um den sensiblen Kern dieses klugen Mannes, der oft polterte und brummte. Aber es wunderte Gerhard, dass er so vehement sprach. Es war, als müsse er eine Last wegreden; es war, als beträfe ihn die menschliche Dummheit persönlich. Was sie auch tat, jeden Tag betraf sie jeden persönlich, aber Baier war eben nicht der, der das Herz auf der Zunge trug.
Gerhard hatte sich erhoben. Zögerlich, denn eigentlich wäre er gerne sitzen geblieben bei Weißbier und dem wohligen Gefühl, mit einem Menschen zu reden, mit dem man noch besser schweigen konnte. Aber er würde sich jetzt mal diesen Socher ansehen, der war immerhin ein erster greifbarer Anhaltspunkt. Er ging langsam durch das helle Wohnzimmer. Sein Blick blieb an ein paar Bildern hängen, die wie verstreut über einem Sideboard hingen. Baiers Frau, dünn wie ein Strich. Seine Tochter, die Augen der Mutter, aber eher Baiers kräftige Statur. Die Enkelin auf einem Pony im Märchenwald. Das Porträt einer Frau, die seinen Blick festhielt. Die Frau war irgendwas um die vierzig, sie hatte Lachfalten um die Augen, und etwas an ihrem Blick faszinierte ihn. Sie schaute herausfordernd und verletzlich zugleich. Sie ergriff etwas in ihm. Er registrierte das mit einem seltsamen Gefühl im Magen. Konnte man sich in ein Bild verlieben?
»Hübsche Frau«, sagte er beiläufig und spürte, wie sein Herz klopfte.
Baier lächelte. »Das ist Miri, meine Nichte. Ihr gehört das Haus. Sie hat noch eins im Zentrum. Da wohnt sie. Hat geerbt, das Mädel. Aber Geld macht nicht glücklich. Nein, Weinzirl, Geld macht nicht glücklich. Erben auch nicht. Erben bedeutet den Verlust von Eltern. Haben Sie Ihre noch?«
Gerhard nickte. Aus Baier sprach jene Wärme, die er in brummigen Sätzen versteckte. Und aus ihm sprach Besorgnis. Besorg-

nis wegen dieser Miri? Miri, die ihn verzaubert hatte, obwohl er sie gerade zum ersten Mal auf diesem Bild gesehen hatte. Er versuchte den Faden wiederzufinden.

»Ja, gottlob. Meine Eltern sind vergleichsweise jung. Und fit. Ich glaube zwar, dass meine Mutter es zeitweise verflucht hat, schon mit zwanzig ein Kind zu kriegen, aber heute ist es natürlich schön ...« Er brach ab.

Er hatte sich bisher noch nie Gedanken machen müssen über seine Eltern. Sie waren seine Eltern. Keine Greise. Er kannte die Geschichten von Jo, von vielen Freunden, die ihre Eltern in der Demenz oder im Alzheimer begleitet hatten. Geschichten von Pflege, von Überlastung, von Nerven, die zerrissen, von Fassungslosigkeit und grenzenloser Verzweiflung. Vom Verlust an Würde. Vom Verlust an Menschsein. Vom Wissen, dass nichts mehr so war wie zuvor. Er war bisher verschont geblieben.

»Das ist gut«, sagte Baier.

Gerhards Blick hing immer noch an Miri. Sie erinnerte ihn irgendwie an Jo, aber sie war wie eine Jo ohne all die Vergangenheit. Ohne die gemeinsame Zeit, ohne Vorgeschichten, ohne Lasten. Sie erschien ihm verheißungsvoll. Sie war schön, aufregend, sie hatte wache, intelligente Augen. Sie war wie Jo, nur anders. Er hätte Baier fragen wollen – über Miri. Er unterließ es.

Er fuhr zurück zur Brücke, wo die Kollegen bei der Arbeit waren. Wo sie die Filmkameras und die Digitalkameras der Standfotografin sichergestellt hatten. Auch einige Filmkassetten und Speicherchips ... Das gesamte Material musste ausgewertet und mit der Filmcrew abgeglichen werden. Gerhard rief Melanie an und gab ihr den Auftrag, sich darum zu kümmern. Er war das alles los, und Melanie war stolz. Ein guter Deal. Langsam fuhr er nach Schönberg hinauf und hielt an der kleinen Kapelle an. Setzte sich für einige Minuten auf die Bank und blickte hinein in die Berge. Eine Landschaft wie gemalt, wenn die Menschen nur nicht gewesen wären. Menschen störten schöne Bilder nur allzu oft. Der Wind nahm zu, das eher kümmerliche Gewächs neben ihm säuselte leise. Hatte er nicht mal gelesen, das sei ein Ginkgo, den man gepflanzt hatte, als Symbol der Hoffnung? Ende des Zweiten Weltkriegs, im August 1945, musste das gewesen sein. Die Amerikaner hatten eine Atombombe über Hiroshima und Nagasaki abgeworfen. Die Pflanzen und Bäume in unmittelbarer Nähe des Epizentrums wurden völlig verbrannt und jedes Leben ausgelöscht. Der Ginkgo aber, der ungefähr einen Kilometer vom Explosionszentrum entfernt neben einem Tempel stand, verbrannte zwar, er schlug ein Jahr später aber aus, er gebar Blätter. War das so gewesen? Gerhard bemerkte das immer wieder, dass er von irgendwoher Halbwissen hatte, aber nie genau sagen konnte, wie die ganze Geschichte ging. Das ärgerte ihn. Ein Ginkgo – dass Menschen in ihrer Hilflosigkeit immer zu Symbolen und Allegorien griffen.

Gerhard durchfuhr Böbing, kaufte sich zwei obligatorische Leberkassemmeln beim Haslacher und beschloss, bei Toni einzukehren. Es war halb sechs, unter der Markise saßen zwei Frauen, ansonsten war Stille. Gerhard ging hinein, entdeckte Toni in der Küche. Der Chef kochte mal wieder selbst, weil er mal wieder einen Koch verloren hatte. Das kam wie das Amen in der Kirche und setzte eine seltsame Kurve in Bewegung. Der Chef kochte und war damit nicht mehr im Lokal präsent. Der Chef kochte zwar gut, aber viel zu langsam, und die Leute verhungerten vor den Getränken. Allmählich wurden die genervten Gäste weniger, bis Toni einen neuen Koch einstellte. Und schon war der Laden wieder rappelvoll. Die Toni-Kurve nannte Gerhard das bei sich, grinste still in sich hinein und trug sein Weißbier lieber selbst nach draußen. Nach und nach kamen einige Bekannte, nach und nach wurden die Weißbiere mehr, das Auto blieb am Ende bei Toni.

Er wurde gefahren. Als Gerhard in sein Bett stieg, lag da Seppi, der wieder wenig mehr als ein Grunzen von sich gab und keinen Millimeter rückte. Gerhard seufzte. Es war fast zwei Uhr, morgen würde Evi wieder da sein. Oder besser nachher. Evi sollte mitkommen zu Socher, Evi musste sowieso mit. Gerhard brauchte eine zweite Instanz, das spürte er. Er war gefährdet, seinen untrüglichen Blick zu verlieren.

# SECHS

*Unterhöhlt*
*vom flutenden Schmerz,*
*seelenbitter*

Gerhard fühlte sich, wie er aussah, Evi hingegen war das blühende Leben. Was sie immer war, aber heute war der richtige Ausdruck: überbordend blühend. Evi war auf Sri Lanka gewesen, in einem Hotel im Gebirge, das ayurvedisch arbeitete und in dem man irgendwelche Yoga- und anderen Exerzitien machen konnte. Gerhard hatte schon vor Evis Abflug jedes Gespräch darüber vermieden, er redete doch nicht über so einen Eso-Quatsch. Auch deshalb nicht, weil Evi Kassandra besucht hatte, die just in der Nähe aufgeschlagen war – zusammen mit ihrem Notarztfreund, der von irgendeiner Ärzte-ohne-Grenzen-oder-sonst-was-Organisation für ein halbes Jahr auf die Insel geschickt worden war. Gerhard verlor seine Exfreundinnen immer an solche tollen Kerle. Pfundskerle, die einfach besser waren als er. Auch bei Jo war das so gelaufen: Reiber war einfach klüger, gewandter, eleganter, cooler, attraktiver, modischer ... Der Notarzt war aufregender und fürsorglicher, und bei seinem letzten Telefonat mit Wilhelmine hatte die ihm vorsichtig gesteckt, dass ihr Besuch in Deutschland auf unbestimmte Zeit verschoben war, weil sie einen Tierarzt auf ihrem Hundeschutzhof kennengelernt hatte. So war das Leben!

Auch jetzt beließ er es bei ein paar Komplimenten zu Evis Aussehen, keine Nachfragen zum Urlaub. Er zerrte Evi fast in sein Büro, um ihr den neuen Fall darzulegen. Alles, um bloß keine Geschichten über Kassandra zu hören.

Evi hatte die ganze Zeit aufmerksam gelauscht, sich ein, zwei Notizen gemacht, ansonsten geschwiegen. Schließlich sagte sie: »Dieser Leo war also ein gutmütiger Dorftrottel, für den so ein Filmchen die Sensation in seinem sonst öden Leben bedeutet hatte?«

Gerhard nickte.

»Und Socher ist ein Exlehrer, der sich dem reinen Bayerntum verschrieben hat?«

»Auch korrekt.«

»Der Streit gehabt hat mit Leo? Öfter sogar?«

»Ja, meine Beste. Du braun gebranntes Frankenhäschen.«

Evi schnitt ihm eine Grimasse. »Idiot, allgäuischer. Okay, das dazu. Aber jetzt mal zum Fall: Meinst du echt, dass ein honoriger Exlehrer einen Dorftrottel ermordet? Wegen eines Films?«

»Nein, aber wegen verletzter Eitelkeit. Leo hat ihn komplett lächerlich gemacht, das verträgt so ein Kulturmännchen nicht.«

»Und dieser Socher hat das Ganze als Raubmord getarnt? Hat er das im Kreuz?« Evi blickte Gerhard aufmerksam an und sah einmal mehr einfach entzückend aus.

»Das werden wir sehen.«

Evi verzog die Schnute, was zum Niederknien niedlich aussah.

»Na, dann schauen wir uns den mal an.«

Sie durchfuhren den Guggenbergtunnel, Gerhard war immer noch verblüfft, wie schnell man durch die neue Umgehung in Hohenpeißenberg war. Socher wohnte im Steingadener Weg.

Der Hausherr öffnete selbst, und er war kein Männchen. Er maß sicher fast einen Meter neunzig. Sein graues Haar war voll, seine Gesichtszüge waren markig. So stellte sich Gerhard eher einen Bundeswehroberst a. D. vor, aber doch keinen Lehrer. Socher sah sie fragend an. »Ja bitte?«

Gerhard stellte sich und die Kollegin vor.

»Ach, die Gesetzeshüter! Wollen Sie den Film verbieten? Das wäre doch mal ein löblicher Einsatz für das Staatswesen!«, rief Socher.

Na, der hielt sich ja nicht lange auf.

»Dürfen wir reinkommen?«, fragte Evi zuckersüß.

»Sicher, gnädige Frau.« Er strahlte Evi an, ignorierte Gerhard und ging vor.

Das Wohnzimmer sah aus wie jedes Wohnzimmer im Bildungsbürgerhaushalt. Regale, die sich bis in die Decke zu schrauben schienen, Bücher über Bücher. Eine in die Jahre gekommene

Couchgarnitur, ein Tisch, bedeckt von Zeitungen. »SZ«, »Die Zeit«, »Der Spiegel«, eine »Neue Zürcher« ... Eine gepflegte Nachlässigkeit, die demonstrierte: Wir legen mehr Wert auf die geistige Nahrung als auf schnöde Statussymbole. Ein Fernseher war nicht zu sehen.

Gerhard fühlte sich unwohl. Es war zu heiß, der Typ machte ihn aggressiv, und er raunzte ihn an.

»Sie haben keinen Fernseher, Herr Socher? Wieso dann Ihr stimmgewaltiger Einsatz gegen den Film? Ich hatte Einsicht in Ihre Leserbriefe, da mussten Sie sich die Schmonzetten aber doch ansehen, oder?«

Socher starrte ihn an. Es flackerte in seinen Augen, dann setzte er aber einen mehr gelangweilten Blick auf, den des Lehrers für einen unbegabten Schüler, den der Meister sowieso längst aufgegeben hatte. »Ich habe recherchiert, selbstredend. Ich spreche nicht über Dinge, die ich nicht vorher intensiv beleuchtet habe. Wir haben einen Fernseher, oben im Haushaltsraum meiner Frau.«

Oh, die Gattin durfte im Kammerl ihr tristes und dunkles Bügeldasein durch Soaps erhellen. Gerhard verkniff sich den Satz.

»Sie waren aber tatsächlich ein vehementer Gegner des Films, oder?« Evi flötete und strahlte Socher an.

»Ja, und das bleibe ich auch. Volksverdummung, Klischees, aus der Schublade, die jeder aufziehen kann! Dümmliche Handlung, schlechte Schauspieler, Statisten in Landhaus-Oktoberfest-Dirndl und in der Lederhosn, pseudobairische Sprache, norddeutsche Schauspieler, Bayernklischees zum Erbrechen schlecht!«

Er klang gut, das zumindest musste Gerhard zugeben: Seine Stimme war wohlklingend, männlich, artikuliert. Evi schien ihn ganz toll zu finden. Ihn nervte der Typ.

»Nicht jeder ist für ARTE geboren, für Kunstfilme mit seltsamer Kameraführung und aus dem Film tropfender Depression. Einfach mal Unterhaltung, lassen Sie so was denn gar nicht gelten, Herr Socher?«

Bei »aus dem Film tropfender Depression« war Socher regelrecht zusammengezuckt. Klar, der Deutschlehrer hätte das fett unterringelt: Ausdruck.

»Herr Kommissar, das mag ja Ihnen und Ihresgleichen gefallen, aber nur weil alle das sinkende Niveau noch unterbieten wollen, kann es ja noch einige geben, die ...«

Gerhard war ihm barsch ins Wort gefallen. »Meinesgleichen? Herr Socher, Sie dürfen versichert sein, bei der Polizei ist Hauptschule ohne Quali nicht gefragt, ich habe sogar Abitur und studiert. Und lese trotzdem keine ›Zeit‹, keine intellektuelle Selbstbeweihräucherung sogenannter Kulturjournalisten.«

Evi war dem Gespräch erstaunt gefolgt, warf Gerhard einen bösen Blick zu und fiel ein: »Wir wollen doch nun keine Kulturdiskussion führen. Was interessiert, ist einzig die Tatsache: Sie hatten mehrfach Streit mit Leo Lang, der nun tot ist.«

Socher fuhr herum. »Sie wollen mich nun aber nicht verdächtigen, etwas mit dem Tod von Leo zu tun zu haben?« Er lachte, und das klang irgendwie gestellt. »Ich denke, er wurde wegen dieser Kameras getötet.« Er machte eine kurze Pause und lächelte süffisant. »Das ist doch eine interessante Fügung des Schicksals. Der größte Freund der Verdummungsfilmerei muss ausgerechnet wegen dieser sterben. So als gäbe es eine höhere Macht.«

Gerhard war nahe dran, ihn anzubrüllen, dass die Kameras gefunden seien. Das verkniff er sich gerade noch. Diese Tatsache sollte so lange wie möglich verdeckt bleiben. Würde sie angesichts der geschwätzigen Dorfbewohner sowieso nicht mehr lange, aber sie hatten noch keine offizielle Erklärung abgegeben. Dieser Socher verursachte ihm allmählich körperliche Beschwerden. In seinem Kopf pochte es. Dieser Dünkel! Diese Selbstgerechtigkeit!

»Herr Socher, Sie haben auch auf dem Bürgerfest mit Lang gestritten. Wenige Stunden später war er tot.« Gerhard starrte ihn an.

Socher starrte zurück.

»Wann sind Sie denn nach Hause?«, fragte Evi immer noch zuckrig süß.

»Gegen zwölf.«

»Kann das jemand bezeugen?«

»Meine Frau.«

»Die auch auf dem Fest war?«

»Nein, sie war zu Hause. Sie war etwas erkältet und ist früh zu

Bett«, sagte Socher, erstmals mit einer leichten Unsicherheit in der Stimme.

Na prima! Die Gattin hatte sicher nicht mitbekommen, wann ihr Mann zu Bett gegangen war. Wahrscheinlich hatte sie sich noch irgend so eine MediNait-Droge eingepfiffen, dachte Gerhard und fuhr ihn an.

»Das heißt, Sie haben kein Alibi?«

Socher war nun auch lauter geworden. »Wenn mein Nachtschlaf als Alibi nicht ausreicht, habe ich wohl keins! Wollen Sie mich verhaften? Wollen Sie mein Haus nach den Kameras durchsuchen? Nur zu, nur zu!«

Bevor Gerhard zurückbrüllen konnte, fiel Evi ein. »Für den Moment nicht, Herr Socher. Ist Ihre Frau denn jetzt zu Hause?«

»Nein, sie ist beim Einkaufen.«

»Aha«, sagte Evi. »Wir müssten Ihre Frau demnächst dann mal sprechen. Bis dahin: Wenn Ihnen noch etwas einfällt, rufen Sie mich an.« Sie sagte »mich«, nicht »uns«. Gerhard war auf hundertachtzig.

Als sie draußen waren, schoss Evi wie eine kleine Raubkatze auf ihn zu. »Sag mal, wenn du schon am Vortag saufen musst, dann lass deine Katerstimmung doch nicht an unserem Zeugen aus!«

»Zeuge! Der kann auch gut der Mörder sein, dieser Kulturtrottel!«

Evi wechselte den Ton und gab sich gelangweilt. »Es ist immer das Gleiche mit dir, Weinzirl. Du hast einen Kultur-Akademiker-Hass in dir. So bist du jedes Mal, wenn Menschen kultiviert und gebildet sind. Du solltest mal zum Psychiater gehen!«

»Auch ein Akademiker, geht demnach nicht.« Gerhard grinste leicht. Er hatte keine Lust auf Ärger, und ein bisschen hatte Evi ja recht, ihm war ein wortkarger Landwirt lieber als so ein aufgeblasener Schwätzer. »Evilein, wir lassen das Thema mal, ich hab hier 'ne Nachricht von Melanie, es gibt Neues zu den Kameras.«

Sie fuhren retour nach Weilheim, nicht ohne dass Gerhard in Peiting beim Rohrmoser noch eine Leberkassemmel kaufte. Er würde mal ein Buch schreiben über die besten Leberkassemmeln im Oberland. Über die besten Metzger. »Gerhards kleines Leberkassemmel-Brevier«. Er war der grandioseste und beherzteste Testesser zwischen Auerbergland und Starnberger See, keine Frage.

»Was grinst du so dümmlich rum?«, fragte Evi.

»Nichts, mein streitbares Frankenhäschen. Das ist mein ureigener dummer Blick. Fahr zu!«

Evi schüttelte nur noch den Kopf.

Melanie, die Evi noch nicht getroffen hatte, musste sie natürlich erst mal herzen und küssen und ihr tausend Fragen stellen. Gerhard versuchte wegzuhören, aber das Wort »Kassandra« flog immer mal wieder herüber. Er hatte den Eindruck, dass Evi extra lauter wurde, wenn's um Kassandra ging und um Jörg. Das war der Notarztfreund. Wenn einer schon Jörg hieß. So hieß man hierzulande mit Nachnamen, aber doch nicht mit Vornamen. Jööööörg, scheußlich! Als würde man auf einen Frosch treten. Jöööörg! Gerhard straffte die Schultern.

»Ich möchte die Damen ja nicht stören, aber ich würde mich nun doch gerne den Kameras zuwenden.«

Melanie war auch sofort sehr dienstbeflissen und begann zu berichten. Die Kameras waren eindeutig die vom Filmdreh. Das gesamte Material war tatsächlich komplett. Auch der Inhalt der Tasche der Standfotografin mit deren zwei Nikons und Objektiven war vollständig.

»Ich hab die halbe Nacht mit Felix Filmkassetten angesehen, puh, ich weiß ja nicht. Das wird ein ziemlicher Schmarrn.«

»Okay, und weiter? Etwas, was uns weiterhilft, Melanie?«

Über die Jahre hatte sich Gerhard angewöhnt, Melanie freundlicher zu behandeln. Sie war nämlich wirklich recht clever, nur ziemlich leicht zu verunsichern. Nicht zuletzt Evis Rügen hatten ihn da etwas geläutert. Melanie hatte ganz rote Backen.

»Äh, ja, also wir haben uns dann auch mal die Speicherkarten der Standfotografin auf den Laptop hier geladen. Ist mein privater, aber der ist besser als der PC hier. Äh ...«

»Ja, schon gut, Mel, und weiter!«

»Mir ist das erst gar nicht aufgefallen, aber Felix, also er ...« Melanie druckste rum.

Gerhard hatte die Stirn gerunzelt. »Ja, was nun?« Manchmal war es schwer, den guten Chef zu geben.

»Äh, ja ...«

Felix Steigenberger mischte sich ein. »Mel meint einige Aufnahmen, die ziemlich, na ja, ziemlich anders sind, äh, brisant sind, äh ...«

»Haben die euch beiden ins Hirn geschissen? Habt ihr getrunken? Drogen genommen?« Langsam wurde es Gerhard zu bunt.

»Da hat 'ne Frau Sex auf dem Balkon«, rotzte Felix raus. »Keine Ahnung, was das mit dem Film zu tun hat, aber sie treibt's mit zwei Männern.«

Melanie war knallrot angelaufen. »Ich hab die Standfotografin angerufen. Sie konnte sich erinnern. Hat sich halb totgelacht. Sie meinte, dass sie eben auch Details von Peiting fotografiere, dass sie in den Drehpausen auch mal auf Motivsuche gewesen sei. Dass sie während des Filmdrehs auch immer die Zuschauer und wartenden Statisten aufnehme. Und beim Rumzoomen sei sie auf dem Balkon gelandet. Die konnten's da oben machen, weil ja jeder auf den Film gestarrt hatte. Sie fand das sehr witzig.«

Evi hatte einen zweifelnden Blick aufgesetzt. »Na toll, Voyeurismus, und was hat das mit unserem Leo Lang zu tun? Hat der mit der Dame ...?«

»Nein, also am besten, ihr schaut mal selbst. Also Lang ... ach, schaut einfach. Die Bilder kommen in der Reihenfolge des Chips.«

Sie gruppierten sich um den Bildschirm.

Zwei kleine Mädchen mit Zöpfen, die mit geöffnetem Mund hoch fasziniert irgendwohin starrten. Wohl auf den Filmdreh, nahm Gerhard an.

Eine alte Frau. Auch sie voll gebannt.

Zwei Männer, die miteinander tuschelten.

Dann änderte sich die Kameraperspektive. Von unten ein Mann, der aus einem Fenster glotzte. Leo Lang, ganz eindeutig. Der Mann hatte ein Fernglas nach unten zum Filmdreh gerichtet.

»Das ist Lang!«, rief Gerhard.

»Eben«, kam es von Felix Steigenberger. »Jetzt wartet mal. Es geht gleich weiter.«

Wieder die zwei Mädchen.

Leo Lang, das Fernglas in eine andere Richtung gereckt.
Dann eine Frau, die gerade von einem Mann von hinten genommen wurde. Zumindest lag der Verdacht nahe, wenn auch seine Hüften vom Balkongeländer verdeckt waren. Seine Hände lagen auf ihrer Brust, sie hatte ein Bikinioberteil an.
Wieder Leo Lang.
Melanie drehte sich zu den anderen um. »Das ist die erste Sequenz. Es war dann Drehpause für den Vormittag. Weiter geht es am Nachmittag. Die Standfotografin sagt, sie sei ziemlich amüsiert gewesen und habe am Nachmittag dann die beiden Balkone im Visier gehabt.«
Es ging weiter: Leo Lang, das Fernglas neben sich, im Fenster liegend. Sein Blick definitiv geradeaus, nicht nach unten gerichtet.
Die Frau vom Balkon in einem Top und mit riesiger Sonnenbrille, die unten irgendjemandem zuwinkte.
»Jetzt kommt der Lover wieder, oder was?«, fragte Evi in einem unguten Tonfall.
»Warte«, sagte Mel.
Es folgten einige Menschen am Rande des Drehs. Wie dumm manche in diesen Momentaufnahmen aussahen, wenn die Gesichtsmimik eingefroren war.
Der Balkon, die Frau und eindeutig ein anderer Mann, die sich mit etwas Rötlichem im Longdrinkglas zuprosteten.
Evi entfuhr ein seltsamer Laut. Gerhard starrte auf den Schirm.
»Mach das Gesicht des Mannes größer!«
Ein markanter Mann, kurze Haare. Älter. Es war Socher, keine Frage.
»Weiter!« Gerhard klang gepresst.
Wieder Leo Lang, diesmal wieder mit dem Fernglas vor den Augen.
Nochmals Lang.
Und wieder Lang, mit halb offenem Mund.
Dann der Balkon. Die beiden hatten die Gesichter einander zugewandt. Die Frau saß rittlings auf dem Mann, wieder waren nur die Torsi zu sehen. Ihr Gesicht war leicht nach rechts abgewendet.
»Auf die Frau!« Gerhard wollte das nicht glauben.

Das Gesicht wurde größer. Es war zwar teils durch halblange dunkelblonde Haare mit helleren Strähnchen bedeckt, aber sie war es. Das war Miri, Baiers schöne Nichte.

Gerhard durchlief ein Schauer. Er bemühte sich, ruhig zu wirken. Blickte in die Runde. Evi hatte sich auf den Schreibtisch gesetzt, Melanie sah Evi an. Keiner sagte etwas. Sekundenlang.

Dann begann Evi zu sprechen. »Leo Lang, das Mordopfer, war ein Spanner. Er hat eine Frau beim Sex, zumindest sieht es so aus, beobachtet. Die Frau hatte Sex mit zwei Männern. Den zweiten kennen wir. Egon Socher, just der Mann, den wir heute schon mal befragt haben wegen Lang. Socher, der sowieso eine Mordswut auf Lang hatte.«

Das Wort »Mordswut« hing im Raum.

»Die Frau ist wohl kaum seine Ehefrau, oder?«, fragte Melanie.

»Wir haben sie nicht kennengelernt«, sagte Evi. »Aber Lang wohnt in einem Haus im Steingadener Weg. In dem Eck von Peiting scheinen die besseren Leute zu wohnen. Ich glaube kaum, er vögelt seine Ehefrau auf einem Balkon im Zentrum.«

»Das ist nicht seine Frau«, kam es von Gerhard.

Evi fuhr herum. »Du weißt, wer das ist? Du weißt auch, wer der andere Mann ist?«

»Ich glaube zu wissen, wer das ist. Den andern Mann kenn ich nicht. Ich muss jetzt mal telefonieren. Lasst mich bitte alle mal in Ruhe. Ich muss einen Zeugen befragen. Sofort.«

Evi starrte ihn an. »Du musst? Wir sind ein Team!«

Gerhards Stimme bebte. Er hatte Mühe, sich unter Kontrolle zu halten. »Danke, Mel, danke, Felix. Sehr gut gemacht. Danke euch allen. Evi, ich erklär dir das später. Ihr geht jetzt mal alle was essen oder sonst was! Ihr habt frei bis morgen.« Gerhard holte kurz Luft. »Mel, ich brauch den Laptop, Sie bekommen ihn unbeschadet wieder.«

Melanie nickte nur verwirrt.

»Und jetzt bitte raus!«

Evi starrte ihn an, ihr Gesichtsausdruck war irgendwas zwischen Wutanfall und Heulkrampf. Gerhard wusste, dass sie später weinen würde. Aus Unverständnis, aus Machtlosigkeit, aus

Enttäuschung über ihn. Er war nun mal eine einzige Enttäuschung als Mann – und als Chef eine Zumutung. Gerhard brüllte ein »Verdammt!« gegen den Computer und nahm dann das Telefon. Baier war da und wollte warten. Gerhard schnappte sich den Laptop und stürzte die Treppe hinunter. Im Auto versuchte er ruhiger zu atmen. Er drehte die Klimaanlage auf eiskalt. Schweren Herzens hatte er sich von seinem alten VW-Bus getrennt, der TÜV hatte sie geschieden. Nun fuhr er einen Škoda Kombi mit viel Platz im Fond, und ganz allmählich gewöhnte er sich an die Errungenschaften der Automoderne.

# SIEBEN

*Zähle, was bitter war und dich wach hielt,*
*zähl mich dazu.*

Baier öffnete ihm die Tür. Der Rest seiner Familie war wieder mal nicht zu sehen. Baier nickte ihm lediglich zu. Seine Miene war angespannt.

Sie gingen in Baiers Arbeitszimmer, das Gerhard bisher noch nicht kennengelernt hatte. Baier hatte also doch noch sein eigenes Reich. Der Kühlschrank aus dem Hobbykeller war da, die Bierkrüge auch. Jede Menge Bücher, ein Schreibtisch, eine alte Stereoanlage, ein Relaxstuhl. Der Raum lag in einem seltsamen Halbdunkel, was von den Jalousien kam. In diesem Licht war der Computer unangenehm hell, er forderte die Aufmerksamkeit geradezu. Gerhard musste gar nichts tun, Melanie hatte ihnen »Diashow« eingestellt. Gerhard wagte es nicht, Baiers Blick zu suchen. Als die Show von vorn begann, schmiss Gerhard den Deckel regelrecht zu.

»Baier, wieso tut sie das?« Dumme Frage. Was ging es ihn an, ob Baiers zweifellos attraktive Nichte die Dorfschlampe war? Es betraf ihn nicht oder nur insoweit er einen Mörder zu finden hatte und sowohl Miri als auch ihre Lover höchst verdächtig waren.

Baiers Gesicht lag im Halbdunkel. Er war auf seinen Relaxsessel gesunken. »Sie hat aufgegeben. Sie hat sich aufgegeben. Ihre Werte. Sie rächt sich. Aber sie tut sich dabei nur selber weh.«

Baier wirkte auf Gerhard ungewöhnlich angespannt.

»Woran rächt sie sich durch Vögeln?«

»Die Frage lautet: An wem? Die Antwort lautet: An ihrem Mann.«

»An ihrem Mann?«

»An ihrem Exmann. Er hat sie zerstört.«

Auch das Wort »zerstört« war Gerhard zu stark, zu dramatisch für Baier.

»Inwiefern zerstört?«, fragte Gerhard und fühlte sich irgendwie unwohl.

»Letztlich weil er ihr die Heimat genommen hat. Miri war immer sehr offen, sie hatte ein großes Herz für ihre Nachbarn, hatte Esel und Ponys, auf denen sie alle Nachbarskinder hat reiten lassen. Unentgeltlich natürlich. Ich hab ihr immer gesagt: ›Das dankt dir keiner.‹ War auch so. Wenn sie – was selten mal vorkam – krank war, schleppte sie sich mit neununddreißig Fieber in den Stall. Von den Nutznießern ihrer Großzügigkeit war weit und breit keiner zu sehen. Aber auf mich hat sie nicht gehört.«

»Und ihr Mann?«

»Termine, wichtige Termine. Ein wichtiger Mensch, die Arbeit geht vor. Alles geht vor. Und nun lebt er da. Mit seiner Neuen, eine dumme Person. In Miris Haus. Verstehen Sie, mir ist es ziemlich wurscht, wo ich wohne, solange ich Bier und Rum und meine Bach-LPs habe. Miri aber hatte dieses Haus. Wissen Sie, Weinzirl, das war ihr Haus. Es hat zu ihr gepasst wie ihre Latzhosen und Flatterröcke. Wie ihre Sonnenbräune. Ein bisschen nachlässig. Immer großzügig. Sie haben im Gleichklang geatmet. Ihre Handschrift hat aus dem Haus ein Zuhause gemacht. Für sie gehörte ihr Mann dazu. Sie hat zu ihm gehalten. Er hat sie geschlagen. Ich meine, nicht verprügelt. Es ist ihm die Hand ausgerutscht. Mehrfach. Kavaliersdelikte eben, passiert so einem überarbeiteten Mann schon mal.«

Gerhard sah Baier aufmerksam an. »Dann war er doch einfach ein Arschloch. Warum hat sie wegen so einem ihre Heimat aufgegeben?«

»Die übliche schmutzige Scheidung. Rosenkrieg. Aber da war mehr. Miri hatte die inzwischen erwachsenen Söhne – erwachsen im Sinne von Jahren, nicht im Sinne von Geistesstärke – ihrer Nachfolgerin unterrichtet. Sie war mal an der Realschule. Eine ganz junge Lehrerin. Engagiert, vielleicht zu kumpelhaft zu den Kids. Alle drei der Söhne waren damals schon so, dass man sie null beeinflussen konnte. Es gab nur Ärger. Es waren immer die Lehrer schuld, einer nach dem anderen ging auf die Hauptschule zurück, nie weil Zweifel an den Gören aufgekommen wäre, nein, es waren immer die anderen. Die Lehrer, die Gesellschaft. Die

Gören waren ja antiautoritär erzogen worden, sollten sich frei entfalten dürfen. Ha, ein Leben ohne Grenzen bringt immer das Schlechteste hervor. Es ist Betrug an den Kindern, sie nicht zu erziehen. Die Eltern machen es sich verdammt einfach, und am Ende nehmen sie ihnen jede Chance auf ein Leben in der Mitte der Gesellschaft.«

»Also, ich versteh Sie richtig, Baier? Miris Ex ist mit der Mutter von ehemaligen Schülern zusammen, und die ehemalige Lehrerin ist ein Hassobjekt?«

»Natürlich, späte Rache. Miri war die Staatsfeindin Nummer eins. Sie war angeblich schuld, dass die Jungs schulisch scheitern mussten und später nicht mal 'nen Quali zustande gebracht haben. Was die im Einzelnen machen, keine Ahnung. Einer ist, glaub ich, dauernd in Schlägereien in Schongau verwickelt, einer rast mit aufgemotzten Autos rum und erfreut die Kids mit Darbietungen der besonderen Art. Er füllt Mädels ab, die er dann öffentlich vorführt. Die Dreizehnjährigen – und das sind oft ganz nette, harmlose Kids – haben dann pornografische Fotos oder Filmchen auf ihren Handys. Weinzirl, ich sage Ihnen, wenn ich so was bei Winnies kleinem Bruder nicht selber gesehen hätte, ich würde das nicht glauben. Winnies Mutter ist eine brave, katholische, einfache Frau, die hat mir das gezeigt. Unglaublich, sag ich nur. Dass ein Kind mal über die Stränge schlägt, mal eine ungute Phase hat, geschenkt. Das kennen wir in unserem Job. Aber alle drei? Und an allem war die Gesellschaft schuld. Und Miri.«

Gerhard hatte die Stirn gerunzelt. »Aber das ist doch Unsinn, ich meine, über den Verbleib an einer Schule entscheidet doch die Lehrerkonferenz oder der Direktor oder sonst wer.«

»Sicher, aber ich rede hier von Wahrnehmungsverlust und Selbstbetrug. Solch antiautoritäre Kinder werden sich schon irgendwann mal finden – denken die Eltern, wollen die Eltern glauben machen. Die meisten finden sich nie mehr, und die anderen haben lange Zeit, bis ins hohe Erwachsenenalter hinein, anderen die Fresse zu polieren. Sie schlagen Scheiben ein, sind für Vandalismus gut, und ihre Eltern sehen weg. Freie Entfaltung, längst schon wird dieser Kinder keiner mehr Herr. Sie und ich, Weinzirl, kennen solche Fälle nur zu gut.«

Gerhard war immer noch verwundert über die Bitterkeit in Baiers Stimme, und so ganz begriff er das alles nicht. »Und um auf Ihre Nichte Miri zurückzukommen: Der Ex lebt mit der Schülermutter nun also in dem Haus? Warum?«
»Sie hätte ihn auszahlen müssen oder ihm das Haus überlassen. Sie war auf der Flucht, letztlich. Sie hat versucht, sich dagegenzustemmen, aber wenn die Last zu schwer wird, stemmen Sie nichts mehr. Sie war auf der Flucht. Ist sie bis heute. Diese ganze Vielmännerei ist auch nur Flucht. Ich hätte ihr gerne geholfen.«
»Baier, ich kenne Ihre Nichte nicht. Aber das klingt doch so, als müsste sie froh sein, den Typen los zu sein.«
»Sicher, rational betrachtet. Emotional nicht. Wissen Sie, Weinzirl, Miri war mal 'ne ganz heiße Hummel. Hier gab's den Griechen. Hieß eigentlich anders, der Typ, war aber Grieche. Da verkehrte die damalige Szene, da gab's die angesagte Musik. Sie haben doch mal von Ihrem ›Pegasus‹ in Kempten erzählt. Das ist vergleichbar, rockige Musik, Kultbands. Sie wissen schon, Pink Floyd, Alan Parsons – was Sie auch gehört haben, Weinzirl. Miri hat gekifft, wie alle. Kein Alkohol, aber häufig zugekifft. Sie hat dann in Augsburg studiert und war jedes Wochenende hier. Weitergekifft. Ihre Männer hielten meist ein Jahr, dann kam der nächste. Ihre Heirat war so was wie eine Umkehr, wie ein Bekenntnis, es besser machen zu wollen. Und er war Marke großer Junge. *Très charmant.* Um seine Außenwirkung bedacht. Journalist und damit Diva. Einer, der urteilen darf und muss über andere. Ist ja ein hehrer Beruf, das Gewissen der Region zu sein. Zu Hause ließ er die Wut raus. Höchst unkontrollierter Typ, sehr aggressiv«, sagte Baier.
»Sie mochten ihn nicht?«
»Nein, so stimmt das nicht. Jeder mochte ihn. Das war ja Miris Problem. Nach außen der immer lustige Gaudibursch. Der volksnahe Stammtischsitzer. Zu Hause das Rumpelstilzchen. Sie hat unendlich darunter gelitten. Unter dieser Fehleinschätzung der Umwelt. So ein netter Gatte. Als sie getrennt waren, hat sie noch mehr gelitten, weil er es gut verstanden hat, den armen Mann zu geben.«
»Halt, Baier.« Gerhard stoppte Baier mit einem Stirnrunzeln.

»Wenn er eine andere hat, liegt da nicht das Mitgefühl bei der Frau? Sie ist doch die Ge... Gearschte.«
»Falsch, Weinzirl, ganz falsch. Ich sehe schon, Sie kennen die Sozialsysteme im ländlichen Raum nicht. Wenn ein Mann 'ne andere hat, muss die zu Hause schon ein rechter Besen gewesen sein. So rum funktioniert das.«
»Also mochten Sie ihn wirklich nicht?«
»Ich habe ihn durchschaut, als einer der wenigen. Mit Mögen oder Nichtmögen hat das nichts zu tun.«
Daran hatte Gerhard keinen Zweifel. Wenn es einen mit Menschenverstand gab, dann war das Baier, der alte Fuchs. Aber ganz so einfach war das nicht. »Das ist eine der Tücken unseres Jobs, Baier. Wir lernen die Leute erst kennen, wenn sie tot sind. Ich kenne sie nur durch die Augen der anderen, und die haben entweder rosarote Brillen auf, oder sie haben Sehfehler. Oder aber sie sind geblendet vom Hass.«
»Menschen können Menschen nicht objektiv beurteilen, weil sie selber nur Menschen sind. Aber Sie, Weinzirl, können ja auch nicht objektiv sein, das gleicht sich am Ende aus. Sie sehen doch auch durch ihre Allgäuer Sturschädel-Macho-Brille.«
»Baier, bin ich gar stur?« Gerhard versuchte witzig zu klingen, aber ihm war gar nicht zum Scherzen zumute. »Und ein Macho? War das nicht eher Miris Mann?«
»Macho? Sie sind keiner, und er ist auch kein echter. Ich weiß nur, dass er absolut abhängig von Lob war. Miri hat ihn zu wenig gelobt. Sie war, leider, muss ich sagen, leider für Miri, zu wenig beeindruckt. Sie hat zu niemandem aufgesehen, für sie waren alle Menschen gleich. Sie hatte einen Müllkutscher auf ihren Festen und eine Professorin an der Veterinärärztlichen Fakultät in München. Eine Seelenverwandte Ihrer Jo. Oder meiner Frau. Frauen, die es schwer haben. Sind faszinierend, helfen aber unserer Eitelkeit nicht. Miri war zu groß für ihn. Viel zu groß und viel zu großzügig.«
Das klang tatsächlich nach Jo.
Baier lächelte ein zynisches Lächeln. »Die Neue ist dankbar. Sie ist zwölf Jahre älter und tut alles, um den jugendlichen Lover zu halten. Sie hat ihren Kindern jeden Kontakt zu ihr untersagt,

weil der Lover die Dumpfbacken nicht mag. Sie hat ihre Freundinnen aus ihrem Leben verbannt, weil der Lover diese auch nicht mag.«

Gerhard gab ein Schnauben von sich. »Ist er wirklich so toll?«

»Nein, aber sie reagiert auf seine Manipulationen perfekt. Ist das nicht ein Liebesbeweis, wenn ich alles aufgebe, für den einen?«

Gerhards Schnauben wurde lauter. »Quatsch!«

»Sicher Quatsch, lieber Weinzirl, und sie soll auch ihre Qualitäten haben.« Baier lachte kurz auf. »Früher hatten wir in Peiting die rassige Spanierin. Ich komm nicht mehr auf den Namen, die hatte einen großen Fankreis, möchte ich sagen. Auch jüngere dabei, eingedenk der Regel: Auf alten Radeln lernt man fahren.«

»Nicht wenn sie auf der Felge daherkommen«, brummte Gerhard und überlegte, wie er Baier aus diesem Strudel negativer Gedanken wieder rausbekommen konnte. Gerhard spürte, dass Baier seine Nichte wohl liebte wie eine Tochter. Aber er hatte einen Mord zu klären, und diese Miri war für ihn Teil des Falls. Mehr nicht.

Baier hatte eine Weile geschwiegen und sagte nun: »Sei es, wie es sei: Er kam mit so einer Frau wie Miri nicht zurecht. Die wenigsten Männer tun das. Bei meiner Ehe stand es auch Spitz auf Knopf. Meine Frau ist ebenfalls so eine Persönlichkeit. Mit einem Unterschied. Ich bin ein Brummbär, ich weiß das – aber ich ruhe in mir. Miris Mann war für meine Begriffe höchst selbstunsicher. Coole Fassade, dahinter nur Seelenmüll und Angst. Angst, zu versagen, Angst, nicht anzukommen bei den Leuten, Angst, nicht dazuzugehören.«

»Wo dazugehören? Wie gehört man denn dazu?«, fragte Gerhard, für den das alles schon wieder viel zu psychologisch wurde. Er hatte nie den Wunsch gehegt, irgendwo dazuzugehören. Entweder die Menschen nahmen ihn so, wie er war, oder eben nicht. Außerdem konnte er sich sehr gut allein beschäftigen. Und mit Seppi.

»Die beiden sind ein paarmal umgezogen. Durch diverse Dörfer zwischen Starnberger See und Lech. Er war immer sofort der bessere Dorfbewohner, der perfektere Trachtenträger, das engagierteste Mitglied im Sportverein. Aber auf dem Land gehört man nur dazu, wenn man seine inzüchtlerische Verwandtschaft bis ins

Mittelalter zurückverfolgen kann. Weinzirl, sehen Sie genau hin: Je nach Ort heiraten die Zwinks immer die Maderspachers, die Niggls die Schleichs und so weiter. Wenig Mischehen, Weinzirl. Wenn jemand zuzieht, dann bereits paarweise. Das sind die Leute, die dann in den Neubaughettos leben. Die in der Babyspielgruppe oder der Welpenspielgruppe sind.«

Gerhard musste lachen. Aber war es nicht wirklich so? Baier hatte recht.

»Und wenn überhaupt Mischehen, dann werden Ossi-Mädchen geehelicht, die irgendwo in der Gastronomie im Service arbeiten. Sie bekommen flugs Kinder, lassen sich nach zwei Jahren wieder scheiden und gehen zurück in den Osten. Die Kindsväter zahlen und fahren alle vier Wochen Hunderte von Kilometern bis an die polnische Grenze, um ihre Kinder zu sehen.«

»Weinzirl, Sie sind der gleiche Zyniker wie ich. Aber so ist es. Hier muss man zu den Familien gehören, die die Fäden in der Hand haben. Wenn man zu den Burschenschaftlern gehört, ist man dabei. Sie glauben gar nicht, was die für eine Macht haben auf den Dörfern.«

»So wie Leo Lang?«

»Klar, der wirkte auf den ersten Blick grobschlächtig und umbackt, aber bauernschlau sind die hier alle.«

»Aber dann hat Miris Mann doch auch nie dazugehört, oder?«

»Nein, mir war immer klar, dass diese Ehe nur scheitern konnte.«

»Hat Ihre Nichte das nicht auch so gesehen?«

»Ich wiederhole mich: Rational ja, aber tief drinnen hatte sie das Gefühl, versagt zu haben. Sie wollte ihn wirklich begleiten, bis dass der Tod sie geschieden hätte. Und nun flüchtet sie in ihr altes Leben. Männer zur Ablenkung ...«

»Auch Drogen? Wie früher?«, unterbrach Gerhard ihn.

»Ich glaube nicht. Aber manchmal hab ich den Eindruck, sie trinkt zu viel.«

»Muss sie denn nicht arbeiten?« Der Gedanke schoss soeben durch Gerhards Kopf. Arbeit war ein gutes Regulativ, um nicht komplett abzustürzen.

»Das ist das nächste Problem, Weinzirl. Sie hat die Schule verlassen. Dabei war sie eine wunderbare Lehrerin. Sie hat Geld. Leider, in dem Fall, Weinzirl. Sie lebt von den Mieteinnahmen nicht schlecht. Sie hat zu viel Zeit zum Nachdenken und Unsinntreiben. Gut, um vollständig zu sein: Sie macht ehrenamtlich Konversationskurse im betreuten Wohnen, hat ein paar Seniorinnen, mit denen sie Englisch oder Französisch plaudert. Und was glauben Sie?«

Gerhard sah ihn fragend an.

»Da wird ihr nun unterstellt, sie wolle sich ein Erbe erschleichen. Die eigenen Kinder schauen die Mutter mit dem Arsch nicht an, aber wenn die demente Mutter und der Alzheimervater dann im Sterben liegen, dann stehen sie da. Mit offenen Händen, die Gier in den Augen. So ist die Denke!«

Baier schüttelte den Kopf unwirsch und fuhr fort: »Miri will bestimmt nicht erben. Wenn sie was zum Saufaudern hat, dann Geld. Da sind alte Damen, die haben gar niemanden mehr. Die alte Frau Paulus zum Beispiel, der Mann ist bei einem Bergwerksunglück umgekommen, der Sohn später in den Achtzigern auch noch gestorben. Sie ist steinreich und allein. Miri besucht sie häufig. Komisch eigentlich, die Paulus ist hart wie Kruppstahl, und Miri ist so liebenswert. Aber irgendwie verstehen die sich.«

Gerhard blickte ins Leere. Sie schwiegen. Baier stand auf, hantierte mit etwas und stellte Gerhard ein winziges Glas hin. Er probierte. Ein Geschmack wie ein weicher Grappa Riserva. Aber doch anders. Wie Rum, aber eben nur in Nuancen rumig.

»Aus Panama. Rum aus Panama. Sehr weich. Vollendeter Geschmack, oder, Weinzirl?«

Gerhard nickte. Vollendeter Rum und so viele unvollendete Leben.

Sie tranken, bis Gerhard seufzte. »Der eine Mann ist Socher. Wissen Sie, wer der andere ist?«

»Auf dem Bild ist das schwer zu erkennen, aber zu neunundneunzig Prozent ist das Rainer Bader. Ein Restaurator. Lebt in Willofs. Miri kennt ihn schon lange.«

»Willofs?«

»Ja, er hat da 'nen alten Hof geerbt. Da arbeitet er. Er und seine Frau besitzen auch eine Penthousewohnung in Schongau. Sie wissen schon, so ein über den Dächern der Altstadt liegendes Ding.«

Gerhard kannte Willofs. Jeder im Allgäu und im westlichen Oberland kannte Willofs, sofern er nicht gerade als Popper auf die Welt gekommen war. Willofs, die einzige echte Kultkneipe, die die Allgäuer Welt hervorgebracht hatte. Und wie immer erinnerte sich Gerhard nicht, wie das Gasthaus eigentlich hieß. Willofs war das Dorf, das Gasthaus hatte natürlich einen ordentlichen Namen. Aber man war immer »auf Willofs« gefahren. Er stellte das Nachdenken über den Namen erst mal ein. Jetzt, mit verkrampftem Hirn, würde das eh nichts werden.

»Ein alter Kumpel mit Sonderaufgaben also?«, sagte Gerhard.

»Ja, so nennt man das wohl.«

»Und Socher? Warum Socher?«

Baier zuckte mit den Schultern. Er war am Limit. Ungewohnt für Baier.

»Baier, was denken Sie? Was bedeutet das für den Fall?«

Baier gab ein Ächzen von sich. »Leo hat Miri beobachtet. Ob er Rainer Bader kennt, weiß ich nicht. Socher kennt er. Socher kann er nicht ausstehen.«

»Genau, und da bietet sich ihm eine tolle Gelegenheit«, ergänzte Gerhard.

»Aber er hatte nur ein Fernglas, keine Kamera«, warf Baier ein.

»Aber die Fotografin hatte eine, und das bedeutet …«, sagten beide Männer im Chor.

Gerhard riss sein Handy raus. Gut, dass er die privaten Nummern seiner Mitarbeiter eingespeichert hatte beziehungsweise Evi sie ihm eingespeichert hatte.

»Melanie, haben Sie zufällig die Telefonnummer der Standfotografin?« Sie hatte. Sie war nämlich zurück ins Büro gegangen, um etwas aufzuarbeiten. Er wollte sie dafür nun wahrlich nicht tadeln. Hektisch notierte er die Zahlen. Er wählte die Nummer, und die Frau ging auch netterweise an ihr Handy. Gerhard stellte kurze Fragen – und erhielt Antworten.

Baier hatte Rum nachgefüllt. Gerhard trank und fühlte die Wärme.

»Wie wir es uns dachten. Die Frau sagt, dass Leo ihr sogar zugewinkt habe. Man kannte sich ja. Leo war ja schon von Anfang an das Filmmaskottchen. Er hat sie unten auf dem Platz gesehen, er hat gewusst, dass sie ihn fotografiert hatte.«
»Und er hat gewusst, dass die Dame den Balkon fotografiert hatte«, sagte Baier.
»Sicher, das geht ja auch aus der Richtung des Fernglases hervor.«
»Ja, aber hat sie ihm denn die Bilder gegeben?«, fragte Baier.
»Nein, das musste sie auch gar nicht. Sehen wir mal das Zeitfenster. Sie hat am Vormittag fotografiert und am Nachmittag. Socher ist auf der Nachmittagssequenz drauf. Sie hat dann die Kamera gewechselt und auf dem Bürgerfest fotografiert. Bis in die Nacht hinein. Noch vor dem Gewitter hat sie ihr gesamtes Equipment Leo zum Aufpassen gegeben. Ist selber zum Feiern gegangen.« Gerhard atmete tief durch. »Wann hatte Leo Lang den Streit mit Socher?«
Baier überlegte. »Es war sicher nach dem Gewitter. Das war nur kurz und heftig. Dann hat's geregnet. Weinzirl, wenn ich so recht nachdenke: Der Leo stand unter einem Schirm und hatte was in der Hand! Sicher!«
»Die Bilder! Aber wie wurden aus dem Kamerachip Bilder?«, fragte Gerhard. »Und wann?«
»Irgendwann dazwischen. Leo muss den Chip runtergeladen und ausgedruckt haben. Wie aber das?« Baier hatte begonnen herumzugehen.
»Er war zu dem Zeitpunkt doch schon als Wächter in der Bank.«
Baier stoppte dicht vor Gerhard. »Aber er war doch nicht allein. Winnie war dabei. Wir müssen Winnie fragen, ob Leo verschwunden ist!« Baier sah auf seine Armbanduhr, die sehr schlicht war, uralt und wahrscheinlich sehr wertvoll. Ohne dass man ihr das angesehen hätte. Sie passte zu Baier.
»Winnie ist am Bau. Er müsste Feierabend haben. Kommen Sie, Weinzirl!«
»Wohin denn?«
»Zur Brücke. Winnie sitzt bei Marlene. Da sitzt er jeden Tag.«

»Marlene?«
»Der Kiosk an der Brücke. Hat so ein kleines Stüberl dabei. Und hat Marlene. Prima Mädchen. Eine Institution!«

Gut, ein Vorteil des Škoda war, dass seine Kurvenlage weit besser war als die des Busses. Gerhard nahm die Kurven am Schnaidberg viel zu schnell. In Rottenbuch standen gottlob mal keine Kollegen mit dem Blitzer, und es war am Campingplatz auch nicht gerade »Jungbullen-Ausbildung«, wo junge Kollegen Verkehrskontrolle üben mussten. Erstmals lernen durften, wie es war, beschimpft und belogen zu werden. Ach, der Blinker ist grad noch gegangen – obwohl der sicher schon ein halbes Jahr lang tot war. Ach, ich war grad dabei, mich anzuschnallen, ich hatte meine Jacke nur ausgezogen. Ach, mein Führerschein, also der ist im Geldbeutel meines Mannes, weil ich doch gestern mit dem Geldbeutel, also … Die ganze Litanei des Ausredenelends.

Vor dem Kiosk saßen ein paar alternde Motorradler, einer begrüßte Baier gleich mal mit »Baier, werst Fußgänger, wo is dei Hocker?«. Es folgte ein launiger Wortwechsel übers Motorradeln. Alte Männer unter sich, die Jugend fuhr ja schon lange keine heißen Öfen mehr.

»Mein heißer Ofen steht in der Garage. Da steht er gut«, sagte Baier.

»De Öfen san vielleicht no hoaß, aber mir Fahrer san maximal lauwarm«, lachte gerade einer, der zwei Minihunde dabeihatte. Ein »Easy Rider« mit Handtaschenhunden, die Welt wurde immer undurchsichtiger. Gerhard grinste in sich hinein. Am anderen Tisch saß die Baufront, alle in Engelbert-Strauss-Gewandung, alle redeten irgendwas und waren doch mit mindestens einem Ohr bei ihnen. Gerhard gab sich keiner Illusion hin, dass die nicht wussten, wer sie waren.

Die als Institution angekündigte Marlene kam gerade mit ein paar Weißbieren aus der Tür und begrüßte Baier hocherfreut. Gerhard hatte eine alte Kneipenmatrone erwartet, keine zierliche hübsche Frau mit Locken. Sie stellte die Weißbiere bei der Latzhosenfront ab und sah Baier an.

Baier machte eine leichte Kopfbewegung, die Marlene und

Gerhard richtig zu deuten wussten. Sie gingen nach drinnen, wo es gemessen an der Hitze draußen wie im Eisschrank war.

»Marlene, guat schaugst aus. Mein Kollege Weinzirl. Oder besser: Er ist jetzt der Superbulle, ich bin der Rentenopa. Du, Marlene, hast du den Winnie gesehen?«

Marlene lächelte und schenkte Gerhard ein »Griaß di« und sagte zu Baier gewandt: »Der kommt gleich wieder. Musste einen nach Steingaden fahren.«

»Prima, schickst du ihn uns rein? Muss ja nicht gleich durchs ganze Ammertal getrommelt werden, was wir zu reden haben.«

Marlene lächelte ein feines Lächeln. »Was trinkt ihr so lange?«

Angesichts des doppelten Rums bestellte Gerhard einen Russ, Baier ein Weißbier. Dass das Bier vom »Hasen« war, war natürlich ein Manko.

Wenig später kam Winnie rein. Auch er ganz in Strauss-Latzhose, das Karohemd hatte er falsch rum an, die Knöpfe nach innen.

»Herr Baier!« Winnie schien erfreut. Gerhard kannte er natürlich noch. »Herr Kommissar.«

»Hat's pressiert heut Morgen, Winnie?«, fragte Baier.

»Warum?«

»Dein Hemd.«

»Auwe zwick.« Er lachte schief.

»Harte Nacht?« Baier zwinkerte ihm zu. Das war Baier, das war er auch, dachte Gerhard und lehnte sich fast wohlig zurück. Erst mal die Leute sich warm reden lassen, man konnte hier am Land nicht einfach so mit der Tür ins Haus fallen.

»Mir hamm an Geburtstag ghett, in der Firma. Woast, do wollten dia echt a Stripperin, die wo aus der Torte kimmt.« Winnie hatte die Stirn gerunzelt, dann sah er Baier an. »Bei eis am Bau passt doch a Torte ned, da miast de Stripperin ja aus dem Wurschtsalat hupfn.«

Gerhard gab ein unterdrücktes Geräusch von sich. Er stellte sich gerade die Stripperin mit den Zwiebelringen am Ohr vor und hatte alle Mühe, nicht laut rauszuplatzen. Baier bewahrte den nötigen Ernst und nickte verständnisvoll.

Winnie fuhr fort: »Mir hamm dann bloß gsuffa, Jacky und so

an Krampf, aber woast, unter der Woch. Einfach so unter der Woch.«

Ja, das Trinken unter der Woch beschränkte sich auf eine bis zehn Feierabendhalbe, besinnungslos hingegen trank man sich erst am Wochenende. Die Polizei konnte ein Lied von den Bauwagen- und Stadlfesten singen. Von Mädchen mit Alkoholvergiftung, von reihernden Vierzehnjährigen, denen man den Magen auspumpen musste. Oh ja, unter der Woch eher ungewöhnlich!

»Auwe, Winnie. Des werd scho wieder. Nach der ersten Hoibn geht's auf.« Baier lachte.

Gerhard überlegte kurz, wie schön es doch war, nicht bei der Verkehrspolizei zu sein. Denn hier wären sie ja fast überbeschäftigt. Er war sich ganz sicher, dass die fröhlichen Handwerker alle mit dem eigenen Wagen da waren. Auch hier Audis zumeist, tiefergelegt, röhrend wie ein Hirsch in der Brunftzeit.

Gerhard schaltete sich ein.

»Winnie, was mir wissen mechten: In dera Nacht, wo des mit dem Leo passiert isch, isch er do um zehne rum amol weg? Hot er di allui glassa?« Gerhard hatte irgendwie das Gefühl, dass er Dialekt sprechen sollte, um Winnie zu lockern. Und besser Allgäuisch als gar keinen Dialekt.

Was funktionierte. »Ja, er hot geseht, er muass was erlediga. Er hot ...«

»Was hot er?«, fragte Gerhard eindringlich.

»Mei, er hot ...«

»Winnie. Der Mo isch tot. Du muasch eis alls saga!«

»Er hot die Chips aus der Kamera von der Sandra aussi, i moan, er ...« Winnie brach wieder ab.

»Sandra?«

»Die Fotografin vom Film. Die hoaßt so. Warn alle per Du mit dem Leo.« Ehrfurcht sprach aus Winnies Worten.

»Was?« Baier mischte sich ein.

»Der Leo hot allwei scho die Bilder und a Filmausschnitt auf sei Netbook auffi.«

Zweierlei nahm Gerhard wunder. Leo Lang hatte ein Netbook und konnte Filme kopieren? Er selbst hatte nicht mal einen Laptop, und so was konnte er schon gar nicht!

»Warum?«, fragte Gerhard.

»Mei, er war ja ganz narrisch wegs dem Film. Er war a Fan. Er hot sich des Zeig oft agschaut. Immer wieder, dreimol hinteranad.«

Baier gab ein angewidertes Geräusch von sich. »Schön, der Film in drei Aufzügen!«

Winnie sah ihn an. »Wieso in drei Aufzügen? Wieso fahrt er ned durch? Aber der Leo hot au gar koan Aufzug in seim Haus.«

Gerhard hatte wieder große Mühe, nicht laut rauszuplatzen. Er räusperte sich und wurde nun wieder hochdeutsch. »Winnie, wir haben aber in Leo Langs Wohnung kein Netbook gefunden. Auch keinen Drucker«, fügte er noch an.

»Na.« Winnie druckste irgendwie rum.

»Was, na?«

»Weil i des hob«

»Bitte?« Baier hätte fast sein Glas umgestoßen.

»Wo des war mit dem Leo, wo i in der Friah zu Eana bin, Herr Baier, do hob i denkt, dass der Leo Ärger kriagt, wenn ma sigt, dass der Sachen vom Film kopiert hot. Do bin i in der Wohnung gwest. I woas ja, wo der Schlüssel isch.«

Winnie sah betreten aus. Das war ja wirklich putzig! Winnie schonte seinen toten Kumpel, der sonst post mortem Ärger bekommen hätte. Welche krude Denkweise.

»Winnie, wo hast du die Sachen?« Baier versuchte ruhig zu bleiben.

Der antwortete ganz schlicht. »Im Auto.«

Gerhard entfuhr ein Laut. Er sah durch die Scheibe. »Das Auto da draußen?«

»Ja.«

»Winnie, magst du uns das Zeug mal reinholen?« Baier blieb ganz ruhig.

»Klar.«

Winnie tapste nach draußen und kam mit einem Rucksack wieder. Gab ihn Baier, der hineinblickte. Darin: ein Netbook und ein Fotodrucker.

»Winnie, hast du dir die Sachen angeschaut?«, fragte Baier.

»Na, koa Zeit ned.«

»Winnie, wir müssen das konfiszieren. Das sind Beweismittel«, sagte Gerhard.

Winnie nickte betreten. »Muass i jetzt in den Bau?«

Baier rollte mit den Augen. »Verschwind bloß! Und sag denen da draußen, dass wir das Gleiche gefragt hätten wie schon beim letzten Mal!« Baiers Bitte war eher ein Befehl, einer, den Winnie verstand.

»Sicher, Herr Baier. Und vergelt's Gott! Und nix für uguat.«

Gerhard starrte ihm nach. Schüttelte den Kopf. Trank einen tiefen Schluck Russ. Schaltete das Netbook ein, nachdem er erst mal das Knöpfchen suchen musste. Ohne Evi dauerte der ganze Computerkram immer viel länger. Leo Lang hatte seine Verzeichnisse aber sehr ordentlich angelegt. Unter »Eigene Bilder« waren sie im Unterverzeichnis »Film Hauptplatz« abgelegt – Leo hatte alles nach Datum sortiert. Da waren die Bilder der Standfotografin.

»Irgend so ein Guru könnte uns sicher sagen, ob er die Bilder gedruckt hat«, knurrte Gerhard.

»Ja«, brummte Baier, »aber ich geh mal davon aus, dass er das getan hat.«

»Dann ist er aus seiner Wohnung spaziert und hat die Bilder Socher unter die Nase gehalten und ihn erpresst?«

»Erpresst? Unter Druck gesetzt? Ihn einfach nur schocken wollen? So gut kannte ich Leo Lang nicht. Aber Socher wird in jedem Fall alles dransetzen, dass das nicht rauskommt. Er ist das bayerische Gewissen. Seine Frau ist auch in allen Marktehrenämtern tätig. Erzkatholisch und so sozial.« Baier schnaubte.

Gerhard atmete tief durch. »Baier, ich darf aber auch nicht aus den Augen lassen, dass er die Bilder Miri gezeigt haben könnte. Ich werde zu ihr fahren müssen. So oder so.«

»Ich weiß. Lassen Sie mich da bitte raus, Weinzirl? Ich möchte momentan auch nicht Frau Straßgütl Rede und Antwort stehen.«

»Sicher.«

Gerhard hatte Baier von einer neuen Seite kennengelernt. Von einer sehr verletzlichen. So ganz verstand er dessen Sorge um seine Nichte nicht. Leute ließen sich unentwegt scheiden, oder? Aber irgendwie hatte ihn Baiers negative Stimmung angesteckt. Er würde noch werden wie dieser schwedische Krimi-Kommissar. Das wollte Gerhard aber auf keinen Fall.

Sie bezahlten ihr Bier, und als sie nach draußen kamen, verstummten die Gespräche. Der Motorradler ließ noch einen dummen Spruch ab, Baier tippte sich an einen imaginären Hut. Gerhard fuhr nun sehr langsam. Sie schwiegen bis Peiting. Baier stieg mit einem genuschelten »Servas« aus. Gerhard nuschelte zurück. Heute war ihm nach keiner Leberkassemmel mehr. Auch nach keiner Tiefkühlpizza. Ihm war nach Schweigen. Zwei Stunden war er mit Seppi durch den Weilheimer Wald und in der Lichtenau unterwegs, lange saßen sie dann am Bräuwastl-Weiher, und Gerhard war sich sicher, dass er es Seppi nicht gleichtun und in diese Brühe hüpfen würde. Er schlief schlecht ein und träumte unruhig. Einmal in der Nacht hatte ihm Seppi besorgt die Schnauze ins Gesicht gehalten.

# ACHT

*Im Unaufhellbaren
geht eine Tür,
von der
blättern die Tarnflecken ab,
die wahrheitsdurchnässten.*

Am nächsten Morgen war die Stimmung frostig. Gerhard übergab Melanie ihren Laptop. Sie bedankte sich artig. Gerhard berichtete von Leo Lang und seiner Vermutung, dass Miriam Keller und auch Egon Socher Opfer einer Erpressung geworden sein könnten. Er schloss auch Rainer Bader nicht aus, ließ den aber erst mal außen vor.

»Woher weißt du das?«, fragte Evi.

»Ich sagte doch, ich befrage einen Zeugen. Hab ich gemacht.« Gerhard war unwirscher als nötig. »Gut, Evi, wir fahren zu Miriam Keller.«

Evi starrte ihn an und schrie auf einmal: »Was sind das schon wieder für Alleingänge? Dein Zeuge? Dein Fall? Deine Geheimnisse? Dann fahr doch auch allein zu dieser Keller!«

Melanie und Felix waren zusammengezuckt. Gerhard hatte sich erhoben und sagte mit einer Stimme, die wie ein Diamantschneider durch Glas geschnitten hätte: »Es ist, wie es ist. Wir fahren jetzt zu Miriam Keller. Wenn du hierbleiben willst, ist das Grund für eine Abmahnung.«

Er hörte sich das sagen. Er bereute den letzten Satz schon, bevor er ganz ausgesprochen war. Gott, er war schon so durchgeknallt wie Jo, die immer erst redete und dann dachte.

Evi hatte sich abgewendet, Gerhard wusste, dass sie weinte. Er wandte sich an Melanie.

»Finden Sie mal was über den Bader raus«, sagte er und ging in Richtung Tür.

Evi folgte ihm. Er sah sich nicht um. Wortlos stiegen sie beide ins Auto, und wortlos fuhren sie nach Peiting. Gerhard parkte vor der Eisdiele. Sie gingen die wenigen Schritte zu Miris Haus. Es war halb zehn Uhr morgens.

Er läutete und war nervös wie vor einem Date. Er benahm sich wie ein Irrer. War er zu lange allein gewesen, hatte er zu lange mit Bayern geredet? Er hatte Evi angeschnauzt, ihr mit einer Abmahnung gedroht. Das war doch nicht er! Er hätte die Ermittlung abgeben müssen, anstatt an dieser Tür zu klingeln.

Es dauerte nicht lange, bis der Türsummer ging. Sie stiegen in den ersten Stock hinauf, sie öffnete. Miri!

Sie hatte die Hände voller Blumenerde. Sie trug eine Jeans, die sie bis unters Knie hochgerollt hatte. Sie war barfuß. Darüber trug sie ein Karohemd mit Knoten überm Bauch. Ihr BH war ein Sport-BH in Rot, der unter dem Hemd hervorlugte. Sie war ungeschminkt, hatte ihre Haare irgendwie am Hinterkopf verzwirbelt. Einzig ein Labello zauberte ein leichtes Rosé auf ihre Lippen. Sie hatte ein wenig Übergewicht, zumindest in landläufigem Modesinne, zumindest gemessen an den Topmodels und an Heidi. Für Gerhards Geschmack saßen die Pfunde wohlproportioniert und ganz richtig, er hatte auch Jos diverse Diäten nie verstanden. Sie hatte mit zehn Kilo weniger nie besser ausgesehen als mit zehn Kilo mehr. Auch nicht schlechter. Sie hatte immer so ausgesehen, wie sie sich gefühlt hatte. Jo war alles, nur keine Spielerin.

Dementsprechend ging es Miri wohl gut. Sie war gebräunt, hatte feine Fältchen unter den Augen und um den Mund, aber das machte sie nicht alt. Und da waren diese Augen. Die Augen von Baiers Bild. So wach, so verheißungsvoll und ohne Farbe. Sie waren nicht grau. Nicht grün. Nicht braun. Sicher nicht blau. Sie waren etwas dazwischen. Unergründlich.

»Ja?« Das Hemd rutschte über die Schulter, sie rückte es zurecht. Gerhard registrierte Evis missbilligenden Blick. Er hingegen hätte der Frau nie Absicht unterstellt, unterstellen wollen.

»Miriam Keller?«, fragte Evi.

Sie nickte.

»Frau Keller, wir sind von der Kripo Weilheim. Dürften wir reinkommen?«

Sie nickte erneut, wirkte weder besonders überrascht noch irgendwie gestresst. Sie machte eine einladende Handbewegung und ging vor in die Küche. Ein heller Raum, die Tür zur Terrasse stand offen. Gerhard und Evi nahmen an einem Tisch Platz, dessen Tischplatte aus Glas war. Drunter war Sand eingefüllt; Muscheln und ein paar hellblaue Steine sprenkelten den Sand. Die Küchenzeile war hell und zeitlos, das Ambiente ansprechend. Es war eine Junges-Wohnen-Küche aus dem Mitnahmemarkt. Gerhard hatte das unbestimmte Gefühl, dass Miri hier nicht wirklich lebte. Das hier war sie nicht. Er erinnerte sich an Baiers Erzählungen ihr ehemaliges Haus betreffend. Das hier war nett, aber nichtssagend.

»Moment«, sagte sie und wusch sich in der Spüle die Hände. »Ich dachte, ich topf die in der Frühe um, bevor es wieder so heiß wird. So.« Sie drehte sich zu den Kommissaren um.

»Kaffee? Oder lieber was Kaltes?«

»Wasser, am liebsten aus der Leitung«, sagte Evi.

»Und Sie?« Miri lächelte Gerhard an. »Ein Weißbier? Einen Frühschoppen?«

Er ignorierte Evis zweiten missbilligenden Blick. Man trank kein Weißbier vor zwölf. Man trank überhaupt nicht im Dienst. Er aber sagte: »Gerne.«

Miri schenkte ihm eins aus Kaufbeuren ein, das war durchaus akzeptabel.

»Frau Keller«, hob Gerhard nun an und sah in ihre seltsamen Augen. »Sie haben vom Tod von Leonhard Lang gehört.«

»Sicher, so gefährlich ist Peiting sonst ja nicht. Der arme Leo. Und alles wegen so ein paar dummer Kameras. Ich dachte, das gibt's bloß im Osten oder in den Brennpunkten Südamerikas, dass ein Menschenleben nichts zählt.«

Gerhard beobachtete sie genau. Sie sprach mit Nachdruck, sie war ein Mensch, der einen sofort in den Bann zog. »Um diese Kameras geht es. Sie wurden gefunden.«

»Ach!« Sie wirkte ehrlich überrascht. »Das nutzt Leo aber auch nichts mehr, oder? Wo haben Sie die denn gefunden? Im Internet? Wahrscheinlich kann man sie bei eBay ersteigern?«

Es kam selten vor, dass Menschen der Polizei gegenüber so offen waren. Normalerweise gaben sie verdrückte Antworten, hatten hektische Blicke aufgesetzt, die in den Räumen umherirrten. Es war selten, dass Menschen ohne Impuls des Fragestellers eigene Ideen äußerten. Diese Miri war in keiner Weise von Evis und seiner Anwesenheit beeindruckt.

»Sie wurden in einem Stollen unter der Echelsbacher Brücke gefunden«, sagte Evi, und Gerhard merkte an ihrer Stimme, dass Miri und sie wohl nicht dicke Freundinnen würden.

Miri hatte den Kopf leicht schräg gelegt. »Ich hab mal von diesen Stollen gehört, aber was hatten die Kameras da denn verloren?«

»Das ist eine gute Frage, die ich gerne an Sie weitergebe.« Evis Stimme war metallisch.

»An mich?«

Gerhard mischte sich ein. »Frau Keller, es hat den Anschein, als habe jemand versucht, das Material aus den Filmkameras und denen der Standfotografin zu zerstören, weil dieser Jemand nicht wollte, dass das Material an die Öffentlichkeit kommt.«

Sie hatte ihn aufmerksam angesehen, er tat sich schwer, ihre Augen auszuhalten.

»Und was hat das mit mir zu tun?«

»Sie sind darauf zu sehen!« Evi war etwas lauter geworden.

Miri wartete, sie sah von Evi zu Gerhard. »Und? Wie zu sehen?« Immer noch wirkte sie ungerührt, fast ein wenig amüsiert, dass ihr Tag so eine interessante Wendung genommen hatte.

»Frau Keller!« Evi ließ nun definitiv keinen Zweifel mehr daran, dass sie ihr Gegenüber nicht mochte. »Frau Keller, man sieht Sie auf Ihrem Balkon, wo Sie ein Mann von hinten ...« Evi brach ab, sie sah zu Gerhard hinüber.

Na toll! Nun durfte er in die Bresche springen. Evi war eigentlich gar nicht so gschamig, davon hatte er sich bei ihrer kurzen Liaison überzeugen können. Aber sie war keine, die Privates, Intimes nach außen lebte und thematisierte. Also war er dran.

»Frau Keller, man sieht Sie auf Ihrem Balkon beim Sex, und zwar nicht nur mit einem Mann, sondern zweien. Die Standfotografin hat das wohl mehr zufällig eingefangen und dann eine Sequenz geschossen. Von zwei Männern.«

Miri hatte ihn weiter nur interessiert angesehen. Ein Lächeln huschte über ihre Lippen. »Zwei Männer? Gleichzeitig?«
Evi entfuhr ein seltsamer Laut, Gerhard gab sich alle Mühe, neutral zu klingen.
»Nein, und über den zeitlichen Ablauf wissen Sie sicher besser Bescheid. Sofern Sie da den Überblick noch haben.«
Der letzte Satz war natürlich komplett unnötig gewesen.
Miri lächelte weiter. »Durchaus!«
Evi hatte sich etwas gefasst. »Bei den Männern handelte es sich um Egon Socher und Rainer Bader.«
»Aha.«
»Aha? Frau Keller, ein Mann, Leonhard Lang, wurde offensichtlich ermordet, weil jemand brisantes Material vernichten wollte. Wollten Sie das Material vernichten? Beide Herren sind verheiratet. Keiner wird daran interessiert sein, dass so was rauskommt.«
»Sie sagen es. Aber darf ich konkretisieren: Keiner von den beiden. Mir ist das völlig egal.« Miri lächelte.
Gerhard räusperte sich. »Sie leben nach dem Motto ›Ist der Ruf erst ruiniert, lebt's sich völlig ungeniert‹?«
»Ja, so ähnlich.«
»Frau Keller, vielleicht interessiert Sie ja das Detail, dass Leo Lang von seinem Fenster aus dabei zugesehen hat?«, bellte Evi. Gerhard hätte ihr gar nicht so viel Stimmgewalt zugetraut.
»Wie zugesehen?«, fragte Miri nun doch etwas irritiert.
»Mit einem Fernglas, haben Sie ihn nicht bemerkt?«
Sie lachte auf. »Der Leo, der kleine Spanner! Na, wie Sie ja gesagt haben, ich war beschäftigt; nein, ich habe Leo nicht gesehen.« Sie lachte nochmals auf und schüttelte den Kopf. »Also echt, dieser kleine Spanner!«
Evi fuhr sie an: »Sie haben es ihm auch leicht gemacht!«
»Ach, in der Wohnung war es so heiß.« Sie sah Evi provozierend an.
Diese versuchte sich zu beherrschen. »Frau Keller, wo waren Sie am Samstag?«
»Na, wie alle auf dem Bürgerfest. Als der Regen kam, bin ich mit einer Freundin noch auf dem Balkon gesessen, so bis halb zwei. Dann bin ich ins Bett.«

Gerhard verdrückte sich den Satz »Eine Freundin? Weiblich?«. Er presste sich lediglich ein »Allein?« heraus.

»Ja, ganz entgegen meinen sonstigen Gewohnheiten, wenn Sie das meinen.« Etwas von ihrer Fassade bröckelte. Es war nur eine Nuance in ihrer Stimme, die Gerhard eine Bitterkeit offenbarte, die hinter der launig-fröhlichen Miri steckte.

»Frau Keller, wir würden gerne eine Speichelprobe nehmen.«

»Oh, wie in ›CSI‹!« Sie hatte zu ihrer Fröhlichkeit zurückgefunden. »Sie glauben aber nicht im Ernst, dass ich Leo ermordet habe?«

»Glauben ist Sache der Pfaffen!«, rotzte Evi ihr hin.

Miri zuckte mit den Schultern. »Tun Sie, was Sie nicht lassen können. Ich war es nicht. Wie gesagt, mir ist das schnurz, wer mich mit wem gesehen hat. Und bei was! Es gab Zeiten, da war ich unschuldig wie ein Lamm, treu wie Gold, und man hat mir die unmöglichsten Verhältnisse angedichtet. Es macht also keinen Unterschied, das Böse zu tun, es auch nur zu denken oder brav zu unterlassen. Die Sünderin war und bin ich. Die Hexe, die verbrannt gehört. *The witch is dead, the witch is dead, hurrah, hurrah, the witch is dead.*« Sie funkelte die Kommissare an.

Da war wieder der Bittermandelgeschmack, der Gerhard so negativ aufgestoßen war. Er spürte, dass diese Frau nie das offenbaren würde, was wirklich in ihr war. Und das machte seine Arbeit so schwer.

»Vielleicht ist es Socher oder Bader aber nicht egal.« Evi sah sie herausfordernd an.

»Fragen Sie die Herren, ich wünsche Ihnen viel Glück. Egon wird Ihnen das Wort im Munde umdrehen und Sie schwindlig reden, und Rainer wird gar nichts sagen.« Sie lachte nun lauthals.

»Ist das so witzig, Frau Keller?« Evi hatte sich nur noch schwerlich unter Kontrolle.

»Ich finde schon.«

»Wissen die Ehefrauen der beiden Herren denn von Ihnen?«, fragte Gerhard, um von Evi abzulenken, die kurz vor der Explosion stand.

»Auch das entzieht sich meiner Kenntnis. Noch was? Ich würde gerne weiter meine Blumen umtopfen.«

»Diese Freundin, hat die einen Namen?«, fragte Gerhard schnell.
»Durchaus. Bettina Deutz, eine ehemalige Kollegin. Wohnt in Apfeldorf.«
Gerhard und Evi hatten sich erhoben, Gerhard fühlte einen Kloß im Hals. Dabei war es nun mal sein Job, Leute zu befragen. Hier war er fast versucht, sich zu entschuldigen. Er wollte etwas erklären. Er wollte weiter mit ihr sprechen, wohl wissend, dass sie sich verbarg hinter ihrer Coolness und Fröhlichkeit.
Sie schwiegen den kurzen Weg zum Auto. Dann standen sie unschlüssig davor.
»Was hast du dich auf sie denn so eingeschossen?«, schimpfte Gerhard plötzlich los. »Das ist unprofessionell, das weißt du.«
»Es ist auch unprofessionell, dahinzuschmelzen. Du sabberst ja fast. Erzähl du mir nichts!« Auch Evi war unangemessen laut geworden.
»Na, das könnte ich dir auch vorwerfen, wie du mit diesem Socher geflirtet hast. Der könnt ja dein Vater sein.«
»Egon Socher ist ein gebildeter kultivierter Mann; das da ist eine Schlampe. Und du fällst drauf rein. Muss ja toll sein mit so einer, die fünf Minuten vorher einen anderen entlassen hat. Hoffentlich duscht sie zwischendurch.«
Gerhard schnappte nach Luft. So was von Evi? Solche Sätze stammten von Jo, niemals von seiner kühlen Kollegin. Evi, die stets Zurückgenommene? Was passierte hier zwischen ihm und Evi? Sie mischten Privates darunter, Vorgeschichten, Nachspiele, Zwischenepisoden. Es war leichter, im Mafiamilieu zu stochern, das war so angenehm weit weg. Dieser ganze Beziehungs- und Liebesschlamassel war zu nahe, sie alle waren Emotionstreibholz, weggespült von Tausenden von Arbeitsstunden und der Pausenlosigkeit ihrer Leben.
Er versuchte Ruhe in die Sache zu bringen. »Wir müssen Socher nochmals befragen, scheint es, nun hatte er doppelt Grund dazu, Leo zu ermorden. Und diesen Bader knöpfen wir uns auch vor. Und Bettina Deutz, die muss Miris Aussagen bestätigen.«
»Miris?« Evi war nun wirklich konsterniert. »Kennst du die Dame auch näher?«

»Nein, aber sie ist Baiers Nichte. Das macht die Sache, äh, etwas pikant.« Gerhard brach ab.

»Unser Baier?«

»Ja, Evi, er war es auch, der Bader auf dem Bild identifiziert hatte. Er hatte mich gebeten, ihn erst mal rauszulassen. Deshalb war ich so, äh unwirsch.« Himmel, warum war die Welt nur so klein? Warum arbeitete er nicht in einer Großstadt, wo er unbeteiligt wäre, nicht so dicht dran an Menschen, die ihm etwas bedeuteten?

Evi hatte die Augen weit aufgerissen. Sie rang um Worte. Es war Gerhard, der schließlich sprach. »Evi, es tut mir leid. Wegen heute früh. Baier nimmt das ziemlich mit. Er wohnt im Haus dieser Nichte. Sie ist ihm sehr wichtig. Ich hab den Eindruck, sie ist ihm wichtiger als seine Tochter.«

Evi sagte lange nichts. »Und jetzt?«

»Jetzt soll uns Melanie die Adresse von dieser Bettina raussuchen. Dann besuchen wir Socher, es würde mich doch sehr interessieren, ob seine Frau von der Affäre wusste.« Gerhard sah sich um. »Vorher trinken wir 'nen Kaffee. Cappuccino?«

Evi nickte. Gerhard ging rein in die Eisdiele, und wenig später kamen zwei Tassen Cappuccino.

»Kein Weißbier?«, fragte Evi.

»Nein.«

Es blieb still, bis Evi schließlich sagte: »Entschuldigung angenommen, aber nur wenn du zahlst. Und es tut mir leid für Baier.«

Evi war eben seine Evi. Die beste Kollegin von allen.

Melanie hatte Bettina Deutz' Adresse. Sie hatte angerufen und vorgegeben, sich verwählt zu haben. »Sie ist zu Hause, sie war sehr nett und sagte, die Störung mache nichts, sie habe zwar schulfrei, korrigiere aber.«

Gerhard schüttelte den Kopf. Melanie war manchmal schon eine Marke. Aber so wussten sie zumindest, dass die Dame wohl noch etwas länger über ihrer Arbeit sitzen würde. Sie durchfuhren Hohenfurch, und Gerhard stellte überrascht fest, dass es überall neue Überholspuren gab. Wann war er auch zum letzten Mal in Landsberg gewesen? Oder in Augsburg? Oder anders gefragt: Was hätte er da auch tun sollen? Ins Museum gehen oder in den Zoo? Hätte er shoppen sollen?

Apfeldorf am Lechrain machte einen netten Eindruck, die Dorfkneipen waren zweckentfremdet, das übliche Sterben der Dorfkneipen, weil die Jugend auspendelte, weil die Sport- und Schützenheime billiger Bier ausschenkten und weil es sich wegen ein paar alter Sonntagsbierdimpfl nicht mehr rentierte, eine Wirtschaft zu betreiben. Was hier eine Golfanlage zu suchen hatte, erschloss sich Gerhard nicht. Sie durchfuhren eine Art kleinen Canyon und erreichten Apfeldorfhausen und das Haus, in dem Bettina Deutz lebte. Sie saß unter einem Sonnenschirm vor dem Haus, neben ihr stapelten sich Hefte. Sie sah auf.

»Frau Deutz?«

»Ja.« Sie machte eine einladende Handbewegung. »Ich freu mich über jede Ablenkung.«

»So schlimm?«, fragte Evi und deutete auf die Hefte.

»Ja, leider. Deutsch. Erzählung. Es ist ein Trauerspiel. Eine Erörterung oder Nacherzählung, vielleicht noch Arbeit am Text, das geht ja alles noch. Aber wenn die reine Phantasie und Wortgewandtheit gefragt sind, produzieren die Kinder nur noch Müll. Ein Trauerspiel, wirklich. Aber ich kann ja nicht lauter Fünfer verteilen.« Sie stöhnte auf. »Aber was kann ich für Sie tun? Interessieren Sie sich auch für das Haus?« Sie registrierte die verwirrten Blicke ihrer Besucher. »Ach so, ich dachte, Sie wären Interessenten. Meine Vermieter verkaufen und hetzen mir ständig Leute auf den Hals. Auch ohne Anmeldung. Aber Sie sind nicht …?«

»Nein, Kripo.« Evi stellte sich und Gerhard vor. »Frau Deutz, erinnern Sie sich noch an das Bürgerfest in Peiting?«

»Klar, ich liebe Rock Selig Erben. Jonny ist der Beste. Warum?«

»Waren Sie später mit Miriam Keller auf deren Balkon gesessen?«, fragte Evi und ignorierte das »Warum?«.

»Ja, es kam ein Gewitter. So ein richtiges. Jeder versuchte noch, zu retten, was zu retten war. Schirme, Decken, Polster, Markisen. Da war ja auch noch dieser Filmdreh, die mussten auch jede Menge Requisiten und Krempel bergen.«

»Wie lange saßen Sie denn da so?«, fragte Evi weiter.
»Warum das denn?« Bettina Deutz hatte die Stirn gerunzelt. Sie war eine schlanke, große Frau mit Kurzhaarschnitt und einer modernen dunklen, schmalen Brille. Wenn sie so ernst dreinschaute, nahm man ihr die strenge Lehrerin ab.
»Frau Deutz.« Gerhard erläuterte ihr die Zusammenhänge, ohne auf Details einzugehen, und schloss: »Wir möchten wissen, wann Sie Miri verlassen haben.«
Sie hatte Gerhard die ganze Zeit angestarrt, und jetzt lachte sie auf. »So nach zwei. Ich war um halb drei zu Hause. Sie wollen jetzt aber nicht sagen, dass Sie Miri verdächtigen?«
»Frau Deutz, ist Ihnen bekannt, dass Miriam Keller diverse Beziehungen zu Männern unterhielt?« Evi klang sehr cool und professionell.
Bettina Deutz hatte die Stirn gerunzelt. »Ich weiß von zweien. Von ihrem alten Kumpel Rainer und von Egon. Aber was hat das damit zu tun?«
»Frau Deutz, es ist Material aufgetaucht, das Ihre Freundin beim Geschlechtsverkehr zeigt. Es besteht Grund zur Annahme, dass einer der beiden Herren erpresst worden ist. Oder dass Miri erpresst wird.«
Bettina Deutz hatte ihre Brille abgesetzt und begann diese mit ihrem T-Shirt zu putzen. Sie sagte eine Weile nichts. »Mir hat sie nichts erzählt.«
»Hätte sie Ihnen das denn erzählt?«, fragte Evi.
»Erzählt denn irgendwer, dass er erpressbar ist?«, konterte Bettina Deutz.
»Wäre sie denn erpressbar gewesen?«, blieb Evi am Ball.
»Mit Sexfotos?«
»Ja.«
»Sicher nicht, Miri war da ziemlich locker.«
»Das hat sie uns auch gesagt.« Evi klang nun deutlich aggressiver.
»Dann wird das wohl stimmen.« Bettina Deutz hatte augenscheinlich keine Lust, Boden zu verlieren.
»Wussten die beiden Ehefrauen von den Affären?«
»Das entzieht sich meiner Kenntnis. Miri hat so gelebt, wie sie wollte. Sie war aber keine, die ihre Lover durchgehechelt hat. Auch

nicht deren Ehefrauen. Wir haben über ganz andere Dinge geredet. So wichtig sind Männer auch nicht.« Sie schickte einen vagen Blick in Gerhards Richtung.
»Worüber denn?«
»Über die Kids. Über unseren Job. Darüber, wie schwer es ist, heute noch Lehrer zu sein. Darüber, wie kalt diese Welt ist. Darüber, dass Eltern sich weigern, zu erziehen, und nun von den Lehrern erwarten, dass die einspringen.«
Weder Gerhard noch Evi sagten etwas. Bettina Deutz fuhr fort. »Es ist erschreckend, beklemmend.« Sie sah Gerhard an, dann Evi. »Ich nehme mal an, der Herr Kommissar ist in etwa so alt wie ich; Sie, Frau Kommissarin, sind zwar jünger, aber werden mir zustimmen. Wir haben auch mal getrunken, aber doch nicht dieses Komasaufen. Wir wollten doch nicht besinnungslos besoffen sein.«
»Nein«, sagte Gerhard, und das stimmte ja auch. Sie waren sicher keine Waisenknaben gewesen, aber er konnte sich an niemanden in seinem Kreise erinnern, der jemals komatös umgefallen wäre. Sie hatten auch bloß Bier getrunken.
Er lächelte die Lehrerin an. »Also ich hätte Sie ja deutlich jünger geschätzt, aber wenn wir eine Generation sein sollen, bitte schön: Wir haben auch keinen Wodka Red Bull gesoffen und das ganze Zeug mit irrwitzigen Mengen Zucker. Zucker macht das Hirn kaputt, wir haben Bier getrunken, und irgendwann ...«
»... tut's zu, und die Mengen kann man auch gar nicht derbrunsen«, ergänzte Bettina Deutz, und selbst Evi, die bei der Meldung »Ich hätte Sie ja deutlich jünger geschätzt« schon wieder sehr böse geguckt hatte, musste lachen. Irgendwie war das Eis nun gebrochen.
»Aber warum? Was ist so anders?«, fragte Evi.
»Es ist diese Angst vor Nähe. Die Kids vögeln jemanden, den sie weder vorher noch nachher kennen. Sie sind cool, abwesend, nicht in sich selbst anwesend. Und im Internet im Chat, im Facebook, in ihren Blogs, da schreiben sie einander in bedrückender Intensität, in einer Intimität, die mich unangenehm berührt. Aber nur da. Mit einem Gegenüber aus Fleisch und Blut, mit Augenkontakt ist man kalt, metallisch und betrunken.«

Das stimmte wohl, und Gerhard sah die Welt oft sehr düster. Die Zukunft, obwohl er doch eigentlich als Optimist verschrien war. Aber hier ging es nicht ums Philosophieren, sondern um Mord.

»Hatte Miri denn Feinde, wenn wir mal von den beiden Ehefrauen absehen? Sofern sie es gewusst haben.«

Bettina Deutz sah ernst drein. »Sie hatte Feinde bei den Eltern und unter den Kollegen. Wegen einer Schülerin. Miri hatte doch zwei Häuser in Peiting geerbt, das, in dem sie lebt, und noch eins einige Straßen entfernt. In ihrem Haus stand eine Wohnung leer, und bis die vermietet war, hat sie die Wohnung einer dreizehnjährigen Schülerin und deren Freund zur Verfügung gestellt.«

»Wie?«, rief Evi.

»Na ja, es war ja leer, die beiden haben sich da halt mit einer Matratze, Kerzen, einem alten Kühlschrank und ein paar Halstüchern statt Vorhängen eingerichtet.«

»Ein Liebesnest? Für eine Dreizehnjährige?« Gerhard war etwas lauter geworden.

»Ja, ja, ich weiß, was jetzt kommt. Das Mädchen hatte ungeheuren Ärger mit ihren Eltern, und ihr Freund gab ihr Halt. Zwei wirklich prima Kids, weit integrer als ihre Eltern.«

»Weiter im Text, also Miri?«, bellte Gerhard lauter als nötig.

»Natürlich hat am Ende die Mutter das mitgekriegt und die Sache einem Kollegen, den sie kannte, erzählt. Die beiden gingen dann ins Direktorat. Es gab einen Mordsaufzug, eine Abmahnung für Miri; unsere ach so toleranten, pädagogisch gebildeten Kollegen haben Front gegen Miri gemacht. Sich entrüstet. Alle außer mir und zwei weiteren bösen Nonkonformisten.« Sie lachte bitter. »Dabei geht das eine Ehepaar in einen Swingerklub im Unterallgäu draußen, einer ist schwul und hält den Deckel drauf, er glaubt, in Augsburg kennt ihn keiner. Die eine hat 'ne Tochter, die schon dreimal wegen Komasaufen im Schongauer Krankenhaus gelandet ist. Der andere hat 'nen ganz sauberen Sohn, und der klaut auf Baustellen.«

»Das wissen Sie alles so?«, fragte Gerhard.

»Natürlich, in engen Räumen weiß immer jeder alles. Viele auch noch mehr. Die Frage ist doch, wie gehe ich damit um. Leben und leben lassen. Solange ich weder selbst- noch fremdgefährdend bin, geht das keinen was an, würde ich sagen. Die hätten alle genug vor den eigenen Türen zu kehren, da haben sich ganze Müllhalden an Lug und Trug angehäuft, aber es ist immer einfacher, in den Leben anderer zu stochern.«

Das war sicher wahr, dachte Gerhard, aber ihm genügte das nicht. »Gut, unerfreulich, aber ein Risiko, mit dem Miri hatte leben müssen, oder? Das musste sie einkalkuliert haben, oder? Ich wundere mich immer über euch, über, äh, Menschen, die Reaktionen provozieren und dann mit den Folgen nicht leben können.«

»Sie wollten sagen: ›Ich wundere mich über euch Frauen‹, oder, Herr Weinzirl?«, sagte Bettina Deutz.

Gerhard schluckte eine rasche Antwort hinunter, er sah an Evi vorbei. Nach einer Weile hob er erneut an: »Das war vorhersehbar, oder, Frau Deutz?«

»Ja, war es, aber nicht in dieser Heftigkeit. Die Oma war ja an dem Komplott beteiligt, Miri hatte natürlich gewusst, dass das Versteckspiel auffliegen musste. Sie hatte die Eltern aufrütteln wollen, wollte erneut versuchen, mit ihnen zu reden. Aber sie hat nicht damit gerechnet, dass es solche Kreise ziehen würde. Dass sich das gesamte Kollegium, die halbe Elternschaft einmischen würden. Dass alle kommentieren und gegen sie intrigieren würden. Der Elternbeirat forderte ihre Absetzung als Lehrerin.«

»Dem nicht nachgekommen worden ist, oder?«, fragte Gerhard.

»Nein, Schulrat und Kultusministerium haben sich dagegen ausgesprochen.«

»Sie hat weiter unterrichtet? Das muss doch furchtbar gewesen sein in so einem Klima«, fragte Evi erstaunt.

»Ja, aber sie war damals noch trotzig. ›Jetzt gerade‹, hat sie gesagt.«

»Das war wann?«, fragte Evi.

»Vor knapp zwei Jahren.«

»Sie war eine Kämpferin, oder?«, mischte sich Gerhard ein. »Wie passt das dann zusammen, dass sie den Schuldienst aufgegeben hat?«

»Sie meinen, so eine starke Frau gibt nicht auf?«

»So ähnlich.«

Sie sah ihn prüfend an. »Es gibt einen ganz guten Satz: Täter suchen sich keine Gegner, sondern Opfer. Im Vollbesitz ihrer Kräfte war sie eine Gegnerin, und zwar eine intelligente und tatkräftige Gegnerin. Aber in dem Moment war sie schwach. Wissen Sie, Tiere haben eine Beißhemmung, Menschen nicht!«

Gerhard wusste nicht, was er darauf noch sagen sollte. Er schwieg eine Weile. »Wie heißt das Mädchen denn mit Nachnamen?«

»Lämmle. Die Eltern wohnen in Schwabsoien, glaub ich.«

Sie alle schwiegen eine Weile, bis ein Windstoß ein paar Blätter auffliegen ließ. Gerhard war froh, diese durch den Garten jagen zu können. Sie verabschiedeten sich, und als sie wieder auf der Bundesstraße waren, fragte Evi: »Und was hat uns das gebracht? Nix, oder?«

Gerhard antwortete nicht.

»Ich meine, was interessieren uns die Feinde von Miri? Sollten uns nicht die Feinde von Leo Lang interessieren? Von denen Miri eine war, auch wenn sie noch so cool tut.«

»Evi, ich weiß nicht. Du magst Miriam Keller nicht. Dir würde sie als Mörderin in den Kram passen. Aber es kann ja auch sein, dass jemand Miri den Mord anhängen will. Es so aussehen lassen, dass sie allen Grund hatte. Diese Eltern von dem Mädchen würde ich gerne mal näher durchleuchten.«

»Das liegt so lange zurück. Und dann so ein Aufwand. So ein perfides Verbrechen. Gerhard, mir kommt das viel zu konstruiert vor«, sagte Evi, die wieder zu einem neutralen Ton gefunden hatte.

Er stoppte Evis Einwand mit einer Handbewegung. »Evi, eins hat immer gestimmt. Wenn ich sag, da steckt mehr dahinter, dann steckte immer mehr dahinter.«

»Ja gut«, kam es gedehnt von Evi.

Gerhard hatte inzwischen Melanie angerufen und sie gebeten, auch mal ein Ehepaar Lämmle zu checken.

Evi fuhr mit starr nach vorn gerichtetem Blick. Es blieb still, bis Gerhard plötzlich rief: »Gasthof Obermindeltal.«

»Was?«

»Der Gasthof in Willofs heißt Obermindeltal!«
»Was? Hast du 'nen Sonnenstich?«
»Egal, vergiss nicht, abzubiegen, da geht's zu deinem Liebling Socher.«

# NEUN

*So viel Gestirne, die
man uns hinhält. Ich war,
als ich dich ansah – wann? –,
draußen bei
den anderen Welten.*

Socher öffnete die Tür. Er trug kurze Safarihosen und ein kariertes Hemd, das perfekt gebügelt und gestärkt war. Klar, die bügelnde Hausfrau mit dem TV-Gerät hatte zugeschlagen. Socher war eine gepflegte männliche Erscheinung, und Evi hatte schon wieder ihr Sonntagslächeln aufgesetzt.

Bevor sie noch zu einer Begrüßung ansetzen konnte, fauchte Gerhard Socher an: »Trinken Sie Campari Orange?«

Gerhard hatte irgendwie eine Socher-Allergie. Der Mann machte ihn schon rasend, wenn er seiner nur ansichtig wurde.

»Grüß Gott erst mal. Haben Sie vielleicht einen Sonnenstich?« Socher war auch nicht besonders freundlich. Wieso fragte ihn heute jede und jeder, ob er einen Sonnenstich habe?

Evi schob sich an Gerhard vorbei. »Herr Socher, wir müssten nochmals mit Ihnen reden.«

»Gnädige Frau! Schön, Sie zu sehen. Wenn sich Ihr Kollege befleißigt, einen anderen Ton anzuschlagen, bin ich gern bereit.«

Das war einfach ein Typ, dem man mal so richtig die Fresse polieren müsste, dachte Gerhard und verbot sich zugleich den Gedanken. Er schwieg und ging hinter Evi ins Haus. Socher hatte einen Laptop auf dem Tisch stehen, und Gerhard konnte es sich nicht verkneifen: »Herr Socher, erfreuen Sie uns wieder mit einem Ihrer brillant formulierten Leserbriefe?«

»Nein, bedaure, ich tausche mich mit dem Bayernbund aus und darüber, wie man die bairische Sprache in ihrer Reinheit bewahren kann.«

»Was für ein Bund?«, fragte Gerhard.

»Der Bayernbund e.V. Er gibt eine sehr schöne Publikation, die ›Weiß-Blaue Rundschau‹, heraus, und darin werde ich demnächst einen Beitrag veröffentlichen.«

Evi war Gerhard unter dem Tisch auf den Fuß getreten, und so unterdrückte Gerhard jeden weiteren Kommentar zu den Rettern des weiß-blauen Kulturguts. Außerdem hatte er auch eine schlagkräftigere Idee. Er warf Socher einen Computerausdruck vor die Nase.

»Da haben wir dann auch gleich ein schönes Autorenbild von Ihnen.«

Evis zweiter Fußattacke konnte er ausweichen. Socher starrte auf das Bild. Gerhard ließ ein zweites wie ein Herbstblatt im leisen Wind auf den Tisch herunterflattern. Das erste hatte Socher beim Camparitrinken gezeigt, das zweite in einer deutlicheren Pose.

»Ich darf meine Frage wiederholen. Trinken Sie Campari? Und einem Mann von Ihrer Couleur wird es ja aufgefallen sein, dass meine Frage rein rhetorischer Natur gewesen ist. Natürlich trinken Sie Campari. Das sieht man ja. Sie trinken ihn, bevor Sie mit Miriam Keller intim werden.«

Oh doch, er konnte sich durchaus gepflegt ausdrücken, Gerhard hatte seine Augen zusammengekniffen. Wenn Socher meinte, dass die fein geschliffene Sprachklinge bei einem dummen Polizistentrampel wie ihm genügte, würde er ihm diesen Zahn mal ziehen.

Gerhard war ein bisschen enttäuscht, dass genau die Frage kam, die er auch erwartet hatte: »Woher haben Sie das?« Socher war geschrumpft.

»Der von Ihnen so ungeliebte Filmdreh wurde Ihnen zum Verhängnis. Ist das nicht eine Ironie des Schicksals, Herr Socher? Die Standfotografin hat Sie mit ihrer langen Linse entdeckt.«

Socher hatte sich wieder unter Kontrolle. »Gut, ich habe ein Verhältnis mit Miriam Keller. Warum sollte ich das noch leugnen?«

»Gscheit, Herr Socher, ganz gscheit. Ganz rein boarisch gscheit, ich sag jetzt nicht ›clever‹ oder einen anderen bösen Anglizismus.« Gerhard hatte sich eingeschossen, er konnte zynisch sein, wenn es sein musste.

Socher hatte wohl beschlossen, Gerhard zu ignorieren, und sprach zu Evi. »Das ist ja meine Privatangelegenheit. Welches Interesse hat mein Privatleben für Sie?« Er hatte diesen Lehrertonfall aufgesetzt, und Evi war eine Schülerin, die schlecht gelernt hatte.

Hatte sie aber nicht, Gerhard ließ Evi mal weitermachen. »Es ist nicht sonderlich privat, sich auf einem Balkon zu vergnügen. Schon gar nicht, wenn man Zuschauer hatte.«

Socher schnaubte. »Eine Standfotografin. Die macht ein paar tausend Bilder am Tag.«

»Sie hatten noch einen Zuschauer, Herr Socher.« Evi schenkte Gerhard einen Hilfe suchenden Blick. Na, da wollte er mal nicht so sein. Er ließ noch ein Foto zu Tische sinken.

Socher nahm es auf und wurde blass. Er schwieg.

»Ihrem Schweigen entnehme ich, dass Sie die Zusammenhänge begreifen«, sagte Gerhard. »Das ist Leo mit dem Fernglas. Leo Lang hat Sie beobachtet. Er hatte Zugang zu den Bildern. Er konnte diese Ihnen unter die Nase halten. Sie erpressen. Womit hat er Sie erpresst? Dass er Sie unmöglich macht in Peiting? Dass er den Moralapostel enttarnt? Leo Lang war bauernschlau, aber dann wieder nicht so gewitzt. Er hat sich wahrscheinlich sogar damit gebrüstet, dass er der Herr über die Kameras ist, wo all die schönen Bilder drauf sind. Sie, Herr Socher, mussten bloß noch warten. Bis er besoffen genug war. Bis Winnie ebenfalls total zu war. Das Wetter kam Ihnen da zupass. Der Ort war gegen drei wie ausgestorben. Sie haben Leo Lang ermordet und die Kameras verschwinden lassen.«

Socher japste.

»Ich hab mich mal schlaugemacht über Sie, Herr Socher. Sie kannten die Stollen unter der Echelsbacher Brücke gut. Sie waren mit Schülern drin, der Bürgermeister von Bad Bayersoien hat mir das bestätigt. Im Prinzip war das auch ein recht schlauer Platz, wenn man etwas schnell verschwinden lassen muss und nicht gesehen werden will.«

Socher schien es tatsächlich die Sprache verschlagen zu haben. Gerhard wartete. Es war Evi, die ein fragendes »Herr Socher?« hinterherschickte.

Socher straffte die Schultern. »Leo Lang war nicht hier. Er hat mir keine Bilder gezeigt.«

»Herr Socher, gegen elf Uhr nachts hatten Sie einen Disput mit Leo Lang. Sie hatten etwas in der Hand. Das waren doch sicher die Bilder.« Gerhard hatte zu seiner Ruhe zurückgefunden.

»Nein!«

»Was war es dann?«

»Es waren drei Leserbriefe, die ich aus der ›SZ‹ ausgeschnitten hatte. Ich wollte Leo Lang zwingen, die zu lesen. Da hatten einige andere Menschen auch Position zur Verdummung im Fernsehen bezogen. Ich wollte, dass Leo Lang merkt, dass ich nicht allein stehe mit meiner Kritik.«

Gerhard ersparte sich und Socher die Frage »Warum?«. Der Mann war a. D. Er hatte das drin, Menschen zu belehren.

»Schöne Geschichte. Haben Sie die Briefe da?«, fragte Gerhard.

Socher benötigte einen Griff, um sie unter einem Magazin herauszufischen.

»Ja, sehr beeindruckend, aber das überzeugt mich nicht! Herr Socher, Sie hassten Leo Lang. Er hat Sie erpresst. Er musste weg. Sie sind intelligent genug, das Ganze als Raubmord zu tarnen. Und Sie kannten die Stollen!«

»Aber das ist doch Irrsinn. Ich töte doch keinen. Leo Lang hat mir keine Fotos gezeigt.«

Evi schaltete sich wieder ein. »Und was, wenn er sie Ihrer Frau gezeigt hat?«

Socher fuhr herum.

»Guter Gedanke. Leo Lang druckt die Bilder aus. Er bringt sie Ihrer Frau und ist später wieder auf dem Fest! Er erzählt Ihnen, was er grad getan hat.«

»Rosi war im Bett. Sie hatte Migräne und eine Erkältung. Sie hätte um die Zeit niemals die Tür geöffnet.«

Das konnte stimmen oder nicht.

»Wusste Ihre Frau von Miriam Keller?«

»Natürlich nicht!«

»Wo ist Ihre Frau jetzt?«

»Oben.«

»Nein, ich bin hier«, kam es von irgendwoher. Eine Luke führte von der Essecke zur Küche, eine Frau hatte ihren Kopf herausgestreckt.
»Frau Socher, würden Sie bitte …?«
Die Dame des Hauses war augenscheinlich beim Backen. Sie hatte das Mehl nur halbscharig abgeklopft, ihre Schürze mit »Mutti ist die Beste«-Aufdruck war ebenfalls mehlig. Sie war klein, schmal, ihr Haar war in einen grauen Pagenkopf gelegt. Sie wirkte bieder und brav.
»Frau Socher, sind Sie unserem Gespräch gefolgt?«
»Ja.«
Gerhard beobachtete Egon Socher, dessen Gesicht wie versteinert war.
»War Leo Lang hier?«
»Nein. Es hat niemand geläutet. Ich hätte natürlich geöffnet, es hätte ja mein Mann sein können, der den Schlüssel vergessen hatte.« Sie sprach beherrscht. In dem Satz aber lag ihre ganze Verzweiflung. Sie wäre sogar wach geblieben, wegen ihres Mannes. Der aber betrog sie.
»Frau Socher, wussten Sie von Miriam Keller?«
»Diese Schlampe! Sie war immer schon eine Schlampe!«
»Rosl …« Sochers Stimme erstarb gleich wieder.
Gerhard beobachtete die beiden genau. Hier brach gerade eine Welt zusammen. Eine mühsam aufrechterhaltene Welt. Eine Welt, die davon gelebt hatte, die immer größer werdenden, ausufernden Flecken auf der Außenfassade zu übertünchen. Eine Welt von Lug und Selbstbetrug. Natürlich hatte Frau Socher von der Affäre gewusst und diese nur ertragen können, indem sie Miri beschuldigte. Diese Schlampe hatte ihren Man verhext. Ihr Egon war ein Opfer, umgarnt, gefangen, gefesselt. Man musste kein Prophet sein, um vorherzusagen, was nun passieren würde. Egon Socher würde alles versprechen, und Rosl würde die Gunst der Stunde nutzen. Endlich würde Egon sich kümmern, aufmerksam sein, Abbitte leisten. Und Rosl würde ihn zappeln lassen, wo sie sich doch sicher niemals von ihm getrennt hätte. Zu verwoben die materiellen Interessen, zu groß die Angst vor dem Alleinsein. Noch größer die Angst vor »de Leit«. Eine Geschichte, die sich

millionenfach wiederholte in Beziehungen; in dem Fall war lediglich die Frage, ob Rosl Socher in ihrer Wut und Trauer gemordet hatte? Lediglich ... wie zynisch waren seine Gedanken!

»Frau Socher, wann ist Ihr Mann nach Hause gekommen?«

»Das weiß ich nicht.«

»Gerade haben Sie gesagt, Sie hätten natürlich geöffnet. Dann müssen Sie doch wach gewesen sein«, sagte Evi.

»Ich war bis halb zwölf wach, da hab ich nochmals auf den Wecker gesehen, dann bin ich wohl eingeschlafen.«

»Frau Socher, sind Sie denn nochmals aufgestanden?«

Sie schaltete nicht schnell genug. »Ja, gegen drei, um Wasser zu trinken.«

»War Ihr Mann zu dem Zeitpunkt da?«

»Das weiß ich nicht, er schläft seit einiger Zeit im Gästezimmer.«

Oh ja, hier begann er bereits, der Rachefeldzug der Rosl Socher. Sie war sicher in dieser Beziehung immer diejenige gewesen, die zum großen Egon Socher hatte aufsehen müssen. Aber schlau genug für so ein kleines taktisches Spielchen war sie schon. Warum sollte sie ihrem untreuen Gatten ein Alibi geben? Socher hatte ein seltsames Schnauben von sich gegeben, er rang nach Luft.

»Sind Sie denn nochmals weggegangen, Frau Socher? So gegen vier in Richtung Zentrum? Zur Raiba vielleicht?«

Es dauerte wieder eine Weile, bis der Groschen fiel. »Ich, ich soll ... ich soll ...«, stammelte sie.

»Liebe Frau Socher! Sie können Ihrem Mann kein Alibi geben und er Ihnen nicht. Jeder von Ihnen hätte Zeit und Gelegenheit gehabt. Und glauben Sie mir, wir fragen alle Nachbarn und das halbe Dorf, ob Sie gesehen wurden. Es gibt genug Schlaflose, Frau Socher.« Gerhard beobachtete die Frau genau.

Sie und ihr Mann schienen allmählich zu begreifen, in was für ein Schlamassel sie da geraten waren.

»Alles wegen der Schlampe, wegen der Keller-Schlampe!« Rosl Socher begann zu weinen.

»Herr Kommissar, gnädige Frau«, hob Socher nun an. »Weder meine Frau noch ich haben Leo Lang ermordet. Das ist doch lächerlich.«

»Herr Socher«, Gerhard imitierte Sochers gestelzten Tonfall,

»wie können Sie da so sicher sein? Sie wissen ja so manches nicht vom anderen, oder?« Er erhob sich. Evi tat es ihm gleich. »Falls Sie noch etwas zu sagen haben, lassen Sie es uns wissen. Schönen Tag noch.«
Als sie draußen waren, ließ Evi Luft ab. »Puh, was für ein Paar. Alles Fassade.«
»Ja, Evilein. Wie bei den meisten. Es kann alles gelogen sein. Leo Lang kann natürlich da gewesen sein. Egon, der Schlauschwätzer, und Rosl, das Hascherl, könnten beide Leo ermordet haben.« Er griff zum Handy und wies Melanie und Felix an, die Nachbarn mal näher unter die Lupe zu nehmen. Wenn jemand Leo Lang am Hause der Sochers gesehen hätte, wären sie fällig. Oder ein Teil des Ehepaars wäre fällig, hätte ein aufmerksamer Beobachter ihn oder sie beim Nachtspaziergang entdeckt.
»Glaubst du, einer von den beiden würde morden? Einen erwürgen?«, fragte Evi.
»Evi, wie lange machst du diesen Job schon? Wir glauben nicht! In der Verzweiflung sind Menschen zu den unmöglichsten Dingen fähig. Im Affekt, Evilein, du weißt ...« Gerhard lächelte sie an. Seine Evi, immer noch bereit, ans Gute in den Menschen zu glauben. Und ein wenig musste er sie nun doch noch aufziehen. »Auch so ein markiger Kulturmensch mordet, auch wenn du Socher so in dein Herz geschlossen hast.«
»Hab ich nicht! Und noch eins, Weinzirl. Einen zu erwürgen ist kaum eine Affekttat«, konterte Evi.
»Das macht es nicht besser«, sagte Gerhard. »Gut, dann schauen wir uns mal das nächste feine Ehepaar an. Bader und Gattin. Er ein lebenskünstlernder Restaurator, sie eine Kreisrätin. Das hat doch was, oder?«
»Wo wohnt denn Bader?«
»In Willofs, eben beim Gasthof Obermindeltal.« Gerhard lächelte.
»Und den Gasthof kennst du von einer deiner Schweinsbratenorgien, oder was?«
»Der Gasthof ist eine Kultkneipe mit Kultbands und Kultmusik, in einem Land vor deiner Zeit, Evilein.«
»Ganz schön viel Kult!«

»Ja, so ist das Allgäu eben. So sind wir Allgäuer. Kultig.«
Evi tippte sich an die Stirn. »Du hast einen Vogel!«
»Kann sein. Fahren wir.«
»Wie, wir fahren sonst wohin? Jetzt?« Evi tippte sich erneut an die Stirn.
»Nicht sonst wohin, sondern in die Nähe von Obergünzburg«, meinte Gerhard, und wie jedes Mal, wenn er ins Allgäu fuhr, fühlte es sich komisch an. Seine ehemalige Heimat rückte durch den modernen Straßenbau immer näher, man war schneller in Kempten als in München, und doch schien ihm die Heimat so weit entfernt.

Baders Hof war leicht zu finden, ein verbeultes und rostiges Schild verwies auf »Bader Restauration«. Eigentlich war das Schild ja keine Visitenkarte, aber als sie ihr Auto abgestellt hatten, wurde Gerhard klar, weswegen dieser Bader sicher seine Fans hatte. Der große Garten vor dem Haus war gesprenkelt mit moosigen Statuen, Tischen mit Einlegearbeiten und dazugehörigen bunten Stühlen. An einem Holzschuppen war eine Gartenlaube aus rostigem Stahl befestigt, eine Laube mit Holzbänken und einem kleinen Tischchen. Wie ein altes Zugabteil wirkte das, und Gerhard sah auch, dass diese Objekte eher auf alt getrimmt waren. Die Schrauben und Muttern waren nämlich neu. Ein paar Statuen rekelten sich unter Büschen, ein Brunnen plätscherte, alles wie zufällig und doch von einer versierten Hand arrangiert. Ein Bordercollie kam zu ihrer Begrüßung, er beschnüffelte sehr genau Gerhards Hose, die natürlich nach Seppi roch. Ein kleiner Pfiff, und der Hund trollte sich zu einem Mann, der aus dem Schuppen neben dem Haus kam. Unter dem Arm trug er ein Karussellpferd, Jo hätte ihn dafür wahrscheinlich geliebt. Solche Männer wurden überhaupt geliebt, weil sie eine künstlerische Ader hatten und eine Lässigkeit, die man in einem langweiligen Brotberuf nie hinbekam. Bader war schmal, etwa eins achtzig groß, hatte halblanges lockiges dunkles Haar mit grauen Strähnen, einen Dreitagebart und sah so aus, als könne er auch Kletterer sein oder ein cooler alternder Freerider. Seine Jeans war dreckig, sein Karohemd ebenfalls.

»Griaß eich«, sagte er. Sein Blick war offen, seine Augen grünbraun, er war sicher kein Schönling, aber sympathisch. Er sah Gerhard in die Augen, und in sein Gesicht trat ein fragender Blick.
»Gerhard? Gerhard Weinzirl?«
Gerhard schaute ihn überrascht an, und dann lachte er laut heraus. »Rainer, Rainer, altes Haus, der Name Bader hat mich etwas irritiert.«
»Von meiner Frau! Heiß du mal dein Leben lang Zwick und hör dir millionenfach an ›Auwe Zwick‹, da heißt du gerne Bader.«
Rainer Zwick, das war ja ein Ding. Sie hatten gegeneinander Eishockey gespielt und sich tatsächlich immer mal wieder in Willofs getroffen.
Gerhard lachte ihn an. »Rainer, darf ich dir meine Kollegin Evi Straßgütl vorstellen?«
»Erfreut, Kollegin von was?«, fragte Bader, der das Pferd abgestellt hatte.
»Kripo.«
Es folgten einige Überraschungsausrufe und Witzeleien darüber, dass Rainer Zwick Gerhard eigentlich eher auf der anderen Seite erwartet hätte. Evi folgte dem Ganzen amüsiert und meinte: »Danke, Herr Bader, da hab ich was, was ich gegen ihn verwenden kann.«
»Was kann ich denn für euch tun?«, fragte Bader, der sie an eins der netten Gartentischchen gebeten hatte und Espresso aus seinem Schuppen gezaubert hatte.
»Miri Keller«, sagte Gerhard.
»Miri?«
»Ja, Miri, die du ja sicher kennst.«
Bader nickte.
Gerhard hielt ihm die Bilder hin, Bader betrachtete sie ruhig und eingehend. Dann legte er sie wieder hin.
»Ja, und?«
»Diese Bilder wurden von einer Standfotografin geschossen, die während des Filmdrehs fotografiert hatte. Sie zeigen Sie und Frau Keller auf deren Balkon. Sie wurden ebenfalls von einem Mann beobachtet, der diese Bilder später ausgedruckt hat. Dieser Mann ist tot.« Evi sprach emotionslos.

Rainer Bader brauchte nicht lange, um die Absicht zu erkennen. »Ihr meint, ich hab den Typen ums Eck gebracht, weil mir seine Bilder nicht gefallen haben?«

Gerhard mischte sich ein. »Genau! Rainer, war Leo Lang bei dir?«

»Leo Lang. Das ist der Typ aus Peiting, oder? Dieser Raubmord wegen der Filmkameras? War in der Zeitung. Und der soll mich erpresst haben?« Er klang irgendwie komisch. Er zögerte. Dann lachte er.

»So abwegig ist das nicht und nicht zum Lachen«, rügte ihn Evi.

»Was will der bei mir schon rauspressen?«

»Rainer, bei dir vielleicht nicht. Aber wusste deine Frau davon? Sie steht in der Öffentlichkeit. Sie hat politische Ambitionen. Was, wenn er sie erpresst hat?«

Bader nippte an seinem Espresso.

»Rainer?«

»Sie wusste es nicht. Miri und ich waren immer sehr diskret.«

»Bist du sicher?«

»Nein.«

»Rainer, das ist eine Scheißantwort.«

»Ich weiß. Ich dachte, sie weiß nichts. Aber wenn dieser Lang ihr die Bilder gezeigt hat, dann weiß sie es natürlich. Verdammt.«

»Das hätten Sie sich früher überlegen müssen«, rotzte ihm Evi hin.

»Frau Gerhard-Kollegin, pass auf. Miri und ich kennen uns seit Jahrzehnten. Wir hatten nie vor, mehr draus werden zu lassen. Wir sind Freunde. Miri hat sonst kein Interesse an mir. Sie hätte sich nie in meine Ehe gedrängt.«

»Tolles Abkommen. Praktisch. Aber vielleicht empfand Ihre Frau da anders?« Evi ließ nicht locker.

»Was ich nicht weiß …«

»Ach Herr Bader, das ist ein dummer alter Spruch. Und wie Sie ja schon selbst gesagt haben: Vielleicht haben die Bilder Sie ja ganz unsanft in die Realität geholt. Und keine Frau mag es, wenn ihr Mann Sex mit einer anderen hat. Egal wie es um die Ehe steht.«

Gerhard mischte sich ein. »Rainer, Evi hat recht. Wenn sie es durch diese Bilder erfahren hätte, wie hätte sie reagiert? Dich zur Rede gestellt? Miri zur Rede gestellt? Wäre sie erpressbar gewesen?«

»Mich hat sie nicht angesprochen. Sie war wie immer.«

Miri hatte das ganz richtig vorhergesagt. Rainer Bader war eher wortkarg. Man musste ihm jeden Satz aus der Nase ziehen.

»Rainer, nimm mal an, Leo Lang hat sie erpresst. Gedroht, diese Bilder öffentlich zu machen. Was hätte sie getan?«

»Zur Polizei gehen? Das ignorieren? Was weiß ich denn.«

»So gut kennen Sie Ihre Frau? Gratulation!« Evi war wütend.

»Wir leben jeder unser Leben.«

»Aber das beinhaltet nicht freien Sex für alle, oder, Rainer?«, sagte nun Gerhard.

»Nein, das hätte sie nicht akzeptiert, aber sie bringt doch keinen um. Wenn sie erpresst worden wäre, hätte sie etwas Vernünftiges getan. Effi macht immer nur Vernünftiges. Ich glaube nicht, dass er sie erpresst hat. Nein, das hat Leo Lang sicher nicht getan. Nein.«

Gerhard sah ihn scharf an. Die Antwort kam ihm komisch vor. Bader wiederholte: »Er hat sie bestimmt nicht erpresst.«

Evi schnaubte. Gerhard wurde es langsam müde. Alter Kumpel hin oder her. Warum hatte er einen Job gewählt, der so zäh war? Zäh wie Kaugummi.

»Kannte deine Frau Miri Keller denn?«

»Ja, natürlich. Miri ist eine alte Freundin. Sie kennt Effi auch schon länger.«

»Hatte Miri Keller sonst etwas mit deiner Frau zu tun?«, fragte Gerhard.

»Na ja …«

»Na ja, was?«

»Miri wollte doch wieder als Lehrerin arbeiten, und Effi konnte ihr da behilflich sein. An einem Privatgymnasium am Ammersee. Effi kennt die Direktorin. Sie wollte sich für Miri einsetzen.«

Sie schweigen alle drei. Sie dachten wohl das Gleiche. Da erfährt eine Frau von der Affäre ihres Mannes. Und die Geliebte ist ausgerechnet eine, für die man sich ins Zeug legt? Das schmerzt, das schmerzt bis weit über die Grenze des Erträglichen hinaus. Das ist doppelter Betrug. Was hätte Effi Bader getan? Lang, den Erpresser, zum Schweigen gebracht, weil sie noch mehr Schmerz und Schmach nicht ertragen hätte. Das war möglich, sogar sehr gut möglich, dachte Gerhard.

»Wo wart ihr denn am Tage des Bürgerfests? Ich meine, du warst zeitweise auf dem Balkon, nicht wahr?«

»Ich hatte ein paar Sachen auszuliefern. War dann erst bei Miri und bin später heim.«

»Heim heißt nach Schongau oder nach Willofs?«, fragte Evi.

»Nach Willofs. Ich habe einen Riesenauftrag von einem Hotel im Tannheimer Tal, das alte Sachen restaurieren lassen will. Ich arbeite jede Minute dran.«

»Und deine Frau?« Gerhard suchte seinen Blick, aber Bader sah zu Boden.

Er zögerte. »Sie war auf dem Fest. Sie war offiziell da, sie saß bei den Bürgermeistern der Nachbargemeinden und dem Bundestagsabgeordneten, der auch im Lande war. Wie lange, keine Ahnung. Sie hat in Schongau übernachtet. Tut sie fast immer, sie mag Willofs nicht.«

Innerlich bebte Gerhard, aber er wusste, dass er mit Drohungen bei einem Rainer Bader nicht weiterkam. Das hatte schon damals nicht gefruchtet, als der Mann noch Zwick geheißen hatte.

»Kannst du beweisen, dass du in Willofs warst?«

»Frag den Wirt. Ich bin verhockt. Etwa von elf bis vier. Du weißt ja, offiziell ist am Wochenende bis drei offen, ich war sicher bis vier da. Du kannst den Wirt fragen und noch ein paar. Ich war ziemlich zu. Na ja, ich musste ja nicht mehr fahren.« Gerhard merkte, dass Rainer Bader seinen Witz selber nicht so lustig fand. Theoretisch hätte er zwar nach Schongau fahren können und Leo Lang meucheln, aber das Zeitfenster war schon verdammt knapp. Gerhard war sich sicher, dass der alkoholisierte Rainer ins Bett und ins Koma gefallen war.

»Wo ist denn Ihre Frau momentan?«, fragte Evi.

Er sah auf die Uhr. »Heute um diese Zeit im Home-Office in Schongau. Ich geb euch die Adresse.« Er ging in seinen Werkstattschuppen und brachte ein Kärtchen mit.

»Effi Bader, Dipl.-Sozialpädagogin, Kreisrätin«, eine Adresse in Schongau.
»Wir werden sie aufsuchen müssen, das ist dir klar?«
Bader nickte.
»Ich muss sie fragen, ob sie von der Affäre gewusst hatte. Ich muss sie nach den Bildern fragen. Das muss dir auch klar sein«, sagte Gerhard eindringlich.
Bader nickte erneut.
Der Abschied war merkwürdig, sie gaben sich linkisch die Hand. Wieder hatte Gerhard das Gefühl, dass er zu dicht dran war. Vielleicht sollte er sich wirklich in einer Großstadt bewerben. Weit weg. Was hielt ihn denn hier schon? Ein paar Freunde, die er selten sah? Seine Eltern, die immer auf Reisen waren? Die Berge, die er zwar vor der Nase hatte, aber nie nutzen konnte, weil ihm stets Mord und Totschlag dazwischenkamen? Es gelang ihm nicht, das merkwürdige Gefühl abzuschütteln: ein Gefühl von Müdigkeit und Resignation. Er wurde alt, so war das wahrscheinlich.
»Ich glaube ihm«, sagte Evi, als sie im Auto saßen. »Fahren wir beim Wirt vorbei?«
»Sicher.«
Was sie taten, und sie erhielten die Bestätigung, dass Bader bis Viertel nach vier da gewesen war und »voll wie ein Tanklaster«.

»Auf zu Effi«, rief Gerhard, und das sollte aufmunternd klingen. Aber irgendwie war die Luft raus. Sie kamen einfach nicht weiter. Gerhard wusste, dass Evi ähnlich dachte und empfand. Sie fuhren durch das Tor, und sofort hatte Gerhard das Gefühl, dass Autos hier eigentlich nichts verloren hatten. Sie parkten vor einem Männermodegeschäft.
»Wär das nichts?«, fragte Evi und deutete auf ein Cordsakko mit rosa Hemd.
»Gibt's das auch für Männer?«, grantelte Gerhard.
»Ach, du hast keinen Sinn für Fashion!« Evi lachte.
»Aber für die Historie«, meinte Gerhard und zog Evi zu einer Reisegruppe hinüber, die augenscheinlich gerade an einer Stadtführung teilnahm. Die beiden Kommissare gesellten sich hinzu

und erfuhren, dass Schongau doch mindestens so entzückend sei wie Dinkelsbühl, aber eben nur halb so bekannt. Dass die Stadtmauer es auf 1,6 Kilometer Länge bringe und es noch fünf Türme gebe. Als eine staufische Siedlung habe es die typische Stadtanlage mit einer großen Hauptmagistrale.

»Hättest du das gewusst?«, flüsterte Evi.

»Nein.« Gerhard wollte Evi schon weiterziehen, aber die hatte nun Kulturluft geschnuppert. Nun gut, sie mussten sowieso in Richtung der Reisegruppe. Die Geschichte, dass es hier einst vierzehn Brauereien gegeben habe, gefiel Gerhard am besten, auch die Tatsache, dass die Täfelung der Ratsstube ursprünglich mit Ochsenblut getränkt gewesen war, zum Schutze des Holzes. Dass Evi ihn auch noch in die Kirche schleppte, war nun aber wirklich eine Zumutung.

»Ein beeindruckendes Zimmermann-Werk wie die Wies«, flötete die Führerin gerade.

Gerhard arbeitete sich unauffällig bis zur Tür vor und war zumindest amüsiert über einen Goldputto, der aussah wie Winnetous kleiner Bruder. Evi kam einige Minuten später.

»Schade, dass wir nicht mal die Attraktionen in unserer nächsten Umgebung kennen«, sagte sie.

»Tja, Evilein, dann machst du eben mal 'ne Radltour auf der Romantischen Straße statt 'nen Trip nach Sri Lanka.«

Evi ignorierte ihn und strebte der Adresse der Kreisrätin zu. Effi Bader lebte in der Kirchenstraße. Es war, wie Baier gesagt hatte, so ein Hoch-über-den-Dächern-der-Altstadt-Ding. Effi Bader öffnete. Sie war schwer zu schätzen, sie hätte genauso Mitte dreißig wie Ende vierzig sein können. Sie sah aus wie der Typ Mädchen, der früher Palästinensertücher getragen hatte und diese Stoffsandalen aus dem Teeladen. Den Tee gab es noch, der dampfte auf dem Schreibtisch in einer dieser braunen Kannen, die einfach jede in seinem Bekanntenkreis gehabt hatte. Die Teestuben-Jugendhaus-Standardkanne mit den braunen henkellosen Bechern. Effi Bader war klein und sehr schmal, sie trug ein Leinenkostüm, und die glatten Haare waren schmucklos zu einem Pferdeschwanz gebunden. Sie war unauffällig, unscheinbar, wenig glamourös. Sicher gar nicht so schlecht in der bayerischen Politik, dachte Gerhard. Er sah sich um. Eine lichte Wohnung mit einer Dachterrasse war das. Die Möblierung war hell und klar, Antiquitäten flirteten mit modernen Sesseln, helle Stoffe und sehr abstrakte Bilder gaben dem Ganzen etwas Zeitgeistiges. Das war die Handschrift von Rainer Bader. Effi Bader hätte Gerhard sich eher in einem Öko-Naturholzambiente vorstellen wollen.

Nach etwas Small Talk über einen Schreibwettbewerb für Jugendliche, für den sie die Schirmherrschaft übernommen hatte, fragte Gerhard direkt: »Sie kennen Miriam Keller?«

»Ja, sicher.«

»Sie kennen Leo Lang?«

»Den Mann, der nach dem Bürgerfest ermordet wurde? Ja, ich kannte ihn. Flüchtig.«

Sie antwortete präzise und abwartend. Jeder andere hätte an der Stelle ein »Warum?« hinterhergeschickt. Sie nicht.

»Herr Lang ist nicht bei Ihnen vorstellig geworden und hat Ihnen Fotos gezeigt?« Vorstellig geworden, was für seltsame Konstruktionen entfleuchten seinem Mund. Wahrscheinlich hatte er wirklich einen Sonnenstich. Und wurde alt. Oder beides.

Sie hatte die Stirn gerunzelt. »Auf was wollen Sie eigentlich hinaus?«

Aha, da kam ja doch Leben in die Frau.

»Wir möchten darauf hinaus, dass Ihr Mann eine Affäre mit Frau Keller hatte. Dass von einem dieser Zusammentreffen Bilder existieren, von denen wir annehmen, dass Sie diese Bilder zu Gesicht bekommen haben. Wurden Sie erpresst, Frau Bader?«

Das war ein bisschen viel auf einmal gewesen. Gerhard wollte ihre Reaktion testen. Sie saß da nur mit gerunzelter Stirn und stieß dann ein »Bitte?« aus.

»Frau Bader, wussten Sie von der Affäre Ihres Mannes mit Miriam Keller?«, fiel Evi ein.

»Mit Miri? Unsinn. Miri ist eine alte Bekannte. Bloß weil wir zwei Wohnsitze haben, heißt das noch nicht, dass mein Mann Affären hat.«

Gerhard reichte ihr die Bilder hinüber. Sie blickte darauf, zuckte zusammen. Gab ihm die Bilder retour, nur weg damit, schien ihre Geste zu sagen. Sie riss ihre Hand förmlich zurück. Nahm einen Schluck Tee und sagte dann: »Was sehen Sie darin? Was Sie sehen wollen. Das beweist doch nichts.«

Das war ein starkes Stück. Wie sehr logen sich Menschen ihre Realität zurecht. Konnte man sich selbst wirklich so weit belügen, dass man in diesem Bild etwas anderes sah als zwei Menschen bei einem sexuellen Techtelmechtel? Man konnte, Effi Bader wollte, weil nicht sein konnte, was nicht sein durfte. Weil sie sich so schön eingerichtet hatte in ihrem Leben, und da akzeptierte sie keine Störungen. Wie oft war das so zwischen den Menschen! Wie viel Liebende waren Hassende oder zumindest Verdrängende? Behalten um jeden Preis. Gerhard hatte mal einen alten Kumpel gehabt, einen hochintelligenten Menschen. Er war nur bei seiner Freundin geblieben, weil er abends nicht allein hatte fernsehen wollen. Ihm war das damals in den Zwanzigern wie Hohn vorgekommen. Aber mit Ende vierzig? Bewahrte man da nicht lieber Ruhe, bevor man allein war oder gar zurück auf den Markt geworfen würde? Ein Markt der Enttäuschten und Verbitterten. Die verkauften sich auch nur noch wie Sauerbier. Trotz »neu.de« und ähnlicher Beziehungsheilsbringer.

»Frau Bader, Sie haben also keine Ahnung von Ihrem Mann und Miriam Keller? Sie wussten es nicht?«, insistierte Evi.

»Da gibt es nichts zu wissen.« Sie sprach die eisige und eiserne Politikerrede. Nur immer die Fasson bewahren. Das machte sie gut.

»Frau Bader, bei Ihnen ist Leo Lang auch nie aufgetaucht?« Evi wollte sie unbedingt aus der Reserve locken.

»Warum sollte er?«

»Um Ihnen die Bilder zu zeigen.«

»Herr Kommissar, Frau Kommissarin, ich kann Ihnen nicht helfen. Sie können mich gerne vorladen, ich würde dann meinen Anwalt informieren.«

Sie hatte sich im Griff, wahrscheinlich war Maggie Thatcher ihr Vorbild. Die eiserne Lady. Optisch weniger von der Natur begünstigt, deshalb kompensierte sie den Mangel an Reizen mit Ehrgeiz.

»Frau Bader, wann haben Sie das Fest verlassen?«, fragte Evi.

»Nach eins. Wir saßen noch beim Keppeler. Der Herr Bundestagsabgeordnete hat mich netterweise noch nach Hause gefahren. Ich war um halb zwei hier.«

Natürlich war genug Zeit gewesen, um zurückzukommen. Auch in dem Fall blieb ihnen nur, weiter herumzufragen, ob jemand Effi Bader gesehen hatte. Oder Socher. Oder seine Gattin.

Als sie wieder im Auto saßen, war ihre Laune nach wie vor gedämpft. Gerhard wusste auch, warum. Evi mit ihren sensiblen Antennen ließ sich leicht von den Stimmungen und negativen Schwingungen anderer niederdrücken. Heute hatte sie Paare gesehen, die keine waren. Evi und er, er und Evi – beide waren sie Singles und immer mal wieder von Zweifeln geplagt. Er alter Brummbär war schwer vermittelbar, da war er durchaus selbstkritisch. Aber warum Evi keinen Partner fand, war Gerhard nicht klar. Vielleicht wollte sie gar keinen finden, weil die Beziehungsbeispiele rundum alles andere als aufmunternd waren. Gab es glückliche Paare? In ihrem Job traf man die selten, weil Verbrechen so oft Beziehungstaten waren. Schönes Wort. Beziehungstaten. Taten für, wegen, gegen Beziehungen. Was war das für eine verrückte Welt

Im Büro gab es erst mal Kaffee. Kaffeetrinken war die beste Übersprungshandlung, die es gab. Gerhard stockte nach Rücksprache mit dem Chef sein Team etwas auf, sie brauchten Leute, die von Tür zu Tür zogen und nach Beobachtungen fragten. Das war zäh, aber unumgänglich. Evi hatte ihren Yoga-Abend und verabschiedete sich.

Gerhard fuhr heim, drehte mit Seppi eine Runde im Wald und war irgendwie getrieben. Als er sich in sein Auto setzte, gab er nur vor, ziellos umherzufahren. Eigentlich war sein Ziel klar. Er musste nochmals zu Miriam Keller. Oder wollte er? Er hatte wenig Hoffnung, dass sie ihm die Wahrheit sagen würde. Über die Ehefrauen ihrer Lover. Was sie denn nun wirklich gewusst hatten. Er parkte wieder vor der Eisdiele. Es war nach acht, ein paar Kids mit Rädern und Mofas lungerten vor der Kirche herum, eine Spitzpudeldachsmischung grub ein Blumenbeet um und ignorierte Frauchens Rufe. Auch ein Fall für den »Hundeprofi«.

Er läutete, ging hinauf und stand im Türrahmen. Sie war ungeschminkt, trug wieder ihre Krempeljeans, ein langweiliges Ringel-T-Shirt und ausgelatschte Flip-Flops. Und doch fand er sie so schön.

»Herr Kommissar! Sie schon wieder?«

»Ich bin es gewohnt, wenig Begeisterung auszulösen«, sagte Gerhard.

»Oh, das habe ich nicht impliziert. Kommen Sie herein.«

Gerhard folgte ihr wieder in die Küche, ein Laptop stand auf dem Tisch. Sie klappte ihn zu.

»Kaffee? Cappuccino? Espresso?« Sie sah ihn an. »Oder doch lieber wieder ein Weißbier? Ihre strenge Kollegin ist ja nicht dabei. Ich verrate auch nicht, dass Sie im Dienst ... Sie sind doch im Dienst?«

War er im Dienst? Eigentlich nicht. Er war im luftleeren Raum. Jedes Mal wenn er diese Wohnung betrat – und das war ja erst das zweite Mal –, passierte etwas mit ihm, was er nicht einordnen konnte.

»Vielleicht doch lieber Weißbier.« Er klang wie ein unentschlossener Schulbub.

Sie werkelte ein wenig zwischen Kühlschrank und Anrichte und kam mit einem Weißbierglas und einem Glas Weißwein wieder. Sie prostete ihm zu. »Zum Wohl.«

Ein bisschen war er wohl doch im Dienst, denn Gerhard sagte nichts. Er vertraute darauf, dass sein Schweigen Beklemmung auslösen würde. Er ließ den Blick schweifen. Ein paar Bilder hingen in blauen Rahmen, auf einem hatte Miri den Arm um eine ältere Frau gelegt. Miri lachte, die Dame guckte streng. Sie war seinem Blick gefolgt.

»Frau Paulus, sie lebt im betreuten Wohnen, und ich besuch sie ab und zu zum Englischreden. Ich weiß gar nicht, warum sie mit mir plaudern will, sie spricht viel besser als ich. Eigentlich lerne ich was von ihr.«

Baier hatte ihm von den Besuchen erzählt. Gerhard sagte weiter nichts, Miri sagte nichts. Sie trank einen Schluck Wein und sah ihn an. Gerhard hielt ihrem Blick stand. Diese Augen machten ihn halb wahnsinnig. Dennoch war sie es, die das Spiel verlor. Sie redete als Erste.

»Haben Sie das auf der Polizeischule gelernt? Leute niederzustarren? Oder sehen Sie US-Serien, wo der Verdächtige sich durch seine Körpersprache verrät?« Sie lachte kurz auf. »Meine Körperhaltung ist offen, ich trinke nicht hektisch, popele nicht an meinen Fingern rum. Aber was sagen Ihnen meine Augen? Lügen sie?«

»Bestimmt. Ihre Augen sagen mir, dass Sie eine gute Schauspielerin sind. Dass Sie kein offenes Buch sind.«

»Das habe ich mir abgewöhnt über die langen Jahre.«

»Das klingt nach weiser Großmutter. So weise können Sie noch gar nicht geworden sein.«

Himmel, er flirtete mit ihr!

»Herr Weinzirl, ich bin fünfundvierzig. Das wissen Sie ja sowieso. Und es gibt Jahre, die sind um ein Vielfaches länger als andere. Das sind die langen Jahre.« Sie lächelte. »Ein schöner Buchtitel, oder? ›Die langen Jahre‹. In denen kann man alles an Verbitterung erwerben, wozu man sonst ein Lebensalter gebraucht hätte.«

Das war hart und überraschend offen. Und genau das irritierte Gerhard so an ihr: diese Pendelbewegung zwischen Verstecken und Bloßlegen.

»Frau Keller, ich möchte Sie nochmals zu Socher und Bader befragen. Wie lange geht das schon? Was wussten die Ehefrauen davon?« Leise schickte er ein »Warum?« hinterher und verfluchte sich sofort dafür.

Miri hatte ihn aufmerksam angesehen. »Warum? Warum was?«

»Warum Bader? Warum Socher?«

»Wo die Liebe hinfällt ... ich frag Sie doch auch nicht, weswegen Sie mit Frau X und nicht mit Frau Y vögeln.« Sie lachte, etwas unnatürlich, wie Gerhard fand.

»Liebe? Bei meinem letzten Besuch haben Sie das eher als den Witz des Jahrhunderts hingestellt.«

Sie wurde wieder ernst. »Na gut, eine ernsthafte Antwort, Herr Weinzirl. Eine ehrliche Antwort, und falls die Ihnen nicht gefällt, kann ich es nicht ändern. Egon Socher war mal mein Kollege an der Schule. Er ist ein gebildeter und durchaus witziger Mann, der es lediglich momentan etwas mit seinem Anti-Film-

Kreuzzug übertreibt. Er war immer schon, sagen wir mal, interessiert an mir. Er hat mit mir geflirtet auf Schulfesten, Ausflügen, Konferenzen. Ich war aber ein braves Mädchen und eine treue Ehefrau. Als mein Mann dann weg war mit seiner neuen Gespielin, hat Frau Socher die Liga der Frauen angeführt, die mich verteufelt haben. Ich, die ich meinen armen Mann hinausgeworfen habe. Ich, die ich mit meinem unfraulichen Verhalten – berufstätig, Putzfrau, dauernd in Restaurants essend, an Stammtischen unter Männern sitzend – es ja nicht besser verdient habe. Frau Socher, mit dem schönen Namen Roswitha ausgestattet, ist eine ganz Christliche. Sie ist im Kirchenchor, bei irgendwelchen Tafeln dabei, sie macht Hausaufgabenbetreuung bei sozial schwachen Kindern. Ja, als ich noch Lehrerin war, war das Schulversagen ihrer Zöglinge stets meine Schuld. Roswithachen ist das personifizierte Gute. Sie trifft viele gleich gesinnte Damen und plaudert mit denen über mich. So christlich, dass Frauen, die mich vor meiner Scheidung kannten, die Straßenseite wechseln. Sie plaudert so, dass beim Gräberumgang an Allerheiligen darüber gesprochen wird, dass ich weggehöre. An einem Tag, an dem man eigentlich der Toten in der eigenen Familie gedenken sollte und sich nicht die Schandmäuler über andere zerreißen. Ich hasse Rosi, Roserl, Rosl, Roswitha, und ich vögle mit ihrem Mann, weil das das Schlimmste ist, was ich ihr antun kann!«

Sie sah ihn provozierend an. Gerhard sagte nichts.

»Geschockt, Herr Kommissar?«

»Ich bin sehr schwer zu schocken, dann hätte ich auch meinen Beruf verfehlt.« Er machte eine kurze Pause. »Wusste Frau Socher von Ihnen?«

»Keine Ahnung.«

»Aber Ihr Plan funktioniert doch nur, wenn sie es weiß, oder? Sonst tut es nicht weh.«

»Ach ja, auch stille Triumphe sind Triumphe.« Sie lachte und strich eine Haarsträhne hinters Ohr.

Frau Socher hatte es gewusst, das hatten er und Evi erfahren, und er war sich sicher, dass Miri genau das erreicht hatte, was sie beabsichtigt hatte. Für das Rosl war sie das personifizierte Böse.

»Und Bader?«

»Rainer und ich sind wirklich uralte Freunde. Wir hatten über die Jahre mal mehr, mal weniger Kontakt. In Zeiten meiner Ehe sehr wenig, die Herren mochten sich nicht so ...« Sie lachte auf. »Nein, die waren keine Kumpels. Nach der Trennung war Rainer immer für mich da, mei, die Grenzen bei uns beiden waren da immer schon fließend ...«

Was hätte er, Gerhard Weinzirl, dazu sagen sollen? Miri beschrieb, ohne es zu wissen, sein Verhältnis zu Jo. Die Immer-und-ewig-Freunde. Die langen Pausen, das Anknüpfen an alte Zeiten, als seien keine Jahre dazwischengelegen. Immer auch Körperkontakt, mal mehr, mal weniger. Freundschaftliche Umarmungen, Küsse, die immer auch den Beigeschmack von Lust gehabt hatten. Sex. Immer mal wieder. Immer auch die Bekenntnisse, es nicht mehr tun zu wollen. Konsequent nur noch Freunde zu sein. Immer die schnelle Aufgabe dieser Konsequenz.

»Baders Frau, Effi ...«

Sie unterbrach ihn: »›Effi‹, wie finden Sie das denn? Ist das nicht superpeinlich, wenn man ›Elfriede‹ auf ›Effi‹ abkürzt? ›Effi Briest‹, ha! Rainers Frau ist aber sicher keine Fontane-Jüngerin!«

»Effi ist also nicht Ihr Fall?«

»Effi kenn ich aus der Schule. Sie war ein Mauerblümchen. Hässlich wie die mondlose Nacht finster. Unsicher und verklemmt. Ihre letzte Rettung war die Junge Union. Da stieg sie schnell empor, und ich gebe auch zu, dass sie gute Gedanken entwickelt hat. Sie ist klug, es war ein klar vorgezeichneter Weg hin zur Kreisrätin. Ich bin mir auch sicher, dass sie für die nächste Landtagswahl in den Startlöchern ist. Sie könnte gewinnen, die Männer, die sie zu schlagen hätte, sind doch alles Witzfiguren.«

»Mögen oder nicht mögen?«

»Mei, ich finde sie immer noch ziemlich farblos. Sie ist ja hier diejenige, die sich um Kulturthemen kümmert, und da drückt sie oftmals noch Gelder durch, wo ich sie bewundern muss. Kultur ist ja nicht gerade ein zentrales Thema, wenn Banken sterben, Kurzarbeit herrscht, wenn die Firmen in Schongau und Peiting gleich mal fünfzehnhundert Arbeitsplätze streichen. Wenn Griechenland kollabiert, ist regionale Kultur hartes Brot.«

»Wie kamen Bader und Effi denn überhaupt zusammen?«

»Gute Frage. Rainer kennt sie auch schon ewig. Und genauso ewig ist Rainer ein Chaot, der von der Hand in den Mund lebt. Er ist ein begnadeter Künstler, er hat den untrüglichen Geschmack. Als Innenarchitekt in den richtigen Kreisen in München wäre er sicher steinreich geworden. Er ist vor allem ein Lebenskünstler, aber mit zunehmendem Alter nehmen die Bedürfnisse eben doch zu. Bloß im Wohnwagen zu leben oder in Wohnungen ohne Bad wird belastend. Alte Bauernhäuser mit Ölöfchen sind im Allgäuer Winter auch eine Herausforderung.«

»Sie wollen sagen, Rainer suchte ein warmes Nest und Elfriede einen Mann?«

»Das wäre doch zu einfach. Mei, sie haben vor mittlerweile zwölf Jahren zusammen so ein Schnitzprojekt für behinderte Kinder in der Herzogsägmühle gemacht. Über sechs Wochen. Da haben sie sich besser kennengelernt. Und geheiratet. Ich glaube schon, dass die sich gegenseitig schätzen. Auf eine spezielle Art eben.«

»Sie stehen also auf dem bayerischen Standpunkt ›Er ganget ja, aber sie‹?«, fragte Gerhard mit einem Lächeln.

»Wenn Sie das so gutmütig und wohlmeinend formulieren: Ja. Sie geht mir eigentlich am Arsch vorbei.«

»Sie ihr aber nicht? Zurück zum Ausgangspunkt: Wusste Effi Bader von dem Verhältnis?«

»Was sagt Rainer denn?«

»Ich frage Sie, Frau Keller!«

»Okay, Rainer und ich haben immer konsequent an der Aussage festgehalten, dass wir uralte Freunde sind. Ich besuche Rainer nur, wenn sie auf Sitzungen oder Vernissagen ist. Wenn sie in Besprechungen weilt oder auf wahlkampflichen Selbstbeweihräucherungstrips ist. Sie hat uns sicher nie erwischt. Wir sind da sehr dezent.«

»Frau Keller, da war aber die Nummer auf dem Balkon nicht sehr dezent!« Gerhard hatte die Stirn gerunzelt.

»Mei, ja. Aber so richtig gesehen hat sicher keiner was!«

»Doch! Leo Lang, der hatte einen schönen Blick.«

»Der Leo! Mit dem Fernrohr! So ein Schlawiner.«

»Der nun tot ist. Ein toter Schlawiner«, sagte Gerhard mit Nachdruck.

Sie war aufgestanden und hatte ihm ein neues Weißbier eingeschenkt, sich einen Wein. Sie hatte ein ernstes Gesicht aufgesetzt. »Glauben Sie, das hat etwas mit mir zu tun?«

»Frau Keller, wie wäre das: Leo Lang zeigt die Bilder Socher und erpresst ihn?«

»Und Socher hätte Leo umgebracht? Niemals!« Sie klang wirklich überzeugt.

»Gut, Frau Socher hat die Bilder bekommen und ist ausgerastet?«

Sogar Miri war das Lachen vergangen. »Sie erwürgt Leo? Na, ich weiß nicht! Obgleich ich ihr die Pest an den Hals wünsche und der Gedanke, sie auf ewig los zu sein, reizvoll ist. Die Gutmenschin wäre doch nur eine Mörderin. Aber bedaure: Das hat sie nicht im Kreuz.«

»Noch eine Version. Leo hat das Effi Bader gezeigt. Er erpresst sie.« Gerhard betrachtete sie weiter und fühlte sich dauernd so, als müsse er sie anfassen.

»Dann hätte Effi Leo umgebracht? Das glauben Sie doch selbst nicht! Effi ist zu vernünftig für so was.«

Das hatte Bader auch gesagt. Aber die beiden konnten sich auch abgesprochen haben. »Gut, dann anders. Leo Lang hat die Fotos Ihnen gezeigt und gedroht, sie Effi Bader zu geben. Er hat Sie erpresst.«

»Und dann hätte ich Leo getötet? Hätte ich das im Kreuz? Glauben Sie das?« Das hätte kokett klingen sollen und überlegen, tat es aber nicht.

»Ja, Frau Keller, Sie sind doch bereit, weit zu gehen. Ihnen sind Normen doch egal. Sie haben doch nichts mehr zu verlieren, oder? Doch, Sie haben was zu verlieren, und zwar aus dem Grund, weil Sie Frau Bader nämlich gebraucht haben. Sie sollte Ihnen Tür und Tor in der Schule am Ammersee öffnen. Ihre Reputation als Lehrerin hat ja wohl etwas gelitten. Für eine staatliche Schule hätte es wohl kaum eine Empfehlung für Sie gegeben und keine Wiedereinstellung. Oder?«

»Das ist ja eine tolle Story, die Sie sich da haben einfallen lassen, Chapeau!« Sie lachte laut heraus.

Gerhard war sich dessen bewusst, dass sie nichts weiter mehr sagen würde, und schwenkte um. »So lustig ist das nicht, so wie Ihr ganzes angeblich so lustiges, freigeistiges Leben gar nicht so witzig ist. Baier macht sich nämlich Sorgen um Sie«, sagte er unvermittelt.

Sie beobachtete ihn aufmerksam. »Sind Sie deshalb gekommen?«

»Nein, wegen Ihrer Lover. Aber ich schätze Ihren Onkel sehr.«
»Er Sie auch, das spricht für Sie, Herr Weinzirl!«
»Na immerhin!«
»Nehmen Sie noch ein Weißbier?« Sie war aufgestanden.

Gerhard blickte fast überrascht auf sein Glas. Hatte er das zweite in der kurzen Zeit weggepumpt? Er gab die einzig falsche Antwort. »Ja.«

Als sie sich wieder gesetzt hatte, sagte sie: »Ich weiß, dass Baier besorgt ist. Muss er aber nicht. Ich bin erwachsen.«

»Ist es so erwachsen, die Lover zu wechseln wie die Unterhosen?«, fragte Gerhard und hasste sich für den Satz. Was passierte mit ihm? Er redete doch sonst keinen solchen Unsinn. Er war schon wieder viel zu privat.

»Herr Weinzirl, erstens ist das eine Frage des Geschmacks, wie oft man seine Unterhosen wechselt. Zweitens: Definieren Sie mir Erwachsensein. Und drittens: Wollen Sie mich retten? So wie man eine Prostituierte rettet?« Ihr Ton war wieder schärfer geworden.

»Frau Keller, ich will Sie nicht retten. Das ist nicht mein Job. Mein Job ist es, ein bisschen Gerechtigkeit zu schaffen, und das gelingt mir nur sehr unzureichend. Und ich habe es mir abgewöhnt, die Menschen verstehen zu wollen. Das ist fatal in meinem Job.«

»Das ist Weiberkram, Herr Weinzirl. Frauen müssen alles begreifen, um es zu verarbeiten. Männer schieben es weg. Das liegt am Chromosomensatz.«

»Ich denke, Sie sind Lehrerin für Französisch und Englisch. Nicht für Biologie.« Was war das für ein Geplänkel, das er hier abzog? Und wieso ließ er sich von ihr die Gesprächsrichtung aufdrücken?

»Allgemeinwissen, Herr Weinzirl. Und die langen Jahre.« Sie

sah zum Fenster. Die Balkontür stand offen. Der Regen prasselte und trommelte ein unrhythmisches Stück. Der Regen ließ nach, setzte wieder stärker ein, und ab und zu ergoss er sich in fast waagrechten, windgepeitschten Schauern, dass er den Parkettboden benetzte.

»Wollen Sie nicht lieber die Balkontür schließen?«, fragte Gerhard mit einer Kopfbewegung Richtung Tür.

»Nein, ich brauche Luft. Und Platz!«

»Sie hatten ein Haus. Wieso haben Sie das aufgegeben? Das hatte Platz.«

»Aha, Baier hat geplaudert! Was haben meine Lebensentscheidungen mit Ihrem Besuch zu tun? In den langen Jahren hatte ich ein Haus. Gut. Nun lebe ich hier und hasse Wände um mich herum.« Sie blockte ab, sie lachte wieder ein ironisches Lachen. Das Pendel zwischen Wahrheit und Theater war weiter in Bewegung.

»Miriam Keller hasst Wände?«

»Ja, echte Wände und die Wände rund um die Köpfe. Wände zwischen den Menschen. Es gibt viel zu viele Wände!«

Wieder diese Offenheit und sein Unvermögen, auf solche Sätze etwas zu erwidern. Er war ein Mann, er hatte tatsächlich den falschen Chromosomensatz für solche Sätze.

»Sie sind ein Mann, Männer mögen solche Sätze nicht.«

»Das hab ich auch gerade gedacht.«

Sie lachte. »Ich weiß.«

Sie war wieder aufgestanden und hatte ihm ein drittes Weißbier eingeschenkt, sich ein zweites Glas Wein. Gerhard trank einen gewaltigen Zug. Sie hielt mit, trank den Wein fast auf ex aus und füllte ihn nochmals auf. Der Regen war nun wie eine Wand, das Prasseln war monotoner geworden. Der Wind war abgeflaut. Es goss gleichmäßig gewaltige Mengen. Aus der Dämmerung war fast Dunkelheit geworden. Über der Küchenzeile brannte ein Lämpchen. Sie kam retour mit dem vollen Weinglas. »Licht?«

Er gab erneut die einzig falsche Antwort. »Nein.«

Sie war aufgestanden und trat an die offene Tür. Bückte sich und begann mit einem Geschirrtuch die Pfütze auf dem Boden aufzuwischen.

»Bevor der Boden sich doch noch wellt«, sagte sie und klang

wie ein kleines Mädchen. Gerhard war aufgestanden und reichte ihr eine Hand.

»Ich kann das schlecht sehen, wenn Frauen auf den Knien vor mir rumrutschen.«

Das sollte witzig klingen, war aber irgendwie verunglückt.

Sie lachte wieder hell und gab ihm den Lappen. »Bitte, ich kann es gut sehen, wenn Männer vor mir knien.«

Er war nahe dran, einen dummen Satz zu sagen. Ob ihre Lover auf die Domina stünden? Irgendetwas in der Art. Er hielt aber gottlob die Klappe.

Sie war auch in die Hocke gegangen, es war fast dunkel, er sah nur ihre hellen Augen. »Nichts sagen, was du bereuen würdest«, sagte sie leise.

Ein Du. Gerhard hatte immer noch den Lappen in der Hand. Plötzlich ging das Licht auch an der Küchenzeile aus, und draußen versank Peiting in Dunkelheit.

»Stromausfall«, sagte Gerhard lahm und erhob sich. Reichte ihr erneut die Hand und zog sie hoch. Er ließ die Hand nicht los. Sie entwand ihm die Finger und blieb im Türrahmen stehen. Sie blickte hinaus ins Dunkle. Er stand hinter ihr. Ein Blatt Papier weit war der Abstand zwischen ihnen. Langsam drehte sie sich um. »Und nun?«

»Ich kann nicht mehr fahren. All die Weißbiere ...«

»Nein, das erlaubt die Polizei sicher nicht.«

Sie verringerten den papierdünnen Abstand, er umfasste sie. Sie standen eine Weile da, bis sie ihn wegschob und küsste. Ein langer Kuss. Ein nachdenklicher Kuss. Kein wildes Geknutsche, eher ein Versinken. Sie glitten zu Boden, auf den Parkettboden, der kühl war und hart. Aber jeder weitere Schritt wäre das Ende gewesen. Jeder weitere Schritt hätte Vernunft bedeutet. Bis zu einem adäquaten Platz für Menschen ihres Alters zu gelangen, wo man ja nicht unbedingt den Küchenboden oder die Rückbank eines Autos favorisierte, war undenkbar. Sie roch gut nach einem Parfüm, das Gerhard irgendwoher kannte. Sie fühlte sich gut an, fest und stark, kein Mädelchen. Gedanken an Kassandra huschten vorbei, an Wilhelmine, die beide so zarte Frauen waren, sie verschwammen in irgendeinem Nebel. Da war nur noch das Prasseln des Regens. Sie legte ein Bein über seine Hüfte, und der Regen wurde noch stärker.

Als er zu sich kam, lag das Licht einer gedimmten Lampe über dem Raum. Sie saß mit angezogenen Knien an die Küchenzeile gelehnt und nippte an ihrem Weinglas. Ein viel zu großes T-Shirt hatte sie über die Knie gezogen. Die Balkontür war zu, ein Rollo war heruntergelassen.

Gerhard hatte sekundenlang Mühe, sich zu orientieren. Er war mit einer Wolldecke zugedeckt.

»Ich bin jetzt aber nicht ...«

»Eingeschlafen?« Sie lachte hell. »Doch, ich nehme das eher als Kompliment. Ich meine, es gibt bessere Plätze als einen Küchenboden, aber du hast ja noch einiges an Unterlage.«

Was stimmte. Gerhard lag auf einem kompletten Satz Männer- und Frauenbekleidung. Er arbeitete sich unter der Decke heraus und begann das Zeug zu sortieren. Zog seine Unterhose und seine Jeans an. Sie betrachtete ihn mit einem leisen Lächeln, das um ihre Lippen spielte. Er nahm das Weißbier vom Tisch, das schal war, und hockte sich dann neben sie.

»Entschuldigung.«

»Fürs Einschlafen? Fürs Trinken meiner Biervorräte? Für die letzten zwei Stunden?«

Gerhard schwieg.

»Alles drei ist entschuldbar.«

Sie war aufgestanden, das Shirt reichte ihr bis zu den Knien. Gerhard wusste, dass er unbedingt etwas sagen musste. Dass er irgendwie den Weg zurück zum Verhältnis Kommissar – Zeugin, Kommissar – Verdächtige finden musste. Er umfasste ihren Knöchel und ließ einen Finger bis zum Knie hinaufgleiten. Und höher. Diesmal schafften sie es ins Schlafzimmer. Er musste, er würde nachher, morgen, er würde ... er versank.

# ZEHN

*Ich gewann, ich verlor, wir glaubten
an düstere Wunder.*

Gerhard erwachte durch ein Klingeln. Es stammte von einem Wecker, ein unangenehmer Ton, der in sein wattiges Hirn einschnitt. Ein unbekannter Ton. Er blinzelte. Es war hell. Miriam war weg. Er war schon wieder fürsorglich zugedeckt worden. Er tapste in die Wohnküche, die Couch war ausgezogen, Miriam hatte dort anscheinend geschlafen. Das gab ihm einen Stich. Warum nur? Auf dem Küchentisch lag ein Zettel. »Ich weiß nicht, wann Kommissare aufstehen, ich dachte, sechs Uhr ist früh genug. Ich bin vor fünf schon zu einer Bergtour mit Bettina aufgebrochen. Handtücher liegen auf dem Waschbecken. Kaffeemaschine wirst du bedienen können. Schönen Tag.«

Er sank auf einen der bunten Holzstühle. Sie war weg. Auf einer Bergtour. Sie hatte ihn zugedeckt, und sie war vor ihm geflüchtet in der Nacht. Sie hatte ihm Handtücher vorbereitet und war doch abgehauen ganz früh. Was war das für eine Frau, die so sehr schwankte zwischen zärtlicher Hingabe und Fluchtreflex? Was hatte er nur getan? Er vertrug den Sommer nicht, das war es. Er duschte tatsächlich und nahm ein Handtuch, das sie in einem Hotel geklaut hatte. Sie war Jo ähnlich, Jo hatte auch so eine Sammelleidenschaft für wuschelige Hoteltücher.

Er fuhr langsam nach Weilheim. Er hasste diesen Fall, wie er nie zuvor einen gehasst hatte. Es ging hier um die Tragik in Beziehungen, wie sie wohl millionenfach vorkamen, aber netterweise bekam man davon außer in einschlägigen Dokus im Fernsehen nichts mit. Hier aber musste er ein Feld beackern, das er sonst vermied. Was hätte er um einen anständigen Fall im Mafia- oder Drogenmilieu gegeben!

Den Tag verbrachte er im Büro. Die Kollegen hatten wenig Erhellendes zu berichten. In der Mordnacht schienen alle Peitinger tatsächlich nach dem Dorffest in todesähnlichem Schlaf gelegen zu haben. Niemand hatte Socher oder Rosl gesehen. Bis Melanie kam, lag Trägheit in der Luft. Als Mel allerdings hereinpolterte – das anmutige Gehen war nicht so ihres –, war auf einmal Bewegung in der Luft. Mel hatte zu berichten, dass die Lämmles vor einem halben Jahr nach Schweden ausgewandert waren. Ohne die Tochter. Das war natürlich schlecht. Eine Spur weniger.

»Soll ich da weiter nachfragen? In Schweden?«, fragte Melanie.

Gerhard machte eine abwiegelnde Handbewegung. »Bleiben wir in der Nähe. Sonst noch was?«

Mel lächelte. »Ja, und zwar Folgendes …« Sie hatte erfahren, dass Effi Bader auf dem Bürgerfest länger mit Leo Lang zusammengestanden hatte. Sie hatten sich gestritten, da war sich die Beobachterin sicher. Die Zeugin hatte bedient am Fest und mal eine geraucht. Abseits des Getümmels hatte sie die beiden gesehen. Leo kannte sie, und die Kreisrätin war ihr ein Begriff, weil sie am Tisch der »Politikerlaffen« bedient hatte. Sie kannte Effi Bader außerdem auch aus der Zeitung.

»Das hat was!«, rief Evi.

»Ja, das hat Sprengstoff. Da wird Frau Bader wohl nicht mehr einfach abwarten können und Tee trinken. Ich denke, wir werden sie vorladen. Da wird die Staatsanwaltschaft sicher zustimmen.«

»Ich hab mal nachgehört«, sagte Mel, »also ich wollt da nicht vorgreifen, aber …«

»Was, Melanie? Geht's weniger verquast?«

»Effi Bader ist mit einer Delegation nach Rumänien gereist. Sie engagiert sich da bei so einem Austausch, wo Päckchen nach Rumänien gehen, wo Schüler rüberkommen, also jedenfalls …«

»Wie lange?«

»Bis Dienstag«, sagte Mel.

»Na gut, das werden wir abwarten können. Wir machen heute mal Schluss. Schönes Wochenende, falls nichts dazwischenkommt.«

Sie standen draußen, als Evi fragte, scheinheilig fragte, wie Gerhard fand: »Was machst du heute denn noch so?«

»Was werd ich schon machen? Mit Seppi 'ne Runde laufen. Mal früh schlafen gehen.«

»Soso«, sagte Evi.
»Was, soso?«
»Ach nichts, Gruß an Seppi. Ich dachte nur, du hättest mitkommen wollen. Ich treff mich mit Jo. Die hat sich eh schon beklagt, dass sie von dir gar nichts mehr hört.«
»Ich denk, sie ist bei Reiber in Berlin?« Obgleich er mit Volker Reiber – einst sein Intimfeind – heute gut befreundet war, konnte er sich nicht dazu durchringen, »Volker« zu sagen. Er war und blieb Reiber.
»Das war letzte Woche, sie war vor allem auf einer Pressekonferenz und hatte Redaktionsbesuche in Berlin und Hamburg zu erledigen. Falls du dich erinnerst, sie betreut Medienleute für die Ammergauer Alpen.«
»Erinnere ich mich, jawohl. Na, jedenfalls geh ich schlafen, ich will euer Damenkränzchen nicht stören. Grüß Jo, ich ruf sie an.«
»Na dann!«
Das klang schon wieder etwas komisch. Wusste Evi etwas? Er hob schlapp die Hand zum Gruß und ging zu seinem Auto. Weiber!

Nachdem er mit Seppi durch den Forst gelaufen war und nachdem er seine obligatorische Pizza gegessen hatte, sah er auf die Uhr. Fast halb zehn. Sollte er anrufen? Eigentlich könnte sie anrufen, sie war doch abgehauen aus ihrer eigenen Wohnung. Wahrscheinlich schlief sie längst nach ihrer Bergtour. Morgen war auch noch ein Tag.

Gerhard erwachte um sechs und setzte sich mit einer Tasse Kaffee auf die Terrasse. Seppi empfand diese frühe Stunde als unwürdig und schnarchte weiter. Gerhard wollte sich gerade die Samstagszeitung bei seinen Vermietern holen, als das Telefon läutete. Kurz vor sieben war es, und es war Baier. Hat der schon wieder einen Derwürgten gefunden? Bevor Gerhard aber diesen Sparwitz anbringen konnte, kam von Baier ein Stöhnen.
»Baier?«
Noch ein Stöhnen, ein Nach-Luft-Ringen. Das war ein Baier, wie Gerhard ihn nie zuvor erlebt hatte. Ein Baier, der kaum spre-

chen konnte. Ein Baier, der weinte! Der stammelte, und nur sehr zögerlich erfasste Gerhard die Botschaft. Das konnte nicht sein. Das durfte nicht sein. In seinem Magen ballte sich ein Feuerball zusammen, Galle stieg ihm die Kehle hinauf, er war nahe dran, den schwarzen Kaffee zu erbrechen. Baier schloss mit den Worten: »Ich bin in der Wohnung. Ich habe nichts angerührt, aber ich musste ...« Ein Klicken.

Gerhard legte das Handy auf den Schreibtisch. Ganz langsam, so als könne es zerbrechen. Plötzlich schoss er hoch, dass der Gartenstuhl umfiel. Er rannte zur Tür, riss sie auf, und plötzlich schrie er: »Nein!« Er packte einen Blumentopf und schmetterte ihn über die Terrasse. Dann sackte er auf die Knie. Er begann zu weinen. Eine Flut von Tränen. Seppi war herausgekommen und schob ihm die Schnauze in die Hand. Gerhard umfasste den Hund und heulte in sein Fell. Lange, bis er sich hochrappelte und unter die Dusche ging. Er drehte das Wasser so heiß auf, dass er sich nahezu verbrühte. Er genoss den Schmerz, der so viel leichter zu ertragen war als der Schmerz in seinem Inneren.

Er erreichte Peiting um halb acht. Baier öffnete ihm. Er sah furchtbar aus. Um Jahre gealtert, grau im Gesicht, die Augen schwer umschattet.

»Wo ist sie?«, fragte Gerhard.

Baier wies in Richtung Schafzimmer. Sie lag auf dem Rücken, den Kopf zu Seite geneigt. Haare waren ihr vor die Augen gefallen. Dafür war Gerhard dankbar. Die Tablettenblister auf dem Nachtkästchen waren zahlreich. Er hatte Handschuhe angezogen und las die Aufschriften. Schlaftabletten, Sedativa, ein Antidepressivum. Woher hatte sie das ganze Zeug? Eine fast leere Flasche Montepulciano stand da ebenfalls und ein Glas.

Langsam ließ er sich auf ihrem Bett nieder, strich ihr die Strähnen aus dem Gesicht und sah ein letztes Mal nun doch in ihre Augen. Vorsichtig drückte er ihr die Lider herunter, und dann rannte er wie vom Teufel verfolgt ins Bad, erbrach sich, wieder und wieder. Nachdem er sich Wasser ins Gesicht geschöpft hatte und mit ihrem Mundwasser gegurgelt, sah er sich um. Da hing noch das Handtuch, das er benutzt hatte. Etwas mehr als vierundzwanzig Stunden waren vergangen. Vierundzwanzig Stunden, ein Nichts im Weltenlauf.

Baier stand auf dem Balkon. Er schwieg eisern. Und Gerhard hätte auch nichts gewusst, was er hätte sagen können. Er zog sein Handy heraus und informierte Evi. Bat sie, zu kommen.

Evi entfuhr ein kleiner Schreckensschrei.

Bis Evi da war, saßen Baier und Gerhard auf dem Balkon. In Peiting hatte das samstägliche Leben begonnen. Frauen mit Einkaufskörben, eine größere Gruppe von Fahrradfahrern im Seniorenalter hatte sich vor der Kirche eingefunden. Wahrscheinlich ein Radausflug der AWO oder Ähnliches. Das bunte Leben, es war wie Hohn. Irgendwann begann Baier zu sprechen.

»Miri wollte mich um sechs abholen. Wir wollten nach Augsburg auf einen Antiquitätenmarkt fahren und unbedingt früh dort sein. Ich hab sie angerufen, sie ging an keines ihrer Telefone. Dann bin ich ins Dorf runtergegangen, ich hab einen Schlüssel.«

Gerhard nickte. Dann schwiegen sie wieder, bis Evi auf einmal auf dem Balkon stand. Die Tür hatten sie angelehnt gelassen.

»Darf ich?«, fragte Evi leise.

Gerhard nickte, und Baier und er folgten Evi bis in den Türrahmen des Schlafzimmers. Evi gab die Tablettenblister, das Glas und die Flasche in Tüten, dann drehte sie sich zu Gerhard um.

»Gibt es einen Abschiedsbrief?«

»Ja«, sagte Baier, »auf dem Küchentisch.« Er klang nun sehr gefasst, er klang, als spräche er eine Filmrolle. Sie waren in einem schlechten Film gelandet; der Vorteil an Kinos war, dass man gehen konnte und die Türen hinter den schwarzen Vorhängen einfach schließen. Hier gab es kein Entrinnen.

Evi nahm das Blatt und las vor.

*Ich, Miriam Keller, kann mit der Schuld nicht mehr leben. Leo Lang hat mich erpresst. Er wollte zu Socher gehen und zu Effi Bader. Effi Bader wollte meine Wiedereinstellung am Ammersee befürworten. Das hätte sie nie getan, wenn sie von mir und Rainer gewusst hätte. Ich habe Leo Lang erwürgt. Er hat zu viel gewusst. Es tut mir so leid.*

Gerhard atmete tief durch. Er suchte Baiers Blick. Doch der

hatte sich abgewandt, und auf einmal ging er zur Tür, wurde schneller, und man hörte seine Schritte auf der Treppe.

»Oh nein, der arme Baier.« Evi suchte Gerhards Blick. »Keine Unterschrift«, sagte sie.

Sie nestelte am Tisch herum. Der Brief war auf einem Stapel von Blättern gelegen, alle ebenfalls Computerausdrucke. Es schien sich um eine Art Tagebuch zu handeln.

»Ein Brief und andere Aufzeichnungen«, sagte Evi leise.

Gerhard war Evi dankbar, dass sie so neutral blieb. So professionell. Evi hatte angefangen, die Blätter anzusehen. Sie überflog ein paar Seiten. Das dauerte eine Weile. Gerhard war froh um die Pause.

»Das sind Gedanken, Briefe, eine Art Tagebuch. Ich …« Evi schluckte schwer.

»Evi?« Es kostete ihn alle Kraft, ihr nun eine Stütze zu sein. Den besonnenen Weinzirl zu geben. Aber Evi durfte niemals erfahren, dass er mit Miri geschlafen hatte.

»Sie schreibt wirklich eindrucksvoll.« Evi hatte sich etwas gefasst. »Hier schreibt sie wohl über ihren Exmann. Und seine neue Frau. Es sind noch mehr solcher ›J'accuse‹-Seiten da, ein ganzes Buch.« Evi klang hilflos. Gerhard wollte auch nichts sagen, selbst wenn er gewollt hätte, er hätte das nicht gekonnt. Er begann zu lesen:

*J'accuse – ich klage euch an für den Verlust der Zivilcourage:*
*Vorgestern haben sie es wieder getan. Die halbe Nacht haben sie meine Telefone traktiert, natürlich mit unterdrückter Rufnummer. Ich weiß, dass sie es sind. Sie waren es immer. Gestern haben sie mich vom Balkon aus beschimpft. Er oben ohne mit seinen lächerlichen Tattoos. Sein Bruder mit Glatze. Bierflaschen in der Hand. Sie redeten von oben. Auf gleicher Ebene begegnen sie einem nicht. ›Da kommt die fette Miri, dein Mann fickt meine Mama, und die ist nicht so fett wie du.‹ Durchs ganze Dorf haben sie geschrien, an einem schönen Tag, wo alle beim Grillen saßen. Alle mussten es hören, und alle hören weg. Drehen die Musik im Gartenhaus lauter.*
*Heute haben sie mein Auto mit Parolen besprüht, nicht mal die*

*Orthographie stimmt. ›Fuck Of‹ schreibt man ›Fuck off‹ – aber auch als Lehrerin hab ich versagt. Mit was für Menschen hast du dich da gemein gemacht? Welches todbringende Gift sie immer wieder verspritzen. Deine Geister werfen die Schatten, die wir alle nicht mehr loswerden. Aber dich interessiert es nicht, deine Gespielin lobt ihre Brut noch dafür, und das Dorf sieht zu.*

*Ich habe versucht, andere aufzurütteln, ich bin nicht die Einzige, die unter dem Balkon-Terrorregime leidet. Lippenbekenntnisse, ja, das ist eine Sauerei, ja, das dürfen wir uns nicht länger gefallen lassen. Aber dann: Mei, ma kannte den Voder von dem Bua, so a guade Haut, und die Frau werd dem Bua a nimma Herr. Isch scho gnu gstroft. Mei, dass er mit 130 über die Dorfstraße fährt, mei ... dass er a Katz dabei derfahren hat, ja schod. A Kind werds scho ned treffn.*

*Angst habt ihr alle, dass sie am Ende eure Häuser mit Parolen besprühen, und ja, das werden sie tun, weil sie keiner aufhält. Wer den Wind sät, wird den Sturm ernten. Etwas sitzt auf meiner Brust. Es ist schwer. Die Luft wird knapper. Wo war ich all die langen Jahre?*

Diese verdammten langen Jahre! Gerhard war übel, in seinem Kopf rauschte es, seine Kehle brannte. Und auf einmal hasste er sich, dass er mit ihr geschlafen hatte. Das hätte nie sein dürfen. Dann hasste er sie. Weil er auch nur so ein Ablenkungsmanöver für sie gewesen war. Und er hasste sie, dass sie sich einfach so davongemacht hatte. Er hätte doch ... Hätte er? Gerade er, der sich in den letzen Jahren, nein Jahrzehnten als definitiv beziehungsunfähig erwiesen hatte. Er sah nochmals auf das Blatt. Hier ging es um die entgleisten Söhne. Von denen war hier die Rede und von einer menschlichen Kernkompetenz: Feigheit. Plötzlich schoss ihm ein Gedanke durch den Kopf. Was, wenn diese Wahnsinnigen etwas mit den Todesfällen zu tun hatten? Hatten die denn Kontakt zu Leo Lang? Er konnte den Gedanken nicht recht fassen, er sah Miri da liegen, sah sie immer nur liegen.

Evi legte die Blätter zusammen. Sie sortierte sie und stapelte sie millimetergenau übereinander. Übersprungshandlungen. Reden fiel ihnen beiden schwer. Schließlich sagte Evi: »Der Abschiedsbrief ist auf dem Laptop. Genau wie diese Seiten. Sie hat das alles auf demselben Drucker rausgelassen.«

Gerhard sah zu Boden. »Du meinst also, es ist nicht ungewöhnlich, dass sie ihren Abschiedsbrief nicht unterschrieben hat?«

»So ähnlich.«

»Lassen wir das Glas und die Flasche untersuchen?«

»Sicher«, sagte Evi. »aber ich glaube nicht, dass wir da etwas finden werden.«

Nein, was sollten sie schon finden außer Miris DNA?

»Baier muss noch eine Aussage machen«, sagte Evi ganz sanft.

»Sicher, aber geben wir ihm noch etwas Zeit.«

»Von mir aus bis Montag, ich bin zwar nicht da, aber du machst das ja sicher«, sagte Evi.

Lag darin nicht doch ein leiser Vorwurf, dass er ja ständig was allein machte? Wahrscheinlich nicht, er war einfach überempfindlich heute. Evi sollte auf eine Fortbildung gehen, und sie würde natürlich brillant abschneiden. Wie hatte ein erfahrener Kollege erst kürzlich gesagt: Frauen schneiden stets besser ab als die männlichen Kollegen. Frauen waren ehrgeizig und zielstrebig, natürlich konnten sie Karriere machen bei der Polizei und würden das in Zukunft auch tun. Was die Männer momentan noch rettete, waren Schwangerschaften.

Er verabschiedete sich von Evi mit den Worten »Viel Erfolg« und ging. Der Rest des Tages war weg. Plötzlich war es Abend; gab es Tage, die einfach so verdampften? Die sich in Wasserdampf auflösen konnten oder in Luft? Zum Glück kam Hajo des Weges und lud zum Grillabend. Gerhard aß fast gar nichts und trank umso mehr. Gleichmäßig und lange. Die Vögel hatten wieder zu zwitschern begonnen. Hajo war im Gartensessel eingenickt, Gerhard ging zu Bett und erwachte um zwei Uhr mittags mit bohrendem Schmerz. Im Kopf und im Herzen.

Als Baier Montagmorgen in sein Büro kam, wirkte er gefasst. »War grad bei den Kollegen wegen meiner Angaben. Wann ich sie gefunden habe und so.«

Und so … oh ja, und so. Und nun? Wollte Baier auf einen kleinen Plausch vorbeikommen?

»Kaffee?«, fragte Gerhard.
»Ist der ähnlich scheußlich wie zu meinen Zeiten?«
»Scheußlicher.«
Sie redeten so hin und her. Zwei Männer, die verloren hatten. Sie plänkelten, sie spielten Normalität. Gerhard hatte Kaffee geholt.
»Wirklich scheußlich«, sagte Baier, und auf einmal rief er: »Sie hat sich zu öffentlich gemacht, Weinzirl!«
»Miri?«
»Ja natürlich, wer sonst.« Baier brauchte ein Ventil für seine Wut, die doch nur aus der Trauer kam.
»Öffentlich? Das heißt?« Gerhard sprach leise.
»Sie war so arglos, ja fast naiv, obwohl sie intelligent war. Sie hat an dass Gute in den Menschen geglaubt. Sie hatte das Herz auf der Zunge. Zumindest anfangs.«
»Sie meinen, sie hat zu viel gesagt?«
»Ja. Und an den falschen Stellen.«
»Falsche Stellen?«
»Weinzirl, Sie kennen das! Sie würden das nie tun! Ich auch nicht! Ich red von Stammtischen. Es gibt ungeschriebene Gesetze an Stammtischen. Man wird nicht zu privat. Man wettert über die Politik, lokal, regional und über die Bundespolitiker. Schlagworte reichen. Man lästert immer über den, der gerade gegangen ist. Man bleibt am besten als Letzter sitzen. Und man macht dumme Witze, in die alle anderen grölend einfallen.«
Gerhard wusste, was Baier meinte.
»Sie meinen, Miri hat zu viel Angriffsfläche geboten?«
»Ja, sie und ihr Mann. Sie mehr als er. Eine Frau, ich bitt Sie, Weinzirl. Natürlich dürfen Frauen an Stammtischen sitzen, aber doch nicht als eigenständige Personen. Als Ehefrauen, ja. Als Geliebte, ja. Als Mutter, ja. Als Tochter, ja. Frauen sind immer Besitz eines Mannes, sie stehen immer in irgendeiner Beziehung zu einem Mann. Sie sind nicht einfach. Sie existieren nicht als Einzelperson.«
»Mittelalter?« Gerhard lächelte bitter.
»Menschsein. Schwäche. Die Zeit ist egal. Was weiß ich. War immer so. Wird so bleiben. Egal, was die Schwarzer mal veranstaltet hat. Weil die Frauen sich selber torpedieren.«

Baier sprach nun wieder seinen abgehackten Stil, den Gerhard so liebte. Knapp, präzise, aber heute mit Zittern in der Stimme. Er wartete, Baier fuhr fort:

»Glauben Sie nicht, dass es die Männer waren, die Miri angegriffen hatten. Die Weiber waren es. Als Ehefrau ging sie noch so durch. Gerade noch. Aber ohne Ehemann: Alarm, Gefahr. Und Neid. Miri war nonkonform. Sie konnte leben ohne Mann. Hatte eigenes Geld. Hatte Freunde. Männliche auch noch. Sie hat das gewagt, was die Verdruckten, Ängstlichen, Dummen nie gewagt haben. Sie wurde gehasst.«

»Aber sie war dabei kreuzunglücklich.« Gerhards Stimme brach.

»Ja, und ich hätte nicht übel Lust, jedem dieser intriganten Weiber Miris Sterbebild vor die Nase zu halten und zu schreien: Das ist euer Verdienst. Aber ich tue es nicht. Schon gar nicht am Stammtisch. Man lebt nicht nach außen. Nicht bei uns, Weinzirl!«

»Aber Miri hat das getan? Nach außen gelebt?«

»Ja, von Anfang an. Sehen Sie, sie und ihr Mann haben sich auf den Präsentierteller begeben. Er aus Eitelkeit. Sie aus Naivität. Kaum war er weg, haben die Alkoholnasen und die Waschweiber ihr Wissen gegen sie verwendet.« Baier stöhnte auf. »Warum red ich darüber, es ist vorbei. Sehen wir der Wahrheit ins Gesicht. Der Fall ist geklärt, Miri hat Leo Lang umgebracht. Sie hatte ein Motiv, sie hat gestanden.«

Gerhard starrte Baier an, durchbohrte ihn mit Blicken. »Ja, warum reden Sie, Baier? Ich sag Ihnen, warum. Das ist Ihre Nichte, die Sie kennen. Sie glauben das nicht mit dem Selbstmord. Gerade Sie nicht!«

»Weil nicht sein kann, was nicht sein darf? Man kann in die Menschen nicht reinschauen, niemals, auch nicht in die, die man zu kennen glaubt. Was wollen Sie? Einen Mord, weil ein Mord das eigene Versagen nicht so sehr ins Zentrum rückt? Weinzirl, was glauben Sie, wer Sie sind?« Baier war laut und fahrig. Er war außer Kontrolle. Ein Baier, den Gerhard so noch nicht erlebt hatte.

»Sie glauben es nicht. Ich auch nicht.« Gerhard bemühte sich um einen ruhigen Ton, aber auch seine Stimme kippte.

»Weinzirl, glauben Sie, dass ich nicht an jedem Tag und an jedem weiteren, der noch kommen wird, weiß, dass ich versagt habe? Weil ich ihr nicht geholfen habe, weil ich die Vorzeichen nicht erkannt habe. Gerade ich, ich bin ein verdammt schlechter Kriminaler. Vielleicht war ich immer ein schlechter ...«

»Baier, Sie waren nie ein schlechter Kriminaler. Und gerade deshalb wissen Sie, dass da was nicht stimmt.« Mit Gerhards Beherrschung war es vorbei.

»Weinzirl, ich gehe jetzt. Lassen Sie mich jetzt bitte in Ruhe. Zügeln Sie Ihre Wut. Angehörige von Suizidopfern hassen das Opfer, weil es sie im Stich gelassen hat. Sie hassen, weil sie nichts mehr tun können. Endgültigkeit ist etwas, womit die wenigsten umgehen können. Dabei ist die Endgültigkeit eine stille Verbündete. In der Endgültigkeit liegt Ruhe.«

Gerhard hörte gar nicht mehr zu. Wieso hatte Baier »Angehörige« gesagt?

»Schauen Sie nicht so, Weinzirl. Ich weiß, dass Sie sich in sie verliebt haben. Mit ihr geschlafen. Sie Idiot.« Und ohne ein weiteres Wort verschwand er durch die Tür von Gerhards Büro.

## ELF

*Und einmal (wann? auch dies ist vergessen):*
*den Widerhaken gefühlt,*
*wo der Puls den Gegentakt wagte.*

Gerhard riss seine Jeansjacke vom Stuhl, brüllte ins Nachbarbüro, dass er weg sei, und fuhr nach Hause. Schnappte sich sein Mountainbike und fuhr los. Wie ein Irrer fuhr er. Den Forster Berg hinauf, durch Birkland. Wieso er in Apfeldorf landete, war ihm selber unklar.

Bettina Deutz saß im Garten, diesmal mit einem Buch. Sie sah auf, als seine Bremsen leise quietschten. Er lehnte das Rad an den Zaun und ging durchs Gartentor. Setzte sich auf den zweiten Stuhl.

»Und nun?«, sagte Bettina Deutz nach einer Weile.

»Ich habe keine Ahnung. Nicht die leiseste.«

»Ich auch nicht. Wollen Sie was trinken?«

Er zuckte die Schultern. Sie ging ins Haus und kam mit zwei Bier wieder. Komisch, sie sah nicht aus wie eine Frau, die Bier aus der Flasche trank.

»Frau Deutz, es tut mir leid. Dass Sie eine Freundin verloren haben.« Das klang lahm, er hätte ihr gerne gesagt, wie leid es ihm tat. Wie leid es ihm auch tat, dass er Miri verloren hatte, die er doch gerade erst gefunden hatte. Gerhard fühlte sich grauenhaft. Was würde Bettina Deutz gedacht haben? Dass er Miri so zugesetzt hatte? Dass er sie in den Tod getrieben hatte?

»Sind Sie gekommen, um mir Ihr Beileid auszusprechen?«

»Nein, ich …«

»Was, Sie? Sie waren auf einer kleinen Radtour und sind zufällig hier vorbeigekommen? Ich glaube, wir sind beide aus dem ›Zufällig‹-Alter raus. Was wollen Sie, Herr Weinzirl?«

»Ich wollte … Ihnen sagen … ach Scheiße.«

Ein bitteres Lächeln huschte über ihr Gesicht. »Ja, Scheiße, genau! Miri ist tot. ›Welches der Worte du sprichst – du dankst dem Verderben.‹«

»Was?«

»Sie hielt ihm das Buch hin. »Paul Celan. Es gibt Zeiten im Leben, da kann man nur Paul Celan lesen. Miri mochte ihn auch, da waren wir zwei Outsider. Selbst meine Deutschlehrerkollegen konnten mit Celan nichts anfangen.«

Ein Satz kam von irgendwoher. »Der Tod ist ein Meister aus Deutschland.« Natürlich, Deutschunterricht. Irgendwo war der Satz abgespeichert, irgendwo da, wo das Schulwissen gelagert war. Weit weg, und doch bedurfte es nur eines Impulses. Paul Celan, »Todesfuge«. Er war kein Leser, schon gar nicht von Lyrik, aber heute hätte er gewünscht, seine Machtlosigkeit in Worte fassen zu können. Er, der sonst immer am liebsten schwieg.

»Hat sie es getan, Bettina? Hat sie sich umgebracht? Glauben Sie das? Sie kannten sie doch so gut?« Das war die Frage, die er die ganze Zeit stellen wollte.

»Ich weiß es nicht. Nein, ich kann das nicht glauben. Sie hat vieles verborgen, auch um sich der Welt nicht in schlechter Verfassung zuzumuten. Getrauert hat sie zu Hause, draußen war sie fröhlich und gewinnend.«

Er hatte sie gesehen. Sie war eine verdammt gute Schauspielerin gewesen. Miri Camouflage, Miri hinter der Maske.

»Ja, ich weiß.«

»Was denken Sie denn? Warum sind Sie hier? Ihr Fall ist doch abgeschlossen, oder?«

»Offiziell ja.«

»Und inoffiziell?«

»Ich glaube nicht, dass sie sich umgebracht hat.«

»Warum?«

Er starrte in den Garten. Ja, warum? Weil sie so lebendig gewesen war. Weil er das Gefühl gehabt hatte, das etwas hätte werden können. Gerade er, der jede Beziehung zu einer Frau bisher in den Graben gefahren hatte.

»Gerhard, ich sag jetzt mal ›Gerhard‹, glaubst du, sie hat sich nicht umgebracht, weil du mit ihr geschlafen hast? Weil du so toll warst, dass sich eine Frau beileibe danach nicht umbringt?« Sie zuckte selber ein wenig weg, so als hätte man sich verbrannt, und schickte ein »Entschuldigung, das war nicht nötig« hinterher.

Gerhard starrte sie an.

»Sie hat es mir erzählt. Sie war richtig gut drauf. Sie hat gesagt: ›Endlich mal ein Mann, der nicht redet beim Sex und irgendwelchen pornographischen Unsinn schwafelt.‹«

Gerhard schluckte und versuchte dann, seine Stimme normal klingen zu lassen. »Wann hat sie das erzählt? Auf eurer Wanderung?«

»Ja, und sie wollte am Abend noch was erledigen und sagte, dass sie dich dann die nächsten Tage mal zum Essen einladen wolle.«

Das Essen würde ausgefallen, weil Miri tot war. Wieder brachte er seine Stimme unter Kontrolle. »Ich glaube nicht, dass eine Nacht mit mir ausschlaggebend wäre, um eine Lebensentscheidung zu korrigieren. So eingebildet bin ich nicht. Aber ich wusste von Anfang an, dass ich etwas übersehe. Dass ich Hinweise nicht richtig aufgenommen habe. Und ja, ich will es auch nicht glauben, dass sie sich umgebracht hat.«

»Und nun?«, sagte Bettina erneut.

»Ich weiß es nicht genau, aber kann ich dich anrufen?«

»Sicher, ich steh im Telefonbuch. Ach so, du bist Polizist, Nummern sind wahrscheinlich eine leichte Übung.«

Sie war aufgestanden. Gerhard auch. Sie standen sich gegenüber, und auf einmal gab sie ihm zum Abschied zwei angedeutete Küsse auf die Wange. Dieses Bussi-Ritual hasste Gerhard im Bekanntenkreis. Heute war es okay. Sie hob die Hand, als er wegradelte und sich nochmals umsah. Gerhard gelangte auf einen Lechweg und landete in Kinsau. Er blieb auf dem Wirtschaftsweg, durchfuhr Hohenfurch, und in Schongau wusste er auf einmal, was er zu tun hatte.

Das Rad stellte er vor der Eisdiele ab. Die Tür von Leo Langs Wohnung war leicht zu öffnen. Sie waren drin gewesen nach dem Mord, sie hatten später nochmals die Wohnung betreten, als die Bilder aufgetaucht waren. Womöglich hatte ja auch der wackere Winnie etwas übersehen, hatten sie damals gedacht. Die Wohnung hatte nichts ergeben.

Leos Wohnung war eine typische Junggesellen-Zweizimmerwohnung. Eher ordentlich, aber ziemlich schmucklos, es fehlte die weibliche Hand, die dekorierte oder Bilder aufhängte. In der Küche gab es einen kleinen Tisch mit zwei alten Biergartenstühlen, im Wohnzimmer eine scheußliche Cordcouch und eine Schrankwand, die ihm wahrscheinlich seine Mutter oder Großmutter vererbt hatte. Im Schlafzimmer standen ein neunziger Bett, wilde Sexorgien hatte der Typ sicher keine gefeiert, und ein alter Bauernschrank. Der passte so gar nicht zu dem sonst lieblosen Spanplatten-Ambiente, denn es war ein schöner abgelaugter Schrank, der irgendwo in einer Bauernstube auf einem Holzboden hätte stehen müssen und nicht in so einem Kammerl. Auf so einem gelben Teppich, der in die Jahre gekommen war. Er sah sogar so aus, als hätte man ihn erst kürzlich restauriert.

Gerhard hatte sich auf das Bett gesetzt, es war jedes Mal befremdlich, in der Wohnung eines Toten zu sein. So wenig war übrig von Leo Lang, und es gab noch weniger, was etwas über ihn ausgesagt hätte. Gerhard starrte auf den Schrank und fühlte sich leer. Dann öffnete er das Ding, ein Modefreak war Leo Lang auch nicht gewesen. Zwei Jeans, ein paar T-Shirts, zwei Trachtenhemden, ein Janker, eine Winterjacke und Unterhosen, die sicher nicht dazu angetan waren, Frauen zu erfreuen. Der Schrank hatte eine Kleiderstange und ein Abteil mit Fächern. Er kannte solche Modelle, seine Eltern besaßen ähnliche Schränke, und als Kind hatte er ... Ja, er hatte!

Schlagartig war Gerhard wach. Energie floss auf einmal wieder. Als Kinder hatten er und ein paar Freunde entdeckt, dass einer der Schränke eine doppelte Rückwand hatte. Noch entzückter waren sie gewesen, als sie darin ein altes Tagebuch gefunden hatten. Weniger entzückt, weil es in Altdeutsch geschrieben war und sie es nicht hatten entziffern können. Seine Mutter hatte es ihnen dann auszugsweise vorgelesen, es war die Geschichte eines jungen Mädchens gewesen, das als Magd auf einem Hof im Allgäuer Unterland gearbeitet hatte. Für ihn als Lausbub war das ziemlich langweilig gewesen, für seine Mutter, die nachgeforscht hatte, wer das Mädchen gewesen war, hoch spannend. Wie das ausgegangen war, konnte er nicht mehr sagen.

Gerhard tastete sich an der Rückwand entlang und entdeckte den Falz. Die Wand war leicht herauszuheben. Der Hohlraum dahinter war etwa fünf Zentimeter tief, und da stand ein großes Kuvert. Ein altes Kuvert. Gerhard zog Handschuhe hervor und hob es so vorsichtig heraus, als handle es sich um eine alte Pergamentrolle. Er nahm es mit zum Küchentisch und zog vorsichtig die Blätter heraus. Was er sah, sagte ihm erst einmal gar nichts. Es waren Explosionszeichnungen, eine seltsame Maschine war abgebildet, in schwungvoller Schrift gab es Zahlen und Buchstaben, die Blätter sahen alt aus. Irgendwo im rechten unteren Eck entdeckte Gerhard dann auch ein Datum: 1961 – vor fast fünfzig Jahren war das entstanden. Nur – was war das, und was machte es in Leo Langs Schrank?

Er begann von vorn, betrachtete die Blätter genauer: Es waren verschiedene Perspektiven zu sehen, die seltsame Maschine war von mehreren Seiten abgebildet, gleichsam so, als wandere man um sie herum. Gerhard hatte die Stirn in Falten gelegt, starrte diese Blätter böse an: Nun enthüllt mir doch euer Geheimnis! Er begann umherzulaufen, zurück in das Schlafzimmer, zurück zum Schrank. Nochmals – er wusste gar nicht so genau, warum er das tat – kroch er ins Innenleben des alten Kameraden. Am Boden gab es noch ein Kuvert, wie festgeklebt lag es da, farblich ans Holz angepasst wie ein Chamäleon. Er zog es heraus und hastete retour zur Küche.

Dieses Kuvert barg Schriftstücke, und langsam begriff er, um was es hier ging. Ein gewisser Franz Paulus und ein gewisser Valentin Lang hatten wohl den Plan, einen Hobel zum Patent anzumelden. Er las Schriftstücke mit Unterschriften. Ein Blatt, das sich wohl statisch aufgeladen hatte und an einem anderen festgeklebt war, flatterte zu Boden. Das war modernes Papier und eine Computerschrift. Gerhard las mit zunehmender Verwunderung. Eine Rechnung von Rainer Bader für das Restaurieren eines Bauernschranks.

Gerhards Stirn war inzwischen so gerunzelt wie bei einem dieser Hunde, die zu viele Hautfalten besitzen, denen ihr Fell nicht passt. Er versuchte sich zu konzentrieren. Rainer Bader, einer der Lover von Miri Keller, hatte diesen Schrank vor knapp einem

Monat restauriert. Das ging aus dem Datum der Rechnung hervor. Er musste den doppelten Boden und die Papiere entdeckt haben. Klar! Er würde sie Leo Lang gezeigt haben, und wenn der die Rechnung dazwischengewurschtelt hatte, hatte Lang die Papiere sicher auch studiert. Alte Papiere und eine neue Rechnung.

Valentin Lang, wer war das gewesen? Leo Langs Vater? Und Paulus? Franz Paulus? Wo war ihm der Name Paulus untergekommen? Klar, Baier hatte ihn erwähnt, natürlich Miri auch: Die alte Dame im betreuten Wohnen, mit der sie Englischkonversation geübt hatte, die hieß Paulus!

Gerhard griff zu seinem Handy. Baier klang brummig, als er sich meldete.

»Wer ist Valentin Lang, wer Franz Paulus?«

Baier gab keine Antwort.

»Worauf konnte man 1961 Patente anmelden, wenn man in Peiting war?«

»Bergwerk«, brummte Baier. »Bergwerk, was sonst.«

»Ich weiß, dass Sie mich hassen, Baier, aber wir müssen reden. Ich bin in Leo Langs Wohnung.«

»Ich hasse Sie nicht, ich hasse lediglich manchmal mich selbst, Weinzirl. Kommen Sie her, bringen Sie das Zeug mit.«

Als Gerhard ankam, stand sein Weißbier bereit, und auf Baiers Schreibtisch stapelten sich Bücher. Chroniken von Peiting, alte und neuere. Gerhard legte seine Blätter vor, Baier betrachtete Blatt für Blatt, fast ehrfürchtig fasste er die Papiere an. Dann lehnte er sich zurück. Seine Stimme war voller Wärme, ein Tonfall, den er auch gehabt hatte, als er über Miri gesprochen hatte. Ein Dolchstoß fuhr in sein Herz, Gerhard versuchte sich auf Baier zu konzentrieren.

»Was Sie da sehen, ist ein Hobel. Schauen Sie, Weinzirl, in den Anfängen des Bergwerks wurde mit Pickeln abgebaut. Wir hatten hier im Westen Flöze, die waren nur fünfundfünfzig Zentimeter hoch. Stellen Sie sich vor, wie da einer halb liegend Kohle aus dem Hangenden geholt hat. Später gab es Pressluftbohrer, sauschwere Teile, halten Sie so was mal, wenn Sie selbst in der Schräglage in so einem Flöz klemmen. Und das über Stunden. Anfang der Sechziger kamen Reißhakenhobelanlagen aus dem Ruhrgebiet. Die Kohle wurde zu teuer, es ging darum, effizienter und schneller abzubauen. Heizöl kostete sieben bis zehn Pfennig der Liter, ja, davon träumt man heute.«

»Und was wir hier sehen, ist so ein Hobeldings?«, fragte Gerhard.

»Ja, soweit ich mich erinnere, wurde 1960 in Flöz 23 ein erster Versuch gemacht, 1961 in 10/11.«

»Ja gut, und was hat das nun mit den Zeichnungen zu tun?«

»Weinzirl, ich bin kein Ingenieur, aber die beiden Urheber hier haben diese Ruhrpotthobel anscheinend modifiziert. Sie müssen ja bedenken, die Situation in Peiting war eine ganz andere. Viel engere Flöze, und die Hobel haben sich da ins Gestein reingebissen und viel zu viel vom Hangenden mit rausgerissen.«

»Hangenden?« Das Wort war ihm vorher schon unbekannt gewesen.

»Ja, im Bergbau unterscheidet man zwischen dem Hangenden, das ist das Gestein über dem Flöz, und dem Liegenden, das ist unter dem Flöz, vereinfacht gesprochen. Geologisch ist die Begrifflichkeit noch etwas komplexer.«

»Woher wissen Sie das eigentlich alles?«

Wieder lächelte Baier ein fast wehmütiges Lächeln. »Ich komm aus einer Bergmannsfamilie. Mein Vater war Bergmann, und ich hab 1957, mit fünfzehn Jahren, auch die Ausbildung angefangen. Erst über Tage, so ein Bergmann musste ja alles können. Sortierung, Schreiner, Zimmerei, bei den Elektrikern, in der Lampenkammer, in der Schmiede, in der Schlosserei …« Er brach kurz ab. »Nach der Übertageausbildung ist man Jungbergmann, drei Jahre lang zu siebzig Prozent des Hauerlohns. Drei Jahre als Lehrhauer zweiter Klasse bekommt man achtzig Prozent des Hauerlohns und ist dann ein Jahr als Lehrhauer erster Klasse mit neunzig Prozent angestellt. Sieben Jahre Ausbildung wären das …« Wieder unterbrach er seine Rede und sah Gerhard direkt in die Augen. »Ich habe abgebrochen. Ich hab die Enge unter Tage nicht ausgehalten, ich wurde klaustrophobisch. Außerdem entstand beim Abteufen …«

»Abteufen?«, unterbrach ihn Gerhard.

»Wenn Sie einen Schacht nach unten bohren. Abteufen meint immer die Erschließung von senkrechten Hohlräumen. Am Ende ging es bis auf achthundertvierzehn Meter runter, in Peißenberg am tiefsten Punkt sogar auf tausendzweihundertfünfundvierzig Meter. Jedenfalls wurde da gesprengt, und ich hab den Schussdampf nicht vertragen, hatte ständig Kopfweh und musste mich erbrechen. Ich war eine Enttäuschung für meinen Vater, der war Abteilungssteiger. Ich bin dann wieder auf die höhere Schule und später zur Polizei.«

Wie eng hatte er mit Baier zusammengearbeitet, und doch hatte er so gar nichts über dessen Vergangenheit gewusst. War das nicht häufig so im Leben? Man glaubte, Menschen zu kennen, und hatte doch nur einen Atemzug lang Anteil an deren Leben. Baier hatte sich ihm weit offenbart, und Gerhard wusste, dass Nachfragen nicht erwünscht waren.

»Baier, wir sind von dem Hobel abgekommen.«

»Ja, genau. Also diese Ruhrpotthobel waren für uns weniger geeignet, weil sie zu viel mit rausgerissen haben. Das ist unwirtschaftlich, weil man ja in der Kohlenwäsche weit mehr Arbeit damit hatte, die Kohle vom Rest zu trennen. Ein Hobel, der auf die speziellen Bedürfnisse im oberbayerischen Pechkohlenabbau angepasst war, war natürlich eine wunderbare Innovation.«

Sie schwiegen beide und sahen auf die Zeichnungen.

»Und wie es aussieht, wollten sich Lang und Paulus das patentieren lassen?«

»Wie es ausschaut«, wiederholte Baier.

»Wurde denn patentiert?«, fragte Gerhard.

»Soweit ich weiß, ja, aber das lässt sich am Patentamt ja leicht feststellen.« Baier wirkte aufgewühlt, irgendetwas stimmte nicht.

»Baier?« Gerhard suchte seinen Blick.

»Die Namen, die beiden Namen.« Er flüsterte fast.

»Ja?«

»Valentin Lang war der Vater von Leo Lang.«

»Ja, und weiter?«

»Valentin Lang ist bei einem tragischen Unglück ums Leben gekommen. Das war 1961. In der Nachtschicht. Wissen Sie, Weinzirl, es wurde ja stets eine Seilkontrolle gemacht. Man fuhr ohne

Handschuhe mit der Hand an den Seilen entlang, ob da etwa eins splittert oder Ähnliches. Bei so einer Seilkontrolle muss Valentin Lang abgestürzt sein. Siebenhundert Meter tief. Die Staatsanwaltschaft war sogar da. Die Förderung wurde eingestellt. Halb Peiting war tief betroffen. Valentin Lang war etwa fünfundzwanzig Jahre alt, und seine Frau hatte ein Baby von vier Monaten.«

»Leo Lang?«

»Ja, genau. Leos Mutter Elli kam über der Verlust nie weg, sie starb, als Leo zwanzig war, seitdem frettet sich Leo so durch.«

Gerhard lauschte Baiers Worten hinterher. »Und Paulus? Wer war Paulus? Sie hatten den Namen in Zusammenhang mit einer älteren Dame im betreuten Wohnen erwähnt.«

»Franz Paulus war der Mann von Maria, der erwähnten Dame.« Baier schluckte. »Franz Paulus und damit auch seine Frau kamen zu beachtlichem Vermögen durch ein Bergwerkspatent. Verdammt, Weinzirl!« Baier hieb mit der Faust auf den Tisch.

Baier war zu seinem Rumdepot gegangen und hatte sich und Gerhard einen Fingerhut voll vom Panamaer eingeschenkt. In Gerhards Kopf wirbelten die Namen durcheinander. All die Langs und Paulus! Hinter den Namen formte sich ein Gedanke.

»Die beiden stehen hier in den Papieren. Aber nur Paulus profitiert, weil Lang tot war. Baier, Sie glauben, Paulus hat Lang ermordet und ihn um das Patent beschissen?«

»Ja, das glaube ich. Der Unfall damals war dubios.«

Das war allerdings eine unglaubliche Geschichte und eine von ungeheurer Tragweite. »Was wurde denn aus Paulus?«

»Der hat sich 1970 im Versuchsstollen unter der Schnalz erhängt. Eine merkwürdige Geschichte, weil sich der Entdecker des Kunzestollens gar nicht so weit entfernt einige Jahre vorher ebenfalls im Stollen erhängt hatte. Von innen zugesperrt und erst von spielenden Kindern entdeckt worden, als er schon ziemlich verwest da rumhing. Als hätte er das nachgeahmt. Und niemand konnte das verstehen. Paulus hatte Geld, sein Sohn Peter war ein schlauer und hübscher Bursche, seine Frau eine schöne und stolze Frau. Es wurde viel spekuliert. War er unheilbar krank gewesen? All solche Dinge.«

Wieder schwiegen sie. Gerhard spürte, wie sehr und unaufhaltsam die Vergangenheit an Baier herandrängte. Und sie waren beide Kriminaler. Sie dachten das Gleiche.

»Eine Geschichte, die logischer wird, wenn Paulus Lang umgebracht hat, weil er allein vom Patent profitieren wollte. Später hat ihn sein Gewissen aber so gepeinigt, dass er sich umgebracht hat. War das so, Baier?«

»Es spricht vieles dafür. Nichts davon werden wir beweisen können.«

»Aber wir können fragen, was das mit der Gegenwart zu tun hat, oder?«

»Das können wir.« Baier war immer noch aufgewühlt.

»Leo Lang gibt seinen Schrank zum Restaurieren. Rainer Bader, der Restaurator, entdeckt diese Zeichnung und weist Leo Lang drauf hin. Bader hat sie womöglich selber angesehen, wahrscheinlich aber nichts damit anfangen können. Leo Lang aber hat die Zusammenhänge erkannt. Was wird er getan haben? Jemanden von der Paulus-Familie zur Rede gestellt haben, oder? Den Sohn? Diesen Peter?«

»Peter Paulus ist auch tot, er war in Leos Alter. Er kam 1985 bei einem Lawinenunglück am Schafreuter ums Leben. Seine Leiche wurde nie gefunden. Wieder so ein tragisches Unglück für Peiting. Wissen Sie, Weinzirl, Ihnen muss ich das ja nicht erklären, Sie sind ja auch ein Bergfex. Peiting hat eine große Bergsteigergeschichte, und unser Michl Dacher ist natürlich eine Legende.«

Dacher, natürlich, der war Peitinger gewesen. Ein kämpferischer, aber doch so bescheidener und bodenständiger Mann. Der mit Reinhold Messner 1979 den K 2 bestiegen hatte. Damals bereits fünfundvierzig Jahre alt. Dacher, der Mann, den Gerhard natürlich mit dem Geiselstein verband. Dacher, der diese Felsnadel fast zu einer Art Peitinger Wahrzeichen gemacht hatte. Dacher, der Mann, mit dem man heute noch auf der Kenzenhütte in tiefster Ehrfurcht verbunden war. Er, der Oberallgäuer, hatte sich immer über die Flachländer lustig gemacht, aber so lustig war das gar nicht. Einen Dacher hatte seine Heimat nicht hervorgebracht.

»Ich kenne Dacher, hab Filme über ihn gesehen. Ich hab das irgendwie verdrängt, dass er Peitinger war.«

»Ja, ein großer Sohn der Gemeinde und einer, der die Jugend gefördert hat. Peter Paulus war so ein Ziehkind von ihm. Und aus Paulus hätte ein Großer werden können. Die haben verrückte Wintergehungen gemacht damals, die Burschen. Aber dann der Unfall.«

»Es gibt also nur noch Maria Paulus?«

»Ja, eine gestrenge Frau, die nie mit Wehklagen auf die Verluste ihrer Männer reagiert hat. Sie wurde nur immer härter und beherrschter.«

Wieder musste Gerhard die Namen in seinem Kopf sortieren. Es war eine titanische Anstrengung für sein strapaziertes Gehirn, den Faden wiederzufinden.

»Also von vorne: Miri hatte ein Verhältnis mit Bader. Miri war mit Frau Paulus befreundet.«

Der Satz erfüllte Baiers Arbeitszimmer. Ein mächtiger Satz. Baier füllte den Rum nach. Wieder nur einen Fingerhut voll.

Gerhard fuhr fort. »Nehmen wir mal an, Miri hat das mitbekommen, was Bader da gefunden hat. Im Gegensatz zu Bader kann sie mit dem Namen Paulus was anfangen. Sie kennt die Zusammenhänge, kennt die alte Geschichte wahrscheinlich. Sie ist clever, kommt auch auf die Idee, dass Lang um das Patent betrogen wurde. Was tut sie?«

»Sie redet mit Leo Lang. Sie redet mit Maria Paulus«, sagte Baier leise.

»Wer von den beiden ist aber nicht daran interessiert, dass die Geschichte ans Licht kommt?«, fragte Gerhard mit einem Beben in der Stimme.

»Maria Paulus. Ihr ganzes Leben und ihr Vermögen fußt auf diesem Betrug. Fußt auf Mord.« Baier klang ungläubig.

»Und sie bringt Lang um und dann Miri?«

»Weinzirl, Maria Paulus ist stark gehbehindert. Sie kann ganz kurze Strecken mit dem Gehwagerl gehen, ansonsten ist sie auf einen Rollstuhl angewiesen. Unmöglich!«

»Dann gibt es jemanden, der oder die Maria Paulus das abgenommen hat«, sagte Gerhard.

»Maria Paulus hat einen Mörder angeheuert? Unsinn, Weinzirl. Wir leben in der Realität, nicht im Fernsehen.«

»Jemand aus der Familie, der auch von dem Geld profitiert?«

»Da gibt es niemanden mehr. Maria Paulus ist die Letzte. Ihre Schwester tot, ihr Mann tot, der Einzelkind war. Ihr Sohn tot.«

Ihr Sohn tot. In der Lawine umgekommen. Am Schafreuter. Gerhard hatte die markante Flanke des Berges vor Augen. Ein schöner Berg. Er wagte kaum, den Satz zu denken, geschweige denn ihn zu formulieren. Doch dann wagte er es doch.

»Baier, was, wenn Peter Paulus noch lebt? Was, wenn Miri das wusste? Was dann?«

»Aber wie? Aber wo? Das ist doch schon wieder eine filmreife Story, Weinzirl!«

»Aber möglich.«

»Möglich, möglich, verdammt, Weinzirl. Und wir spinnen uns das zusammen, weil wir nicht glauben wollen, dass Miri sich umgebracht hat.«

»Ich glaube es nicht. Jetzt schon gar nicht mehr. Und nicht, weil ich's nicht glauben will. Da ist etwas anderes: Miri hätte das nicht getan. Ihr Schreiben hat sie gerettet. Wenn ich mich jeden Moment in der Phantasie umbringen kann, wenn ich die Schritte durchdenke, dann befreit mich das. Auch wenn alle anderen glauben, sie hat es getan. Alles logisch, aber sie hat es nicht getan!«

»Weinzirl!« Von Baier kam ein gequälter Schrei.

»Wir sind nicht sentimental oder unrealistisch. Sie haben sie geliebt, ich habe sie nur kurz gekannt, aber sie war ... einzigartig. Es geht nicht darum, den Tod nicht anerkennen zu können. Irgendwas ist faul hier, sehr faul.«

»Sie reden sich das ein, Weinzirl. Sie suchen Argumente.«

»Nein!« Das war ein Schrei.

Es blieb eine Weile still, es war, als hallte der Schrei noch nach in diesem Raum.

»Was wollen Sie tun, Weinzirl?«, fragte Baier schließlich.

»Rainer Bader fragen, wie das war mit dem Schrank? Und Frau Paulus besuchen.«

»Der Fall ist abgeschlossen, Weinzirl. Es liegt ein Geständnis vor.«

»Ich bin Polizist. Ich kann mich ausweisen.«

»Sie kriegen einen Fetzenärger mit solchen Eigenmächtigkeiten.«

»Sei es drum!«

Baier dachte kurz nach. »Weinzirl, Sie waren doch vorher schon mal bei Bader, oder?«

»Ja.«

»Hat er Ihnen da was von dem Schrank erzählt?«

Gerhard wusste, auf was Baier hinauswollte. Rainer Bader kannte Lang. Er hatte diesen Schrank restauriert. Als er mit Evi bei Bader gewesen war, hatte er mit keinem Wort erwähnt, dass er Lang gekannt hatte. Es wäre doch normal gewesen, zu erzählen, dass ebendieser Lang mit einem Schrank bei ihm gewesen war. Das war ja nichts Verwerfliches. Auch hätte er die Unterlagen erwähnen können. Warum auch nicht? Hatte Rainer Bader die Zusammenhänge auch erkannt? Und welche Rolle hatte er dabei gespielt? Das war alles so verwirrend und fußte nur auf Annahmen. Ein ganzes Kartenhaus aus Annahmen. Ein fragiles Kartenhaus, der leiseste Windstoß würde es zum Einstürzen bringen.

»Denken wir nach, Weinzirl. Denken wir nach!«

»Ich denke nach, mehr, als mein Schädel aushalten kann. Ich finde keinen anderen Ansatz als den, dass Miri davon gewusst hat. Vielleicht war sie auch nur bei Leo, und der ist dann zu Maria Paulus gegangen. Maria Paulus musste Leo loswerden.«

»Ja, das hatten wir schon. Es fehlt uns die dubiose Person, die Leo umgebracht und Miris Selbstmord vorgetäuscht hat.«

»Jemand, der viel zu verlieren hat. Jemand, der alles zu verlieren hat!«

»Wir werden zu eingleisig, Weinzirl! Wir schließen all die anderen Möglichkeiten aus.«

»Welche haben wir denn sonst auch?« Gerhard wusste, dass Baier recht hatte. Eindimensional zu denken war fatal.

»Wer könnte denn noch von dem Fund gewusst haben? Wer sonst hat engen Kontakt zu Bader?«, fragte Baier.

»Seine Frau.«

»Genau, Effi Bader, unsere Kreisrätin. Was ist mit der?«

Ja, was war mit Effi? Effi kam morgen zurück von ihrer wohltätigen Reise. Effi war mit Leo gesehen worden. Was, wenn Effi mit ihm über den Inhalt des Schrankes geplaudert hatte und gar nicht über die Fotos? Und was bedeutete das für den Fall? Gerhard berichtete Baier von Effis Rolle in der Geschichte und konnte nur eins sagen: »Ich kann die Enden nicht verknüpfen. Aber die Dame kommt ja morgen wieder. Morgen, ja, morgen!« Das klang gequält. »Ich muss etwas tun!«

Baier überlegte kurz. »Fahren Sie zu Bader. Ich besuche Maria Paulus.«

»Sie?«

»Ich kenne Maria. Wenn Sie da als Kommissar auftauchen, macht sie sicher zu. Vor allem, wenn unsere Hypothese stimmt. Ich kann sie als Miris Onkel besuchen, wir hatten ja schließlich was Gemeinsames …« Seine Stimme kippte. »Wir trauern ja beide um Miri. Ich meld mich bei Ihnen, Weinzirl.«

Gerhard packte sein Rad und fuhr davon. Er hatte heute schon einiges an Kilometern zurückgelegt, und doch spürte er seine Beine kaum. Er jagte am Hetten vorbei, durch all die Weiler im Forst, fuhr den Forster Berg viel zu schnell hinunter, trug wie immer keinen Helm. Er fuhr wie gejagt.

Eine heiße Dusche lang beruhigte sich sein Puls ein wenig, aber sein ganzer Körper stand unter Strom.

»Komm, Seppi, wir machen einen Ausflug!«

Seppi war nie so richtig euphorisch beim Autofahren, eher gnädig sprang er in den Wagen, verschränkte die langen Haxen und legte sich mit einem Schnaufer hin. Na gut, dann eben ein Ausflug. Der sich aber spätestens in Willofs für Seppi rentiert hatte. Die Bordercolliedame von Bader fand er ganz entzückend. Dieser Geruch, diese Augen! Seppi liebte jeden anderen Hund, aber diese Dame war wohl etwas ganz Besonderes. Die beiden Hunde tollten durch den Garten, und Gerhard war froh, dass sie erst mal über Hunde reden konnten. Rainer Bader sah schlecht aus, älter und grauer als bei ihrem letzten Zusammentreffen. Rainer zeigte ihm ein paar der Stücke, an denen er gerade arbeitete. Schöne alte Tiroler Truhen.

»Glaubst du wirklich, sie hat sich umgebracht?«, sagte Bader plötzlich. »Glaubt das die Polizei?«

Gerhard war kein Herzausschütter, keiner, der auf Männergespräche gestanden hätte. Aber heute hätte er jemanden gebraucht. Einen Menschen, der genauso wenig wie er glauben wollte, dass Miri sich umgebracht hatte. Aber das war undenkbar, zumal sein Gegenüber über Jahre mit dieser Frau geschlafen hatte. Er nur einmal. Er musste auf der Hut sein.

»Der Fall ist abgeschlossen, ja. Es gibt einen Abschiedsbrief, es gibt ein Motiv.«

»Scheiße«, murmelte Bader.

»Ja, Scheiße!«, brüllte Gerhard ihn plötzlich an. Seppi hatte den Kopf hochgerissen und kam angespurtet. Was war mit Herrchen los? Gerhard tätschelte ihm beruhigend den Kopf. »Ist okay, Kumpel.« Dann wandte er sich an Rainer Bader, bedeutend leiser, aber mit einer Eisesstimme. »Okay, wir haben uns lange nicht mehr gesehen, aber du bist ein Teil meiner Vergangenheit. Wir waren mal Kumpels. Sorry, wenn du keine Bullen magst, aber gibt dir das das Recht, mir Informationen vorzuenthalten? Gerade mir.«

Rainer Bader sah weg.

»Wegschauen, genau. Prima, Rainer, eine reife Leistung. Wieso erfahr ich nichts von dem Schrank, den Leo Lang hier hat restaurieren lassen? Wir haben es mit einer Mordermittlung zu tun, geht das in deinen Künstlerschädel rein?«

Bader schwieg. Gerhard feuerte das Kuvert mit den Zeichnungen auf den Tisch. »Rede, Rainer!«

»Woher hast du das?«

»Wieso fragt mich jeder immer, woher ich etwas habe? Ich bin Bulle, vergessen? Wir können so was.« Er wurde wieder lauter.

»Leo Lang war tatsächlich hier, er hatte einen alten Schrank, den er aufarbeiten lassen wollte«, sagte Bader lahm.

»Wieso gerade du? Gibt's in Peiting keine Restauratoren? Willofs ist ja nicht gerade der nächste Weg und der Nabel des Universums«, plärrte Gerhard.

»Effi hat das arrangiert.«

»Effi?«

»Effi ist Leos Cousine. Ihre Mutter ist eine geborene Lang.«
»Wie bitte?« Für einen Moment war Gerhard sprachlos. Sie waren bei Effi gewesen, die angegeben hatte, Leo Lang flüchtig zu kennen. Rainer hatte auch mit keinem Wort etwas verlauten lassen. Kein Wort vom Verwandtschaftsgrad.
»Sie hat keinen Ton gesagt. Du auch nicht, du Trottel!« Gerhard war außer sich.
Bader schwieg.
»Mach das Maul auf!«
»Na ja, Leo ist nicht gerade Effis Lieblingscousin. Sie haben wenig Kontakt, nur ab und zu auf Familientreffen. Sie hasst diese Sauferei. Effi bemüht sich seit Jahren, diese Stadlfest- und Bauwagenkultur einzudämmen. Diese Schwarzgastronomie. Da ist ein Burschenvereinscousin natürlich anderer Meinung. Sie hat ihn beim Bürgerfest getroffen, und da war er auch schon ziemlich zu. Sie hat wohl mal wieder versucht, ihn zu erziehen. Sie haben sich gestritten wegen der Sauferei. Effi war dann sehr betroffen, als sie von seinem Tod gehört hat. Sie kam da gar nicht drüber weg. Sie sagte immer wieder: Und das Letzte, was uns verbunden hat, war Streit. Wie furchtbar.«
Ja, wie furchtbar. Deshalb also der Streit. So einfach war das. Gerhards Gedanken überschlugen sich. Wieder keine Spur. Wieder nur Umwege und Auslassungen. Er starrte Bader an, und der redete weiter.
»Schau, wegen der Fotos: Leo hätte doch seine Cousine nie erpresst. Er hat bei mir angerufen und gesagt, dass ich mit dem Scheiß mit Miri aufhören soll. Dass mir sonst mal ein paar seiner Burschenvereinler eine aufs Maul hauen werden. Familienehre, er hat seine Cousine beschützt, egal, ob er sie mochte oder nicht. Blut ist dicker als Wasser. Auch da.«
»Und das erfahr ich alles erst jetzt? Du verdammter verstockter Granatendepp!«
»Effi war wirklich verstört wegen des toten Leo. Ich wollte so wenig Staub wie möglich aufwirbeln. Als ihr da mit eurer Erpressertheorie kamt, dacht ich eben, Ruhe bewahren ist das Beste.«
»Ruhe bewahren nennst du das? Du hast mich angelogen, du Idiot, du.«

»Nein, nur Teile ausgespart.«

»Dann beenden wir deinen Sparkurs jetzt mal! Weißt du was, ob Leo Miri angesprochen hat? Ob er ihr zugesetzt hat? Ob er ihr wirklich gedroht hat?«

Bader sah nun wirklich verzweifelt aus. »Nein, das weiß ich nicht. Und glaub mir, ich habe mir diese Frage Millionen Mal gestellt. Ob ich etwas hätte tun können? Ob ich schuld bin? Ich weiß ja nicht mal, warum sie sich umgebracht hat. Ich hab nur gehört, es gäbe einen Abschiedsbrief und ihre Aussage, sie hätte Leo getötet. Warum?«

»Ich kenne den Brief, ich darf dir aber nichts sagen.« Gerhard stockte. »Vertrauen gegen Vertrauen: Ich glaube das nicht, was drinsteht. Ich will die Wahrheit wissen, und wenn du mir jetzt nicht hilfst, hab ich keine Chance auf die Wahrheit. Du auch nicht.«

Rainer Bader nickte. »Was willst du wissen?«

»Wie war das mit dem Schrank? Mit der doppelten Rückwand?«

»Ich hab die Wand entdeckt, und zwei Kuverts waren drin. Ich hab sie angesehen, mir hat das aber nichts gesagt. Alte Zeichnungen, ein Schriftstück. Ich hab das gleich wieder weggelegt. Glaub mir eins, Gerhard: Ich finde oft solches Zeug. Oder Fotos. Ein Teil meiner Reputation kommt daher, dass ich wirklich diskret bin. Ich händige das Zeug den Besitzern aus. Mehr nicht. Alte Dokumente und Fotos haben oft ganz schön viel familiären Zündstoff. Ich will mich da raushalten. Ich schnüffle nicht.«

Das glaubte ihm Gerhard sogar. Er überlegte. »Hast du das Zeug Effi gezeigt?«

»Nein, wirklich nicht!«

»Sonst jemandem?«

»Nicht gezeigt.«

Bader fiel wieder in seine Wortkargheit zurück.

»Rainer!« Gerhards Ton war warnend.

»Miri war zu Besuch. Sie war dabei, als ich die Sachen entdeckt hatte. Sie fand das wahnsinnig spannend. Weiber sind ja so was von neugierig. Sie hatte diesen Schatzsucheblick drauf. Ich hab ihr das Zeug gleich wieder weggenommen und ihr meine Devise erklärt.«

»Hat sie das akzeptiert?«, fragte Gerhard und wusste, dass die Frage rhetorischer Natur war. Frauen akzeptierten so was nie, wenn sie ihr Näschen schon mal wo reingesteckt hatten.
»Sie tat so.«
»Super, Rainer, gute Antwort.«
»Ich hab sie zumindest nicht mehr mit den Unterlagen gesehen.«
»Hätte sie Gelegenheit gehabt, die Sachen nochmals anzusehen?«
»Ja.«
»Glaubst du, sie hat es getan?«
»Ja.«
Das hatte Gerhard nicht hören wollen, aber er wusste, dass Rainer Bader recht hatte. Miri hatte da eine heiße Spur gewittert. Bei ihr waren beim Namen Paulus natürlich sofort alle Alarmglocken erklungen. Was hätte sie getan? Gerhard versuchte sich in Miri reinzudenken. Sie hätte Leo Lang aufgesucht, da war er sich sicher. Aber was hätte sie mit Frau Paulus gemacht, wie wäre sie verfahren? Was hätte Jo gemacht? Jo kannte er besser, und Gerhard war sich sicher, dass Jo und Miri so was wie Seelenverwandte waren, hätten sie sich jemals kennengelernt. Jo war zwar ein Trampel, aber sie hätte eine alte Dame nicht einfach so konfrontiert. Sie hätte recherchiert und mehr Informationen zusammengetragen. Das hätte auch Miri getan. Er musste darauf bauen, dass Baier etwas erfahren hatte.

Rainer hatte das lange Schweigen von Gerhard abgewartet. Nur durch hektisches Zigarettendrehen entlarvte er sich. Das alles ging ihm näher, als er zugeben wollte. Schließlich fragte er: »Was soll ich nun tun?«

»Das, was du am besten kannst: Ruhe bewahren. Die zwei, die dein Leben in Unordnung gebracht haben und weiter hätten bringen können, sind tot. Ist doch praktisch für dich, Rainer.« Das war gemein und unangemessen, aber Gerhard hatte es so satt. »Oder du redest mit deiner Frau. Über Leo, über Miri. Was soll ich dir raten? Auf mich hörst du doch sicher am wenigsten.«

Rainer Bader nickte nur, und als Gerhard Seppi pfiff, sagte er bedrückt: »Tut mir leid, und wenn du mal wieder in Willofs, na, du weißt schon ...«

»Ja, ich weiß schon. Ach Rainer.« Gerhard klang nun deutlich milder. Sie waren alle in einem Alter, in dem man nicht mehr über den eigenen Schatten springen konnte und schon gar nicht über die langen Schatten, die die Vergangenheit zu werfen gedachte.

Auf der Rückfahrt war Seppi eingedöst, sein Geflirte mit der Borderdame hatte ihn echt geschafft. In meinem nächsten Leben werde ich Hund, dachte Gerhard. Oder Katze oder Pferd bei Jo.

Jo musste er unbedingt mal anrufen, das war lange überfällig. Natürlich konnte er die Arbeit vorschieben, aber er wusste, dass seine Zurückhaltung damit zu tun hatte, dass Jo ihn zu gut kannte. Sie würde merken, dass mit ihm etwas im Argen lag, und sie würde nicht eher aufgeben, bis er ihr alles erzählt hätte. Das fehlte ja gerade noch. Er verwarf auch den Gedanken, Baier anzurufen. Baier würde sich melden. Er ging zu Bett und warf sich hin und her. Was auch daran lag, dass ein gewaltiges Gewitter das Haus umdröhnte. Ein Hagelsturm ging nieder, die Hagelkörner traktierten die Fenster. Gerhard glaubte, sie müssten bersten. Auch Seppi war davon nicht angetan und kroch zu Gerhard unter die Bettdecke, was bei einem Hund seiner Größe gewisse Verteilungskämpfe die Decke betreffend zur Folge hatte.

# ZWÖLF

*Fadensonnen*
*über der grauschwarzen Ödnis.*
*Ein baum-*
*hoher Gedanke*
*greift sich den Lichtton: es sind*
*noch Lieder zu singen jenseits*
*der Menschen.*

Gerhard erwachte und fror, ein ungewohntes Gefühl. Seppi lag da, schnarchend und vollständig zugedeckt. Gerhard musste grinsen, das war einer der tausend Vorteile von Tieren. Sie brachten einen zum Lachen, dann, wenn sonst alles tiefdunkel war. Gerhard öffnete die Terrassentür. Draußen lag auf einmal Schnee. Nein, kein Schnee, nur Hagelberge. Es hatte empfindlich abgekühlt, Wolken rasten über den Himmel, der Wind war eisig. Zumindest fühlte er sich nach der Glutofenhitze so an. Gerhard zog seit Langem mal wieder die schwere Lederjacke an. Als er ankam, saß Baier in seinem Büro. Er hatte Butterbrezen dabei.

»Weißbier erschien mir noch etwas früh«, sagte er nur.

Sie bissen erst mal herzhaft hinein, als Baier fragte: »Und was sagt Bader?«

Gerhard berichtete von dem Gespräch.

»Dann ist Effi sozusagen raus, oder?«

Eine ungewohnte Formulierung für Baier. Wahrscheinlich Nellys Einfluss. »Ja, wir werden das überprüfen müssen, aber diesmal hat Rainer, glaub ich, alles erzählt.«

»Was ich von Maria Paulus nicht sagen kann. Und was für die Zukunft noch schlechter ausschaut.« Das klang kryptisch. Gerhard wartete. Langsam begann Baier zu erzählen. Er war in der Einrichtung gewesen unter dem Vorwand, sich nach Maria Paulus erkundigen zu wollen. »Ich hab sie länger nicht mehr gesehen, sie hat sehr abgebaut. Sie war immer eine Feste, ich mein, nicht fett, aber nie schlank. Wenn die heute noch fünfundvierzig Kilo hat, ist das viel. Sie hat mir erst mal kondoliert und gesagt, wie sehr sie sich freut, mich zu sehen.«

»Hat sie?«, fragte Gerhard vorsichtig.

»Ich bin mir nicht sicher. Ich glaube nicht. Sie war irgendwie angespannt. Hoch konzentriert. Irgendwie auf dem Sprung. Ihre Augen gingen rastlos hin und her.«

»Und weiter?«

»Ja, das war eben das Seltsame. Sie hat es mit Small Talk versucht. Über Leute, die wir kennen. Über mei liabs Enkerl. Kein Wort über Miri. Ich hab sie dann gefragt, in aller Höflichkeit und Ehrerbietung natürlich, ob sie sich vorstellen könne, dass Miri sich umgebracht hat. Ich, der verzweifelte Onkel, der am Ende so wenig über die Nichte gewusst hat. Aber sie, sie war doch eine so gute Freundin und ein Vorbild für Miri. Hab ich gesagt.«

»Sie haben versucht, ihr zu schmeicheln?«

»Nein, nur ihre Bedeutung hervorzuheben.«

»Hat es funktioniert?« Gerhard lächelte Baier an und wusste einmal mehr, wie großartig dieser Mann war. Wie sehr er es schätzte, Baier zu kennen. Irgendwann musste er das Baier mal sagen. Zum richtigen Zeitpunkt.

»Sie sagte: ›Als Vorbild taugte ich wenig.‹ Sie sagte das sehr bitter. Und sie sagte, dass man ›am End halt ned in die Leut neischaugn‹ kann. So ein Verlust wiege immer wie ein Zentner, hat sie gesagt. Sehr schwer, an sie heranzukommen. Jedenfalls hab ich dann gemeint, es sei ja auch eher vermessen von mir, über Verluste zu reden, wo sie doch auch den Mann und dann den Sohn verloren habe.«

»Eine Reaktion?«

»Ich weiß nicht. Da war so ein Aufflackern in ihren Augen. Sie sah zu ihrer Kommode. Da steht seit Jahr und Tag ein Bild von ihrem Peter. Aufgenommen kurz vor seinem Tod. Ich hab dann mal so dahingesagt: ›So ein hübscher Bursche, so ein kluger Kopf, so ein begnadeter Sportler ist er gewesen. Was hätte aus ihm werden können!‹ Sie sagte darauf wieder sehr bitter: ›Man muss loslassen können, jedes Jahr aufs Neue.‹«

»Aber das ist doch ein seltsamer Satz. ›Jedes Jahr aufs Neue‹ verliert sie ihren Sohn, der irgendwo inkognito lebt, oder?«

»Ach Weinzirl, das wollen wir reininterpretieren.«

Baier wirkte älter als bei ihrem Zusammentreffen an der Raiba. Da war er Gerhard wie ein fideler Opa vorgekommen. »Und Leo Lang. Konnten Sie den ins Spiel bringen?«, fragte Gerhard.

»Ja. Es gab Kaffee und Kuchen, sehr gut überdies, ich glaub, ich check da auch ein.« Er lachte kurz auf. »Na, jedenfalls sind wir drauf gekommen, dass einen im Alter nur noch die Todesfälle, die Todesanzeigen und die Beerdigungen verbinden. Und ich hab dann eben auch auf Leo Lang abgehoben, der ja auch viel zu früh sterben musste.«

»Und Frau Paulus?«

»›Wir bestimmen nicht über eine angemessene Lebenszeit, manchmal bestimmen andere‹, sagte sie.«

»Das ist, das klingt ...«

»Ja, ich weiß, ich hatte auch die ganze Zeit das Gefühl, als wolle sie mir doch noch etwas erzählen. Dann stand sie auf und ging mit ihrem Wagerl zur Toilette. Wenige Minuten später die Notglocke, die Schwester stürmte herein, hinein ins Bad. Maria war gestürzt, war bewusstlos, ich hab der Schwester geholfen, sie aus dem Bad zu holen. Dann war ein Arzt da, ein Notfallbett, sie hatte das Bewusstsein wiedererlangt. Alles ging sehr schnell, und wie in einem Spuk waren alle plötzlich weg.« Baier schob ein paar Brezenkrümel auf dem Tisch zusammen.

»Und?«

»Und, Weinzirl? Ich saß da, als sei ein Gewitter über mich gezogen. Die Ruhe nach dem Sturm. Es war auf einmal so still. Da war nur noch der Sohn auf der Kommode, der mich angesehen hat.«

Gerhard blickte Baier erstaunt an.

»Schauen Sie nicht so! Ich kannte Peter Paulus. Er war als junger Mann kühn und unangepasst. Er war ein wenig arrogant gewesen. Peter Paulus schaute mich an von der Kommode. Und dann habe ich sie geöffnet. Ich dachte an den Schrank. Sie hatte diese üblichen offenen Schubladenfächer, die solche Kommoden haben, und in der Mitte ein Kästchen mit Schlüssel. Wenn man auf so was nicht sensibilisiert ist, bemerkt man nicht, dass das Kästchen außen höher ist als sein Innenraum.«

Gerhard sah ihn mit noch mehr Überraschung an, dann keimte eine Ahnung in ihm auf. »Baier, Sie wollen sagen ...«

»Ich will sagen, es hatte einen doppelten Boden, der ein Fach freigab, das etwa sieben Zentimeter hoch war.«

Gerhard atmete tief durch. »Ja weiter, was war drin?«

Baier förderte ein Kontoauszugsbüchlein zutage und eine CD.

»CD? Bei einer Frau dieses Alters?« Irgendwie war Gerhard immer noch von der Rolle. Baier machte so was?

»Weinzirl, unterschätzen Sie mir die Senioren nicht. Frau Paulus leitet den PC-Klub in ihrer Einrichtung. Sie war bis zu ihrer Pensionierung irgendwas Wichtiges in der Verwaltung bei der Agfa. Sie ist ein Alphamensch. Sie hatte nie viele Freunde, aber sie hatte immer eine führende Position eingenommen.«

»Wahrscheinlich hatte sie deshalb keine Freunde«, murmelte Gerhard und legte die CD zur Seite. Er begann vorsichtig in dem Büchlein zu blättern. Die Bank saß in Österreich, und jeden Monat ging eine große Summe Geldes an den immergleichen Empfänger. Piets Nest. Gerhard hatte die Stirn in tiefe Falten gelegt. »Und die CD?«

Baier machte eine wedelnde Handbewegung in Richtung Computer. Gerhard legte die CD ein. Bilder flackerten auf. Reisebilder, die einem Prospekt für die wichtigsten Must-sees der Welt hätten entsprungen sein können. Palenque in Mexiko, die Twin Towers, als es sie noch gegeben hatte. Gaudís Kirche und die weiß aufgetürmten Häuser von Santorin. Die Oper von Sydney, aber auch die Kleine Meerjungfrau in Kopenhagen. Kapstadts Küstenlinie. Im Vordergrund war Maria Paulus zu sehen, manchmal allein. Manchmal zusammen mit einem jungen Mann. Die Bilder waren nach Jahren sortiert. Maria Paulus wurde älter, der Mann auch. Manchmal war auch er allein auf den Bildern zu sehen. Er trug stets irgendeine Kappe oder einen Hut.

»Ist er es?« Gerhards Stimme bebte.

Baier zog eine alte Alpenvereinsbroschüre heraus. Heute war anscheinend Bilderbuchtag. Einstellungen entlang des Halblechs, dann ein Forstweg an den Stauseen und schließlich: Wankerfleck, ein Almboden wie gemalt. Verdammt, er musste wieder mehr in die Berge gehen, dachte Gerhard. Wie oft war er früher durchs Ammergebirge gegangen oder gebikt, ein Gebirge von verführerischem Reiz. Ein royales Gebirge, dem das gesamte bayerische Königshaus verfallen gewesen war. Die Überreste der Jagdhütte von König Max II. waren noch zu sehen, und hoch über dem Vierzig-Meter-Wasserfall hinter der Kenzenhütte waren immerhin die Reste des Stauwerks für die bengalischen Nächte bei den Aufenthalten des Märchenkönigs zu sehen. Berge beruhigten, Berge fokussierten. Peter Paulus musste das gewusst haben. Das vorletzte Bild zeigte ihn vor der Wankkapelle, den Geiselstein im Rücken. Knapp neunzehnhundert Meter war der hoch, glaubte sich Gerhard zu erinnern. Er wirkte höher, dieses Matterhorn des Ammergebirges. Die Bildunterschrift besagte, dass Paulus eine verwegene Route von Dacher nachgeklettert war. Paulus lachte in die Kamera. Ein hübscher junger Mann, ein sehr hübscher.

»Was denken Sie?«, fragte Baier.

Gerhard starrte die Bilder an. »Die Nase ist anders, das ganze Gesicht ist anders. Die Statur stimmt, unter all den Hüten ist er auf den späteren Bildern schwer zu erkennen. Aber ich glaube, die Augen stimmen, ja, die Augen sind gleich.«

Baier sah gequält aus. »Ich muss die Sachen zurückgeben. Das Problem ist nur, dass die Attacke wohl nicht so schlimm war. Maria Paulus ist wieder auf ihrem Zimmer. Sie liegt allerdings im Bett. Es muss ein leichtes Schlagerl gewesen sein, sie darf nicht aufstehen.«

»Aber dann wird sie nicht ihre Kommode kontrollieren, Baier. Sie wird ja wohl nicht täglich ihr Geheimfach öffnen.«

»Ja, aber viel Zeit bleibt nicht.«

»Nein, Baier, Sie Schlawiner, da pressiert's. Das war Diebstahl.« Gerhard versuchte zu witzeln.

»Das war eine Leihgabe, und außerdem haben Sie mich ganz kirre gemacht mit Ihren Ideen. Sie sind schuld.« Auch Baier gab sich humorig, sie wollten beide die Schwere aus der Sache nehmen. Es war alles viel zu unglaublich.

Gerhard hatte inzwischen »Piets Nest« gegoogelt. Es war eine Guest-Ranch in Südafrika. Eine Lodge. In den Waterbergen, wo immer die auch waren. Die Bilder sahen wunderschön aus, wie man sich so eine afrikanische Safari-Lodge eben vorstellte. Er klickte auf »Team« und erhielt diverse Guides, eine Biologin, eine Reitlehrerin, Verwaltungsfachkräfte, zwei Köchinnen und den Chef. Alle mit sympathischen Porträtbildern, er in den Sonnenuntergang reitend. Das Gesicht im Schatten. Das Impressum gab die Adresse an und nannte den Inhaber: Piet Patterson. Gerhard und Baier hatten sich über den PC gebeugt. War Piet Patterson Peter Paulus?

Gerhard starrte den Mann vor dem Geiselstein an. Peter, Peter Bergfex! Du siehst hier auf dem Bild so jung aus. So positiv, so offen. Wenn du den Lawinenabgang überlebt hast, wieso bist du untergetaucht? Baier, der Gedankenleser, formulierte ganz ähnlich:

»Wieso nutze ich ein Lawinenunglück dazu, eine neue Identität anzunehmen?«

»Ich weiß es nicht. Ich kann mir nur denken, dass er von diesem Patentbetrug, ja wahrscheinlich vom Mord, den sein Vater begangen hat, gehört hat. Vielleicht war das seine Art der Flucht.« Gerhard hatte wie so oft seine Stirn gekräuselt.

»Mir kommt das alles vor wie in einem Film.« Baiers Augenringe schienen zusehends schwärzer zu werden.

Ja, sie waren die ganze Zeit schon in diesen Film hineingeraten, aus dem es kein Entrinnen gab.

»Baier, ich werde auf jeden Fall mal alte Unterlagen über das Lawinenunglück suchen und außerdem versuchen herauszufinden, wer dieser Piet Patterson ist. Wo er herkommt.« Gerhard stockte. »Südafrika, ausgerechnet. Wenn das Europa wäre oder von mir aus Kanada, aber Infos aus Südafrika zu bekommen kann schwierig werden.«

»Halten Sie mich auf dem Laufenden, Weinzirl? Und machen Sie nichts Unüberlegtes. Wir stützen uns nur auf abstruse Hypothesen, und ob das alles überhaupt etwas mit Miri zu tun hat, wissen wir nicht.«

Gerhard verzog das Gesicht. Was sollte er auch sagen? Baier hatte gerade sein »Diebesgut« wieder eingepackt, als Evi hereinschneite. Sie sah von Baier zu Gerhard.

»Noch etwas unklar mit Baiers Aussage?«, fragte sie.

»Nein, warum?«

»Was macht ihr beide hier? Ihr heckt doch was aus. Gerhard, ich will endlich wissen, was du tust. Du kannst mich nicht immer ausschließen.«

Baier sah von Evi zu Gerhard und machte eine beschwichtigende Handbewegung.

»Wow, hast du auf deiner gestrigen Fortbildung das strenge Auftreten gelernt? Weibliche Führungskräfte ganz tough oder so was?«, maulte Gerhard.

»Gerhard, mir ist es ernst. Baier, sagen Sie doch auch mal was. Was ist hier los?«

»Sagen Sie es ihr, Weinzirl. Sie werden Frau Straßgütl sonst eh nicht mehr los. Ich bleibe hier zu Ihrer Unterstützung.« Er grinste schief. »Bitte regen Sie sich nicht auf, Frau Straßgütl. Und Sie auch nicht, Weinzirl.«

Und so begann Gerhard zu erzählen. Von Leo Langs Schrank. Von der Patentschrift. Von Rainer Bader. Von Effi und Leo Langs Verwandtschaftsverhältnis. Er wurde immer wieder unterbrochen durch Ausrufe wie »Das glaub ich jetzt nicht« oder »Der Fall ist abgeschlossen« oder auch »Das ist Einbruch/Diebstahl«. Baier sprang dann auch in die Bresche und fasste die alte Bergwerksgeschichte von Valentin Lang und Franz Paulus nochmals zusammen. Gerhard schloss das Ganze mit den Worten »Was würdest du denken?« ab.

Evi rang mit sich. Es war ihr anzusehen, dass widerstrebende Gedanken ihren Kopf malträtierten. Dann rief sie mit aller Inbrunst: »Ich hasse euch zwei!«

»Wir uns auch«, sagte Gerhard und lächelte Evi an.

»Ja, ich geh schon. Ich versuche, was über diese Lawinensache rauszufinden. Kümmere du dich um Südafrika. Und Sie, Baier, schauen Sie bloß, dass Sie verschwinden.«

»Aye, aye, Käpt'n!« Baier salutierte und sagte dann leise: »Danke und viel Glück.«

Er ging, gefolgt von Evi, die Gerhard einen warnenden Blick zugeworfen hatte.

Nach zwei Stunden kam Evi retour.

»Also, dein Untoter ist offiziell tot. In einer Lawine am Schafreuter umgekommen. 1985. Im März«, sagte Evi.

»Wurde die Leiche geborgen?«

»Nein, er wurde nie gefunden. Es war lange Zeit auch gar nicht klar, ob er überhaupt am Berg gewesen ist. Letztlich nahm man das an. Seine Alpenvereinsfreunde haben noch im Frühsommer eine große Suchaktion gestartet, sie wollten seiner Mutter wenigstens einen Leichnam bringen. Um sie zu erlösen. Um ein christliches Begräbnis zu ermöglichen.«

Gerhard sah aus dem Fenster. Dann wandte er sich zu Evi um. Suchte ihren Blick. »Und wenn er wirklich noch lebt? Es spricht so viel dafür.«

»Gar nichts spricht dafür. Nur eure Hirngespinste. Warum sollte er noch leben? Es ist doch nicht so ungewöhnlich, dass ein Lawinenopfer nicht gefunden wird. Es gibt tausend Gründe, weswegen einer für immer verschwunden bleibt. Du bist doch so ein Bergfex. Gerade du musst das doch wissen.«

Oh ja, Gerhard wusste das. Ein Freund von ihm war seit dem 2. Februar 1990 vermisst. Seit gut zwanzig Jahren. Immer zum Jahrestag gingen er und zwei Kumpels auf diesen Berg. Sie standen dann dort schweigend, tranken ein Bier, sein Lieblingsbier, und fuhren wieder ab. Er wäre nie auf die Idee gekommen, dass Harti noch lebte. Irgendwo zusammen mit Falco in der Dom Rep? Oder mit all jenen, denen man gerne mal nachsagte, sie seien gar nicht tot, sondern würden irgendwo auf einer südlichen Insel Party machen? Warum wollte er, dass Peter Paulus dazugehörte? Damit er endlich seinen Mörder fassen konnte? Suchte er nun schon Phantome, weil er im Hier und Jetzt nicht weiterkam? Mit etwas Abstand kam ihm das alles selbst schon wieder abwegig vor.

Evi hatte einen Kartenausschnitt vor ihm ausgebreitet. Der Schafreuter, diesen Berg hatte er auch schon begangen. Von der Oswaldhütte durch den Kälbergraben, vorbei an der Mooslahner Alm, über einige Kuppen auf die gewaltige Westflanke und auf den Nordwestrücken zum Skidepot. Eine Dreistundentour, nicht übermäßig schwer, mit einem Schlussakkord stapfenderweise zu Fuß bis auf das Gipfelplateau.

»Wie war denn die Lawinenwarnstufe?«, fragte Gerhard schließlich, um überhaupt etwas zu sagen.

»Warte, das stand hier irgendwo. Ja genau, drei bis vier. Das ist hoch, oder?«

»Erheblich bis hoch, kommt natürlich trotzdem auf seine Route und Umsicht an. Was steht da noch?«

»Die Lawine entstand wohl durch einen Abriss einer Wechte. Sie ging Richtung Moosenalm ab.«

Gerhard betrachtete intensiv die Karte, als könne die ihm Aufschluss geben, ihr Geheimnis enthüllen. Dieser Peter Paulus hatte mit Sicherheit eine gefährlichere Abfahrtsspur gewählt als nötig. Jüngere Bergsteiger dachten oft, sie seien unverwundbar. Und gerade die Erfahrensten wurden gerne mal unvorsichtig.

»Es muss doch Zeugen geben, das ist doch kein unbekannter Berg.«

»Er war sehr früh dran, der Abgang war um neun Uhr. Es war unter der Woche. Die Warnstufe war hoch. Paulus hatte den Berg wohl für sich allein, und er hatte wohl keinen Lawinenpiepser dabei oder ihn nicht an oder keine Batterie mehr.«

Gerhard hatte die Stirn gerunzelt, das alles kam ihm so fragwürdig vor.

»Gut, Evi. Was noch?«

»Das Auto war verschwunden.«

»Wie, das ist doch seltsam?«

»Am Parkplatz an der Oswaldhütte stand kein Auto, aber das ist auch nicht so seltsam, wie du sagst. Sie waren sich nicht sicher, ob er mit dem Auto zum Berg gefahren ist. Er trampte häufig auch mal.«

»Ja, aber da hätte ihn jemand mitnehmen müssen. Der hätte sich doch gemeldet. Der Fall war doch sicher öfter in der Presse.«

»1985 war man noch nicht so publicitygeil. RTL startete gerade mal 1984, so wichtig war ein Lawinentoter damals nicht.«

1984, wurde er wirklich schon so alt? Wie lange lag das zurück, dass Hans Meiser das neue Fernsehgesicht wurde? Und dieser »Heiße Stuhl«, alles aus heutiger Sicht zarte Versuche von aufrüttelndem Fernsehen. Heute war das zum Gähnen, wo man sich auf allen Kanälen anschrie. Und wann war eigentlich »Tutti Frutti«

gewesen? Gerhard hatte nie verstanden, was daran so aufregend gewesen war. Ein paar blanke Brüste mit Früchtchen drauf. Ich nehme die Kirsche ... was für ein Nonsens. All das schien ihm so lange zurückzuliegen. Er konzentrierte sich wieder.

»Okay, weiter!«

»Das Auto tauchte dann zwei Wochen später auf einem entlegenen Parkplatz auf. Keiner konnte sagen, wie lange es da gestanden hatte«, sagte Evi gedehnt.

»Das ist doch was!«

»Ach Gerhard! Er kann eine andere Aufstiegsroute genommen haben, von ebendiesem Parkplatz aus. Niemand konnte mit Sicherheit sagen, ob das Auto nicht die ganzen zwei Wochen dort war. Es war Winter, da deckt der Schnee gerne mal was zu. Das solltest du ja wissen.«

»Zeig mal.« Wieder brannten seine Blicke Löcher in die Karte. Ein Kreuz markierte den Parkplatz. Der war weiter rißbachaufwärts am Marchgraben. Wäre er da hochgegangen? Mitten im Wald? Sozusagen auf der Linie der Grenze zu Österreich? Er konnte sich das nicht vorstellen.

»Gab es Zeugen wegen des Autos? Wer es gefunden hat?«

»Es gibt eine Aussage von einem Jäger, der sicher war, das Auto erst die letzten zwei Tage gesehen zu haben. Er gab an, dass es vorher nicht da gewesen sei.«

»Evi, da stimmt doch was nicht.«

»Sagst du! Der Zeuge war ein bekannter Alki. Nicht sonderlich glaubwürdig. Das beweist alles gar nichts!«

Gerhard war aufgestanden und hatte begonnen umherzugehen. Dann redete er wie zu sich selbst. »Der Paulus kommt irgendwie aus der Lawine raus. Fährt seelenruhig ab, steigt in sein Auto und taucht ab. Später stellt er das Auto zurück, so als wäre er am Berg gewesen, nur eben über eine seltsame Route. Er war ein wilder Hund, eine neue Route hätte zu ihm gepasst.«

Evi war ihm mit Blicken gefolgt. »Okay, Weinzirl, jetzt setz dich hin. Du machst mich ganz nervös mit dem Rumgetigere. Nehmen wir mal an, dieser Irrsinn hat stattgefunden. Was hat das mit deiner Miri zu tun?«

Er zuckte bei dem »deiner« zusammen, ließ sich aber nichts

anmerken, begehrte auch nicht auf. Er klang kühl und beherrscht, als er sagte: »Paulus verschwindet, bleibt in Kontakt mit seiner Mutter, trifft sie immer mal wieder irgendwo auf der Welt. Sie ist eine Mutter, sie bewahrt Bilder auf, nicht im Album, aber doch auf einer CD. Sie überweist Geld, das aus dem Patentbetrug stammt. Über fünfundzwanzig Jahre! 2002 zieht sie ins betreute Wohnen, reduziert ihr Hab und Gut, hat noch weniger private Kontakte zu Menschen, als sie vorher schon hatte. Einer ihrer Kontakte ist Miri. Was, wenn die längst schon mal die Auszüge gesehen hat und auch mal ein Bild von Peter Paulus? Dann findet Bader diese alten Papiere. Miri ist beim Namen Paulus natürlich hochinteressiert, und der Name Lang sagt ihr auch was. Leo ist ja immerhin ihr Nachbar. Sie zählt eins und eins zusammen.«

»Aber Gerhard, das ist ja alles schön und recht. Nur, bei deiner Theorie muss Peter Paulus in Deutschland gewesen sein. Am Tage des Festes und an Miris Todestag. Er muss Leo erwürgt haben, in den Stollen geschafft und Miriam Kellers Selbstmord vorgetäuscht haben. Und das tut er alles, ohne dass ihn jemand erkennt? Und wieso lässt ihn Miriam Keller in ihre Wohnung?«

»Weil sie ihn erkannt hat. Weil sie ihn von früher kennt. Wir müssen, wir müssen ...«

»Gerhard, denk das nicht mal. Du kriegst nie ein Plazet für eine Exhumierung. Ich weiß, was du denkst. Du willst einen Mord nachweisen, beweisen, dass die leeren Tablettenhüllen nur hingelegt worden sind. Das reicht alles nicht. Das muss ich dir doch nicht sagen!«

Evi, die Korrekte, Evi, seine Bremse. Aber sie hatte ja recht. »Dann muss Frau Paulus eben aussagen.«

»Gerhard, die Frau schweigt seit fünfundzwanzig Jahren. Sie hat Baier widerstehen können. Vergiss es!«

»Dann können wir zumindest mal Flüge von Johannesburg nach Deutschland checken, oder? Ob ein Piet Patterson gereist ist.«

»Falls der unter diesem Namen reist. Oder heißt unser südafrikanischer Traveller eher Peter Paulus? Oder ganz anders? Hör mal, Gerhard, wenn deine abstrusen Ideen stimmen, dann ist das ein Mann mit gewaltiger krimineller Energie, der seit fünfundzwanzig Jahren seine Spur verwischt. Und da kommt die kleine Evi aus dem Aischgrund und entdeckt ihn. Träum weiter.«

»Die kleine Evi aus dem Aischgrund ist aber die Beste! Mach dich nicht kleiner, als du bist. Versuch du es!« Gerhard schenkte ihr seinen Dackelblick.

»Ach Weinzirl! Hör auf mit dem Triefblick. Ja, du Nervensäge. Ich tue, was ich kann. Obwohl das alles Schwachsinn ist.«

# DREIZEHN

*Es ist nicht mehr*
*diese*
*zuweilen mit dir*
*in die Stunde gesenkte*
*Schwere. Es ist*
*eine andre.*

Evi verließ den Raum, und Gerhard war allein. Kälte stieg auf einmal in ihm auf. Evi hatte recht – wie immer. Auch damit, dass der einzig realistische Weg über Maria Paulus führte. Aber wie wollte er eine alte Frau, die sich ihr ganzes Leben erlogen hatte, denn dazu bringen, ihm die Wahrheit zu sagen? Würde es Baier gelingen, wenn er Miri ins Spiel brachte? Was aber, wenn alles noch viel ärger war und Maria Paulus sogar wusste, dass ihr Sohn gemordet hatte? Das vielleicht sogar gutgeheißen hatte? Und zum wiederholten Male kam ihm seine Idee so abwegig vor. Wen sollte er fragen? Peter Paulus war ja leider weit weg. Die Homepage war noch offen. »Piets Nest«. In einer Randspalte blinkte eine orangefarbene Schrift auf. Für etwas, was sich *»game census«* nannte, gab es noch Restplätze. Für ein *»couple«* für fünfzig Prozent des Normalpreises. Zwei reisen, nur einer zahlt. Auch diese fünfzig Prozent waren kein Schnäppchen, beileibe nicht. Gerhard klickte mal drauf. Es gab die Option von Flügen ab Kopenhagen, London und München. »*Book now!*«, sagte die Leuchtschrift. Die Flüge würden morgen gehen. Er hatte Resturlaub zum Saufuadern. Wollte er nicht schon immer mal nach Südafrika?

Warum er zum Telefon griff, konnte er später nicht mehr sagen. Jo freute sich wirklich, von ihm zu hören, sie plauderten eine Weile. Jo erzählte von einigen Messen und Veranstaltungen, die sie in letzter Zeit zu bestreiten gehabt hatte. »Ich bin so was von urlaubsreif«, lachte sie.

Warum er diesen Satz sagte, war ihm später ebenso unklar wie alles andere, was folgte: »Ich such 'ne Begleiterin für Südafrika. Spontane Reiseidee. Würde morgen losgehen. Eine Woche ... äh ...«

Es war kurz ganz still, bis Jo sagte: »Geht es dir gut? Du willst mit mir in Urlaub fahren? Spontan, morgen? Wo bist du?«

»Im Büro.«

»Gut, ich fahr jetzt in Ogau los, du startest in Weilheim durch. Wir treffen uns in der Mitte in Murnau. Im ›Punto Dolomiti‹, bei Gigi. Keine Widerrede. Ich will wissen, was los ist.«

Gerhard streckte kurz den Kopf bei Evi ins Büro. »Hast du schon was?«

»Nein, ich kann nicht zaubern.«

»Doch, meine Aischgrund-Zaubermaus. Ich bin kurz mal weg.«

Evi zeigte ihm den Vogel, das tat sie ganz schön häufig dieser Tage, dachte Gerhard noch. Dann wandte sie sich wieder ihrem Computer zu.

Gerhard traf als Erster ein. Bestellte sich einen Cappuccino und ein Tramezzino. Fünf Minuten später kam Jo. Natürlich gab es Küsschen auf die Wange. Jo sah gar nicht so überarbeitet aus. Was Gerhard auch sagte.

»Das liegt daran, dass ich viel zu viel fresse. Das polstert die Falten auf. Auf diesen Scheißmessen und -conventions und wie das alles heißt, musst du dauernd essen und trinken.«

»Na ja, ich finde, das hat dir nicht geschadet.«

»Toll, ich bin zu fett, und du sagst, das schadet nix.« Jo tat entrüstet.

»Das ist eine Diskussion, in die ich nicht einsteige. Ich verliere immer. Sag ich, du siehst gut aus, wirst du mich der Lüge bezichtigen. Sag ich, du hast vielleicht ein klitzekleines Kilo zugelegt, sagst du, ich sei ja so gemein. Vergiss es, Jo, ich begebe mich nicht auf dieses Glatteis. Ich habe dazugelernt.« Er lachte, es tat gut, Jo zu sehen. Da war Wärme und Nähe.

»Du hast dazugelernt? Ich glaube, du bist eher verrückt geworden. Warum willst du nach Südafrika? Warum mit mir? Los, rede!«

Gerhard begann langsam seine Geschichte zu erzählen. Davon,

dass er vom Ausgang seines Falls nicht überzeugt war. Von all den Verkettungen. Von seiner Annahme, dass Peter Paulus Piet Patterson sein könnte. Von der Lawine. Es war ein Wunder, dass Jo ihn nicht unterbrochen hatte. Das tat sie erst, als der Name Baier ins Spiel kam.

»Baier ist im Boot? Er trägt diesen Irrsinn mit? Das glaub ich ja nicht!«

»Doch, schon.«

»Gerhard, ich kenn dich jetzt hundert Jahre oder so: Was verschweigst du mir?«

Gerhard atmete tief durch. »Miriam Keller ist die Nichte von Baier. Er hat sie sehr geliebt. Wie eine Tochter.«

Jo entfuhr ein »Oh«. Dann sah sie Gerhard scharf an. Sie konnte mitten in sein Herz sehen. »Und weiter? Was noch?«

»Nichts mehr.«

»Gerhard, ich warne dich. Ich höre keine Sekunde mehr länger dieser Räuberpistole zu, wenn du mir nicht alles sagst. Alles! Los jetzt!«

Für einen Moment verfluchte sich Gerhard für die Idee, Jo gefragt zu haben. Dann stieß er aus: »Mir ist Miri Keller nicht egal. Ich habe mich in sie verliebt.« So, nun war es raus.

Jo rührte wie irr in ihrem Cappuccino, dabei nahm sie gar keinen Zucker. Tonlos sagte sie: »Du hast mit ihr geschlafen, nicht wahr? Und nun ist sie tot.«

»Ja, und bevor du mir nun eine Predigt halten willst: Das eine hat mit dem anderen nichts zu tun. Ich weiß als Kriminaler, dass da etwas nicht stimmt. Darum geht es.«

Jo schnaubte. »Es hatte alles damit zu tun. Weinzirl, du wirst immer wunderlicher. Gib wenigstens zu, dass du es nicht wahrhaben willst, dass sie tot ist.«

Gerhard sagte nichts. Das war das schlagende Argument aller seiner Bekannten. Alle hatten sie das gesagt: Baier, Bettina Deutz. Sie hatten recht, aber so ein Meister im Selbstbetrug war er auch wieder nicht. Da war etwas faul. Er sah Jo vorsichtig an, die mit sich kämpfte. Er wartete auf weitere Tiraden, aber Jo war zu Gigi an den Tresen gegangen.

»Hast du hier Internetzugang?«, fragte sie.

»Klar.«

»Dürfen wir mal schnell was ansehen? Gerhard, dieser Vollpfosten, und ich, die ich zu seiner Rettung gerufen wurde?« Sie schenkte Gigi einen Blick, der besagte, dass sie so was wie eine Wärterin im Irrenhaus war und man Gerhard ganz vorsichtig behandeln müsse.

Gigi grinste, Gerhard auch. Jo war und blieb die Beste. Sie hatte etwas dazugelernt. Sie hatte gelernt, dass Schweigen manchmal besser war als Reden. Und das bei Jo!

»Los, zeig mir diese Farm!« Jo hatte sich auf dem Bürostuhl in Gigis kleiner Küchen-Büro-Kombination niedergelassen.

Gerhard rief »Piets Nest« auf und blieb hinter Jo stehen. Die klickte sich durch die Seiten, begleitet von Ausrufen wie »Wahnsinn«, »Ist das geil«, »Die Pferde sehen ja toll aus«. Sie drehte sich schließlich zu Gerhard um. »Okay, ich fahr mit. Aber nur, weil das ja wohl ein Traum ist. Du zahlst. Das ist klar, oder?« Sie lachte glockenhell, und Gerhard wusste, dass sie das nie zulassen würde. Natürlich würde sie ihren Teil übernehmen.

»Sicher.«

»Gut, wann fliegen wir?«

»Morgen. Ich hol dich ab. Der Flug geht um zweiundzwanzig Uhr. Über Nacht. Wir sind in der Früh dann da.«

»Gut, aber ich hole dich ab. Um sechs.«

Das war Jo; sie gab nichts aus der Hand und das Autofahren am wenigsten gern. Pünktlich stand sie da. Auch sie hatte ihren rostigen Jeep inzwischen in ein neues Auto umgewandelt. Als Bäuerin für Arme, wie sie selber immer sagte, war es ein Pick-up geworden.

»Kriegst du mit dem Monster irgendwo einen Parkplatz?«, lästerte Gerhard.

»Den parkt man nicht, den stellt man ab.«

Gerhard fand es beachtlich, dass Jo nichts mehr fragte. Sie plauderten über Reiber, und Jo ließ durchblicken, dass so eine Beziehung auf die Distanz schwierig war. Dass dieses Pendeln zwischen den Welten – da ein Bauernhof im Bauernkaff, dort die Hauptstadt – anfangs noch spannend gewesen war.

»Weißt du, es war, als hätt ich einen Landsitz und eine Stadtwohnung. Wie ein Star. Aber du bist dann nie irgendwo zu Hause. Und ich brauch immer zwei Tage, um mich wieder umzugewöhnen, da und dort.«

»Und Reiber würde sich nicht versetzen lassen?«, fragte Gerhard vorsichtig, denn Jo zu fragen, ob sie nach Berlin ginge, war undenkbar. Im Gegensatz zu Miri würde Jo ihre Tiere nie aufgeben. Sollte ein Mann sie vor die Wahl stellen: Tiere oder ich, würde die Antwort schnell und klar kommen: Tiere!

»Doch, aber irgendwann würde er mich dafür hassen. Er ist ein Stadtmensch. Er lebt und liebt Berlin. Er ist angekommen.«

Was sollte Gerhard sagen? Dass es doch eine Lösung gäbe? Dass Liebe immer einen Weg fände? Sie waren in einem Alter, in dem das nicht mehr stimmte. Keiner lebte im luftleeren Raum, jeder hatte Bindungen, Ballast, auch lieb gewonnenen Ballast, materielle Verpflichtungen – Märchenwald war anderswo. Also sagte Gerhard nichts.

Jo verbrachte die restliche Fahrt damit, über andere Autofahrer zu fluchen; Gerhard rügte sie scherzhaft wegen ihrer Ungeduld. Es war wie immer. Sie waren ein Team. Immer gewesen. Keiner von beiden thematisierte nochmals die seltsame Mission. Nur einmal, nachdem Jo dem Pinotage im Flieger ganz ordentlich zugesprochen hatte, sagte sie: »Also ich spiele deine Frau, und wir sind im Urlaub, weil wir uns endlich mal was gönnen wollten. Ha! Eigentlich ist das ja der Hohn, dass ich mich für so was hergebe wegen einer anderen Frau. Aber was tut man nicht für alte Freunde.«

Sie gab sich witzig, ganz so humorig aber war das wohl nicht gemeint. Jo, die Flugreisen nur als Zombie überstand, hatte sich eine Schlaftablette eingepfiffen, und in Union mit dem Wein führte das dazu, dass sie sanft entschlummerte. Auf drei Sitze gebettet. Der Flieger war gottlob nur halb voll. Gerhard döste und erwachte immer mal wieder. Er trank zwei Bier und fühlte nichts. War das normal? Es gab Frühstück, Jo sah ein bisschen verknittert aus, aber irgendwie jung und reizend. Warum waren er und Jo eigentlich nie ein echtes Paar geworden? Nur immer Freunde, mal Feinde, mal »Part-Time Lover«, mal Affäre. Jo war doch wirklich großartig: laut, ungestüm, emotional, dramatisch. Aber eben auch absolut zuverlässig, klug, herzlich und hilfsbereit. Die Antwort war einfach und schwer zugleich: Er liebte sie nicht, nicht so, wie man lieben musste. Nur bezweifelte er, dass er das überhaupt konnte.

Sie landeten in Johannesburg. Ein großer Flughafen wie überall auf der Welt. Was hatte Gerhard auch erwartet? Gewehre, Militärs? Der Taxidienst hielt ein Schild hoch: »*Mr and Mrs Weinzirl for Piets Nest*«. Auf einmal wurde Gerhard wieder der Irrsinn der ganzen Unternehmung bewusst. Herr und Frau Weinzirl auf Abenteuerurlaub. Er und Jo. Was für eine dämliche Idee! Wie hatte er das nur alles so weit kommen lassen können!

Jo hingegen war natürlich hoch begeistert. Ihre Augen waren überall, sie saß vorn und plauderte mit dem Fahrer. Gerhard döste ein und wachte erst zwei Stunden später wieder auf. Sie waren in den Waterbergen, grüne grasbewachsene Gipfel standen am Horizont. Sie passierten das Dorf Vaalwater, das war wohl hier das Zentrum. Retail-Stores, zwei Supermärkte, schwarze Menschen, die Tüten trugen. Natürlich schwarze Menschen, er war in Afrika. Gerhard hatte das Gefühl, dass sein Hirn nicht richtig funktionierte. Er sah hinaus: Ein Fußball rollte über die Straße, ein paar Jungs lärmten hinterher. Sie trugen Trikots unterschiedlicher WM-Nationen, die Fußball-WM warf noch immer lange Schatten. Ihr Fahrer hupte. Ein riesiger Pick-up mit Truckreifen nahm ihnen die Vorfahrt. Der Fahrer fluchte in einer unbekannten Sprache.

Einige Kilometer hinter dem Dorf bog der Chauffeur auf eine Piste ab und schepperte über den wellblechartigen Straßenbelag. Wie schon auf der ganzen Strecke waren die Grundstücke hoch eingezäunt, eine Welt aus Maschendraht. Kilometerlang. Der Fahrer wurde langsamer, setzte ganz ordnungsgemäß den Blinker, was Gerhard ziemlich albern fand hier in der Einöde. Dann bog er nach links ab. Ein Tor wie beim Fort Knox lag vor ihnen. Ein Wächter kam herausgesprungen, wechselte ein paar Worte mit dem Fahrer. Das war wohl Afrikaans, was sie da sprachen. Das Tor schloss sich wieder, das Taxi schraubte sich einen holprigen Sandweg hinunter. Plötzlich rannte etwas über die Straße,

noch eins und noch fünf weitere der seltsamen Tiere. Jo quiekte auf.
»Schau mal!«
Der Fahrer lächelte: »*Wildebeests, in German? I don't know.*« Er zuckte bedauernd die Schultern.«
Jo drehte sich um.»Ist das nicht Wahnsinn? Das waren Gnus, einfach so.«
Gerhard nickte. Einfach so. Und es war Wahnsinn. Wahnsinn, was sie hier vorhatten.

Nach etwa fünfzehn Minuten erreichte das Taxi ein paar Häuser, machte eine elegante Linkskurve und hielt auf einem gekiesten Driveway. Sie stiegen aus, gingen ein paar Treppenstufen hinauf, und Jo entschlüpfte ein »Wow!«.

Ja, wow! Inmitten einer knatschgrünen Wiese lag ein Swimmingpool, umstanden von Liegen mit bunten dicken Polstern. Dahinter schloss sich die Lodge an, reetgedeckt, eine Holzveranda verströmte Heimeligkeit, und überall standen Kolonialmöbel, lagen bunte Kissen in farbiger Opulenz. Gerhard war nun wahrlich nicht ein »Schöner wohnen«-Typ, aber er spürte, dass hier jemand am Werk gewesen war, der ein Händchen dafür hatte. Das hier war warm und erdig; stylish, aber nicht gestylt. Eine schmale, hübsche Frau mit Pferdeschwanz kam auf sie zugeeilt und stellte sich als Helen, die Biologin, vor. Gerhard musste sich erst mal an das Englisch gewöhnen, es kam noch sehr holprig über seine Zunge. Helen zeigte ihnen ihr Quartier, ein einzeln stehendes Haus mit Privatterrasse. Im Hauptraum stand mittig ein riesiges Bett mit Moskitonetz. Das Bad entlockte Jo ein weiteres »Wow«: eine Wanne, in Natursteine gemauert, ein ebensolcher Waschtisch, ein paar geschickt platzierte Lampen, Badeessenzen in Kristallflaschen, Handtücher, so dick wie Teppiche.

Helen verabschiedete sich und sagte, dass es in einer halben Stunde Lunch gebe. Sie hatten erfahren, dass sie momentan allein in der Lodge waren, ein amerikanisches Honeymoonpärchen wurde am Nachmittag erwartet. Zwei Engländerinnen seien ebenfalls unterwegs. Jo war mit ausgebreiteten Armen rückwärts auf das Bett geplumpst. »Gerhard, wir sind Glückskinder. Das ist einfach unbeschreiblich schön hier!«

»Ich darf dich, *Mrs Weinzirl*, daran erinnern, warum wir hier sind.« Gerhard fühlte sich unwohl.

»Och Gerhard, du Spielverderber. Jetzt lass uns erst mal ankommen.« Jo hüpfte ins Bad und duschte ausgiebig. Sie kam in eines dieser Plüschhandtücher gewickelt retour. »Herrlich, ein lobenswertes Land, das keine Zeitverschiebung hat. Ich bin gar nicht müde.« Jo war voller Tatendrang. Gerhard duschte ebenfalls, und ja, er hatte Hunger. Das Essen wurde auf der Terrasse serviert, und das kühle Bier ließ Gerhards Anspannung weichen. Es gab Salate und Hühnchen in köstlichen Gewürzen, feine Dips, hausgemachtes Brot. Gerhard ließ sich von Jo überzeugen, dann auch den göttlichen Sauvignon zu trinken. Es war warm, ein leichtes Lüftchen strich vorbei. Der Sauvignon hatte was. Das Leben konnte eigentlich recht schön sein.

Plötzlich riss Jo die Hand hoch und deutete über den Pool. Dass sie dabei ein Wasserglas umstieß, war Jo-like. Gerhard, der mit dem Rücken zum Pool saß, drehte sich um. Nun stockte auch ihm kurz der Atem. Gemessenen Schrittes marschierte da eine Nashorndame mit Jungtier vorbei. Zum Greifen nahe.

Helen lächelte. »Das ist Rhino Mum mit ihrem Baby. Sie war eine aggressive Kuh, seltsamerweise ist sie mit dem Kalb nun viel entspannter. Ich glaub, sie will uns ihr hübsches Kind vorzeigen.«

»Wahnsinn.« Jo war nahezu sprachlos, »Wahnsinn« oder »Wow« war wohl das Einzige aus ihrem Sprachrepertoire, was noch griff.

»Aber so nahe?« Gerhard horchte seinem Englisch hinterher. Na ja, das würde werden.

»Oh, wir hatten auch schon Owen, den Nashornbullen, der zeitweise allein war und so einsam, dass er sich tatsächlich jeden Abend am Rande der Dinertafel bei uns Menschen aufgehalten hat. Gingen wir ins Bett, war er weg!«

Jo starrte immer noch Mum hinterher, die nun in ein paar Stachelbüschen verschwand. »Ich hab gehört, dass Rhinos ziemlich gefährdet sind.«

Helen nickte und machte ein ernstes Gesicht. »Ja, das Horn eines Bullen kann bis zu fünfzehn Kilo wiegen; auf dem Schwarzmarkt bringt das Kilo Horn zehntausend Dollar! Die Chinesen kaufen Rhinohorn, um es zu pulverisieren. Rhinos werden abgeschlachtet, die Schlächter werden immer perfider. Da schleusen sich Menschen als Gäste in eine Safari-Lodge ein, lokalisieren die Tiere, verhalten sich ganz normal, meucheln in der Nacht das Tier, packen das Horn in den Koffer und reisen ab.« Sie nahm einen Schluck Wasser. »Oder die Killer schweben nachts mit dem Heli ein, töten das Tier, sind weg wie ein Spuk. Söldner aus Mosambik kommen über die Zäune und schießen alles über den Haufen, was ihnen in den Weg kommt – auch ein Menschenleben zählt wenig.«

»Bei euch auch?«, fragte Jo.

»Nein, wir haben Glück. Bei Piet sind so viele Reiter unterwegs, dass sich Killer nie sicher sein können, entdeckt zu werden.«

Das hatte Gerhard bisher erfolgreich verdrängt. Die Sache mit den Pferden! Das hier war eine Safari-Lodge, die sich auf Safaris vom Pferderücken aus spezialisiert hatte! Als Reiter – so hatte das auf Piets Homepage gestanden – kam man viel näher an die Wildtiere heran.

»Genau! Wo sind eigentlich die Pferde?«, fragte Jo.

»Im Busch. Sie sind es gewohnt, allmählich bis zur Farm zu schlendern. Für den Nachmittagsausritt sind sie da!«

»Super!« Jo war Feuer und Flamme.

Oh ja, super! Gerhard nahm noch einen großen Schluck Sauvignon. Er und Reiten. Helen deutete seinen Blick richtig und beruhigte ihn.

»Die Amerikaner können gar nicht reiten. Wir gehen im Schritt, keine Sorge, wir wollen ja Tiere beobachten.«

Sie verschliefen den Nachmittag, Jo draußen auf einer der Liegen, er im Bett. Vorher hatte er sich noch das Bild von Peter Paulus angesehen. Mehrfach. Er starrte in diese braunen Augen, als würden sie ihm etwas verraten können.

Um vier rumpelte Jo rein und weckte ihn unsanft. »Los, es gibt Tee, und dann geht's los.«

*Tea time*, ja, *very British*. Inzwischen waren die beiden jungen Amerikaner aufgetaucht und zwei mittelalte Engländerinnen, von denen die eine mit ihrem langen Kinn und Pferdegebiss aber auch so was von *British* aussah. Außerdem hieß sie auch noch Heather – und die andere Muriel. Der Kuchen war ein Gedicht, Gerhard trank sicherheitshalber ein Bier statt Tee.

Eine weitere hübsche junge Frau namens Lyann war für die Pferde zuständig. Gerhard hörte bei Jos Entzückensrufen mal wieder weg, außerdem hatte sich Jo mit den Engländerinnen eh schon in Pferdefachgespräche verstrickt.

Lyann lächelte Gerhard an und zeigte auf ein gemauertes Etwas: »Wir steigen von der Treppe aus auf. Ich glaub euch, dass ihr raufkommt, aber wir schonen so die Pferde.«

Gerhard atmete tief durch. Erste Gefahr, sich lächerlich zu machen, gebannt. Die Sättel seien McClellan-Sättel, erklärte Lyann, Adaptionen der amerikanischen Kavalleriesättel. Gut, ihm war das egal, aber das Zeug fühlte sich bequem an. Sein Pferd, dessen Name er vergessen hatte, stapfte los, lange Schatten lagen über dem Buschland. Gerhard entspannte sich. Er folgte Lyanns Handbewegung. Kleine elegante Antilopen ästen da.

»Impalas«, flüsterte Lyann, »sieben erwachsene Tiere, drei Babys.« Sie hoben den Kopf, es war schön. Lyann bog ins Buschwerk ab – und ratsch. So ein dorniges Gestrüpp hatte Gerhards Hand attackiert. Ratsch, schon wieder. Büsche wegdrücken, Kopf einziehen, das war ja der reinste Buschkrieg hier. So ein stacheliges Land! Auf einer Lichtung standen größere Antilopen.

»Elands, das sind die größten Antilopen, die Damen haben lange dünne Hörner, die Jungs kürzere dicke.« Lyann strahlte. Gerhard konzentrierte sich auf sein Pferd, sie erklommen nämlich eine steinige Anhöhe, wie Bergziegen waren sie unterwegs! Und dann eine Fata Morgana: Grüne Regiestühle standen da auf dem Bergrücken, karierte Decken waren über den Lehnen drapiert und mittendrin eine kleine Bar mit Gin, Tonic, Bier und Wein. Kein Trugbild, Biologin Helen servierte.

»Ein Sundowner muss einfach sein«, lachte sie.

»Ja, und die Pferde?«, fragte Jo.

Helen lächelte: »Rennen lassen! Sie arbeiten sich über Nacht langsam bis zur Farm vor, wo es in der Frühe Heu gibt. Sie kennen das.«

Pferde, die in einen afrikanischen Sonnenuntergang galoppierten, die Mädchen waren völlig aufgedreht. Gerhard stieß da lieber mal mit dem Ami-Boy mit einem Bier an, als hinter dem Jeep ein Mann hervortrat.

»Hi!« Er gab Gerhard die Hand. »Piet. Piet Patterson, ich freu mich, euch hierzuhaben. Hattet ihr eine schöne Anreise? Wo ist deine Frau?«

Piet Patterson. Peter Paulus. Gerhard schluckte einen Kloß im Hals hinunter. Er musste cool bleiben, Ruhe bewahren.

Jo war längst neben ihn getreten, klar, denn der Typ sah wirklich gut aus. Verboten gut, groß, muskulös. Sie strahlte ihn an und überschüttete ihn auch gleich mit Fragen.

Gerhard hatte Zeit, ihn nun genauer zu betrachten. Piet Patterson. War er Peter Paulus? Für den Moment hatte Gerhard Zweifel. Die Nase war anders, auch die Gesichtsform. Gut, das alte Bild lag fast dreißig Jahre zurück. Sein Englisch klang – ja nun. Es klang englisch! Wie hätte er Sprachbanause auch feststellen können, ob das ein Native Speaker war oder nicht?

Jo plauderte gestenreich mit diesem Piet über Pferde.

»Wir haben die typischen südafrikanischen stämmigen Tiere, die sich über Jahrhunderte – Mitte des 17. Jahrhunderts wurden Warmblüter von den Buren mitgebracht – an die raue Natur angepasst haben. Eine Rasse mit starken Beinen, kurzen Rücken und Hufen wie Stahl. Klar im Kopf.« Piet lachte. Gott, der Typ war wirklich sehr attraktiv und männlich. Dann senkte er die Stimme: »Pferde und Wildtiere leben bei uns auf Du und Du. Mit dem Auto bist du auf Safari ein lauter Eindringling, auf dem Pferd bist du ein sanfter Insider.«

Jo und die Engländerinnen waren angesichts dieses Mannes schon dahingeschmolzen, Gerhard hatte die ganze Zeit zugehört und Piet beobachtet. Es waren dieselben Augen wie die auf dem alten Foto. Sie mussten es einfach sein.

Sie fuhren mit dem Jeep retour, es war auf einmal rabenschwarze Nacht geworden. Jo duschte nochmals und föhnte ihre Haare zu lange, wie Gerhard fand. Auch fand er ihr Dekolleté ziemlich gewagt, die weiße lässige Leinenbluse einen Knopf zu weit offen.

Für das Abendessen hatte die Crew eine weitere Terrasse eingedeckt, Kerzen aufgestellt, es war unwirklich. Wie in einem Film. »Jenseits von Afrika«, keine Ahnung, so viele Afrika-Schmachtfetzen hatte Gerhard nicht gesehen. Aber er war sich sicher, dass die anwesenden Damen alles dafür gegeben hätten, dass dieser Piet ihnen die Haare wusch.

Piet trug Jeans, die ziemlich knapp saßen, der Mann hatte Oberschenkel, keine Steckerlbeine. Sein Safarihemd hatte er hochgerollt, und es spannte über seinem Armmuskel. Er erzählte Jo gerade, dass er mal Rugby gespielt hatte in der höchsten südafrikanischen Liga.

»Bist du eigentlich Engländer oder Bure?«, fragte Gerhard. »Piet und Patterson? Rugby ist ja wohl eine urenglische Angelegenheit?«

Er prostete Gerhard zu. »Meine Familie ist englischstämmig. Eigentlich heiße ich Pete. Aber als ich die Ranch gekauft habe, bestand schon der Name Piets Ground. Und so wurde irgendwie aus Pete ein Piet. Piets Nest. Meine zweite Lodge liegt etwas weiter den Berg rauf, Piets Hill. Die werdet ihr noch kennenlernen.«

Das kam ihm alles so leicht über die Lippen. Der Engländer, aha. Peter Paulus aus Peiting. Der Pete. Oder Piet. Ganz schön viele Ps im Spiel! Gerhard prostete ihm zu.

»Du hast aber den Finger in die Wunde gelegt. Bis heute schwelt der Hass zwischen den Holländern und uns.« Sein Blick verdunkelte sich. »Was für ein Irrsinn. Mein Nachbar ist Bure, ich will ihm seit Jahren einen wertlosen Streifen Land abkaufen. Habe ihm das Doppelte und Dreifache des Wertes geboten. Ich bräuchte das Land, weil ich dann eine freie Durchfahrt zu meiner zweiten Lodge hätte. Aber nein, er boykottiert mich, wegen dieser elenden Burenkriege. Wegen der Vorfahren. Das ist so lange her. Südafrika ist ein modernes Land.«

Oh ja, so lange ist dein wahres Leben her, dachte Gerhard.

»Ist es ein modernes Land? Wie ist das mit den Schwarzen? Unterdrückt ihr die immer noch?«, wollte die kleine Amerikanerin wissen, in jenem amerikanischen Tonfall, in dem auch gefragt wurde, ob die Mauer denn noch existiere.

»Schau«, sagte Helen und sah sehr ernst aus. »Ich komme aus

Simbabwe. Die Farm meines Großvaters und meines Vaters, meine Heimat, wurde von Schwarzen gestürmt. Wir haben mit zehn Weißen und fünfzig Arbeitern ein blühendes Land geschaffen. Wir haben Geld erwirtschaftet und unsere Arbeiter gut bezahlt. Heute sind da zweitausend Schwarze auf dem Grund, das Vieh ist in erbärmlichem Zustand. Alle hungern. Der Boden ist im Eimer.«

Schlagartig wurde Gerhard klar, wie wenig er wusste. Wie sehr er in seine Fälle verstrickt war, das Tagesgeschäft, seine nächste Umgebung. Was wusste er schon über andere Länder? Halbwissen aus der Zeitung, manchmal sah er die »Tagesschau«. Er versank in seinem Pfaffenwinkel, er versank in Arbeit, wo doch die Welt da draußen so groß war.

»Die Apartheid war ein Fehler, aber ihr dürft nicht vergessen, dass viele der Schwarzen einfach anders leben. Von einem Tag auf den nächsten. Unternehmerisches Denken ist nicht so ihres. Es ist auch keiner bereit, etwas zu wagen und die Verantwortung zu tragen. Wir sehen das in Simbabwe.« Piet lächelte Helen zu. »Die weißen Farmer trugen das unternehmerische Risiko, heute wird nur ausgebeutet, das geht aber nicht gut. Landwirtschaft hat etwas mit Wirtschaften zu tun. Mit Pflegen, mit Wissen. Ich ermögliche hier schwarzen Jungs eine Ausbildung zum Guide. Wenn du ohne vernünftigen Schulabschluss in Vaalwater so eine Chance bekommst, dann solltest du sie nutzen. Ich hab hier Leute, die das nutzen. Wisst ihr: Wir reden Englisch und Afrikaans, wir sprechen alle zwei einheimische Dialekte. Zeigt mir einen Schwarzen, der das kann.«

Piet-Peter hatte die Stimme kaum gehoben, aber es ging etwas Verführerisches von ihm aus. Er war so souverän. Und wieder musste Gerhard zugeben, dass er gar nicht hätte dagegen argumentieren können. Selbst wenn er gewollt hätte. Er wusste zu wenig, und es war sicher schwer, überhaupt mit Piet zu diskutieren.

Die Gespräche gingen hin und her, Gerhard hörte mit halbem Ohr zu. Ihm war das ganze Englisch zu anstrengend. Er beobachtete Piet. Einmal trafen sich ihre Blicke. Wie Pfeile trafen sie sich.

Um elf löste sich die Gruppe auf. Sie wollten sehr früh raus, nein mussten, denn morgen sollten die Gäste am Farmleben teilhaben dürfen und den Vet bei der Arbeit beobachten. Gerhard war es zu peinlich, zu fragen, wer der Vet sei. Außerdem hatte er noch eins verdrängt: Er würde mit Jo in einem Bett schlafen müssen. Jo schien das weniger zu stören, sie hatte die Decke schon hochgezogen und sagte nur noch: »Wenn du schnarchst, stirbst du. Gut Nacht, Weinzirl.«

Wer schnarchte, war Jo. Leises Mädchenschnorcheln. Gerhard döste ein und erwachte um fünf Uhr dreißig. Er hatte geträumt. Von Pferden und Nashörnern, die von einer Lawine weggerissen worden waren. Von Miri, die auf einem Pferd ohne Sattel in den Sonnenuntergang galoppiert war. Er fühlte sich ausgelaugt und leer. Draußen war es kühl und klar. Er saß etwa eine halbe Stunde einfach nur da, bis die Pferde kamen. Langsam zogen sie zu einem Futterplatz, wo Heu lag. Aus der Küche drangen erste Geräusche, um halb sieben kam Helen vorbei und winkte ihm zu. Die knatschgelben Webervögel hatten begonnen, in den Morgen hineinzulärmen.

# VIERZEHN

*Welches der Worte du sprichst –*
*du dankst*
*dem Verderben.*

Gegen sieben tauchte die ganze Meute auf, das Frühstück im Kaminzimmer war wieder voller bunter Opulenz in Form von Früchten, Waffeln, Croissants und Marmeladen. Helen hatte einen Laptop mitgebracht und warf per Beamer eine Präsentation an die Wand. Heute wollten sie den Vet bei seinem Job begleiten, der den Auftrag hatte, ein paar Sable-Antilopen zu darten. Das war zumindest gestern erzählt worden, und Gerhard hatte nicht nachgefragt.

Helen hatte den Raum verdunkelt und erklärte gerade, was Sable-Antilopen sind. »Es war Major Sir William Cornwallis Harris, der englische Militäringenieur und Jäger, der 1836 die erste Sable-Antilope entdeckte, eine wunderschöne Antilope mit weiß-schwarzem Gesicht, weißem Bauch und weißen Pobacken. Der Name stammt entweder von den Hörnern, Säbel, oder aber von der Farbe, tiefbraun, da sind wir Biologen uns uneins. Sable werden hundertzwanzig bis hundertvierzig Zentimeter groß und bis zu zweihundertsiebzig Kilo schwer. Sable-Antilopen sind eine bedrohte Tierart, es gibt vier Unterarten; ein Vorfahre der Sable, der ›Bluebuck‹, ist ausgerottet. 1940 gab es sechsunddreißigtausend Tiere, 1990 noch dreitausendfünfhundert! Sable gibt es heute nur noch in privaten ›reserves‹ wie hier bei Piet. Das sind Leute, die sich mühen, dieses faszinierende Tier zu erhalten. Gründe für das Sterben der Sable liegen auch in ihrer Sensibilität begründet: Sable müssen täglich mittags trinken können. Sie sind keine Kämpfernaturen und setzen sich an den Wasserlöchern nicht gegen andere durch. Sie brauchen als Ernährung langes Gras, das nicht immer zur Verfügung steht, wie ihr euch vorstellen könnt. Ja, und dann ist die Sterblichkeit bei den Kälbern auch noch ziemlich hoch. Alles Faktoren, die so einem Tier zusetzen.«

Helen sprach eindringlich, sie war eine ernste junge Frau, die Mädels waren alle auf Helen konzentriert, und Gerhard wusste, dass in Jo die Tierliebe tobte. Sie hätte wahrscheinlich am liebsten langes Gras in die Steppe gefahren. Aber so war die Natur nicht. Und alle Eingriffe des Menschen hatten die Welt zum Schlechteren, nicht zum Besseren gewendet. Gerhard blickte im Halbdunkel umher, im Türrahmen lehnte Piet. Ihre Blicke trafen sich erneut. Piets angedeutetes Nicken und ein Lächeln waren ein Morgengruß, seine Augen aber sagten etwas anderes.

Das Licht ging wieder an, Piet ging zu Helen hinüber, begrüßte die Damen und die beiden Herren und übernahm das Ruder. »Danke, Helen! Wie ich euch ja gestern schon gesagt habe, der Vet, das ist unser Paul, wird einige Tiere mit dem Betäubungsgewehr darten.«

Aha, jetzt hatte es Gerhard auch begriffen. Paul war der Tierarzt, der Pfeile aus dem Gewehr abschoss. Darten, klar, bloß hier ging's nicht um eine bunte Scheibe. Das war nun nicht das launige Kneipenpfeilspiel – hier bedeutete es, Tiere mit dem Betäubungsgewehr zu schießen, sie blitzschnell zu untersuchen, eventuell zu chippen, zu verladen und zu transportieren. Eine wertvolle Fracht, eine risikoreiche! Das konnte sich Gerhard gut vorstellen.

»Euer Part wird sein, die betäubten Tiere auf den Trailer zu verladen, wir brauchen jede Hand. Das wäre unser Programm für den Vormittag, nachmittags beginnt unser ›game census‹. Was für euch seltsam klingt: In Südafrika kann man Wildtiere besitzen, man ist für die Population auf der eigenen Farm verantwortlich – eine große Verantwortung, die eben auch Arterhaltung bedrohter Spezies beinhaltet und genetische Selektion. In einem von hohen Zäunen abgeschlossenen – wenn auch für europäische Maßstäbe riesigen – Areal käme es zu Inzucht und Krankheiten, würden die Tiere nicht reguliert. Vorher aber muss erst einmal klar sein, wie viele der tierischen Bewohner da sind!«

Jo mischte sich ein. »Wie bitte schön zählt man Wildtiere? Die stellen sich ja nicht in einer Reihe auf und warten brav?«

Sie hatte die Lacher auf ihrer Seite. Sie flirtete eindeutig mit diesem Piet, der heute in den Safarishorts seine kräftigen, gebräunten Waden zur Schau stellte.

»Zu Fuß natürlich nicht, Jo! Die Tiere flüchten sofort. Mit dem Geländefahrzeug machen wir Zählungen, denn die Tiere sind unsere offenen Safarifahrzeuge gewohnt. Aber so ein Vehikel kann nun mal nur auf *roads* bleiben. Wir zählen auch mit dem Helikopter, aber der surrende Heli bedeutet viel Stress für die Tiere. Bei uns zählt man deshalb vor allem vom Pferderücken aus. Die Pferde laufen frei, verbringen ihre Nächte im Busch, da, wo sich Zebra und Giraffe, Njala und Gnu gute Nacht sagen. Man kennt sich, möchte ich mal sagen!« Er strahlte Jo an. »So, Leute, wir sehen uns in zehn Minuten an den Fahrzeugen, Paul dürfte auch gleich hier sein.«

Paul stellte sich als Dr. Paul Huber vor, der Uropa war Österreicher gewesen. Ein sympathischer, cooler Typ, wie Gerhard fand. Paul und Piet hatten Unterlagen auf der Heckklappe eines Pickups ausgebreitet. Paul begann seine Medikamente vorzubreiten. Er blieb lässig, scherzte, und doch spürte Gerhard, dass der Mann hoch konzentriert war.

»Coole Sau!« Jo war neben ihn getreten.

»Wer?«

»Na, der Tierarzt. Voll die coole Sau!«

»Ich dachte, dir hätte es Piet angetan?«

»Eifersüchtig, Weinzirl? Piet ist doch ein guter Typ, oder?«

Ja, dachte Gerhard, wenn man mal davon absah, dass er zwei Menschen auf dem Gewissen hatte. Sofern er wirklich Peter Paulus war. Gerade jetzt wieder kam Gerhard das alles so hirnrissig vor. Deutschland war so weit weg, Peiting noch weiter.

Jo und er sowie die Amis durften im Jeep von Helen und Paul mitfahren, Piet lenkte das andere Fahrzeug.

Helen schepperte in eine der *roads*. »Straßen« waren ein großes Wort für die sandigen Pisten, wo Fahren zum Driften wurde. Wie auf Schnee, nur staubiger war das.

»Cool!«, rief Jo. Ja, es fehlten noch ein »Wow« und ein »Wahnsinn«.

Das Fahrzeug holperte und schepperte über staubige Buschpisten, die Tiere rannten kreuz und quer. Paul zielte. Zack, rechte Arschbacke.

»*Just relax*«, grinste Paul und wandte sich zu den Beifahrern um. »Ich hab lediglich einem fünfjährigen Bullen ein Beruhigungsmittel verpasst. Der ist hochaggressiv und jagt die anderen sonst nur durch die Gegend«, erklärte er.

Eigentlich sollten fünf junge Ladys und zwei junge Herren »gedartet« und später in eine neue Heimat verbracht werden. Helen knüppelte das Auto rückwärts, dann in immer üblere Hohlwege.

»Die Kleine in der Mitte«, rief Helen und machte eine vage Handbewegung, »die brauchen wir.« Die sind alle klein und in der Mitte, dachte Gerhard. Paul schoss. Zack, rechte Arschbacke, das Tier flüchtete in Panik. Der Cruiser hinterher, ein zweiter Jeep von der anderen Seite. Das Tier jetzt bloß nicht aus den Augen verlieren! Ein wunderschönes Tier mit riesigen Augen lag wehrlos im struppigen Gras.

Menschen stürmten heran, Helen war als Erste da, dann er, sie hielten die Hörner fest. Da war auch Piet, und er verband dem Tier die Augen. Paul hatte ein paar Spritzen gezückt, Impfungen, Entwurmungen, Zeckenprophylaxe, »wenn die Lady grad mal da ist«.

Eine Plane wurde ausgerollt, das Tier vorsichtig draufgehoben. »Gebt acht auf die Hinterbeine.« Fast zärtlich arrangierte Helen das Bein. Alle hoben an. Acht Mann hoch, Himmel, war diese zarte Antilopendame aber schwer! Gerhard hatte seinen Fall erst mal vergessen. Es war so großartig, Teil dieser Arbeit zu sein. Die Antilope kam in einen Trailer, und schon verließ die erste tierische Fracht das Sable-Camp.

An dem Vormittag traf Paul noch fünf Mal, zuletzt waren die beiden jungen Sable-Bullen dran, am Ende lagen sie im Gras. Stolze Tiere, nur etwas belämmert.

Paul lachte. »Das ist meine Hausmischung. Ich hab sie über die Jahre entwickelt, Wirkkombinationen, die für die Tiere den wenigsten Stress bedeuten und sie sehr schnell wieder auf die Beine bringen.«

Durchatmen, das alles ging so schnell, so präzise, so unwirklich. Gerhard spürte Müdigkeit. Dabei hatte er gar nichts Weltbewegendes getan. Paul grinste mal wieder.
»Musst du das Schießen üben?«, fragte Jo.
»Och, ich mach das täglich, das ist Übung genug. Probleme macht nur die Distanz. Was weiter als sechzig Meter entfernt ist, treff ich zwar, aber ich muss umso härter schießen, und das ist immer schlecht fürs Tier.«
Piet hieb ihm auf die Schulter. »Paul ist der beste Schütze in ganz Afrika. Ich schieß aber auch nicht schlecht.« Sein Blick streifte Gerhard.

Um eins saßen sie alle beim Mittagessen, Gespräche flirrten durch die Luft, Gott, hatte er Hunger! Gerhard langte ordentlich zu, die Herren prosteten sich mit Bier zu. Helen verordnete eine Mittagspause, um halb vier sollte die Zählung beginnen. Piet wollte mit Paul noch schnell zu einer Nachbarfarm, und der Pick-up rumpelte vom Gelände. Gerhard wartete, bis es still wurde. Alle dösten rum um den Pool, wie zufällig schlenderte Gerhard davon, Piets Privathaus im Blick. Er hoffte, dass die Angestellten auch Siesta hielten. Die Terrassentür stand offen. Gerhard rief: »Hallo!« Gäbe jemand Antwort, würde er sich schnell eine tolle Geschichte ausdenken müssen. Es blieb still. Leise und vorsichtig betrat er den Raum, der eine Art Wohnzimmer war. Er ließ seine Augen über die Bücherwand gleiten, Bücher über Tiere, über die Jagd; was Gerhard interessant fand, war, dass hier auch deutsche Bücher standen. Las der Engländer deutsche Bücher? Aber das würde als Beweis kaum gelten, die Bücher hatten dann eben einem Gast gehört.

Nebenan war das Büro. Gerhard fuhr den Computer hoch, der sofort nach einem Passwort verlangte. Piet hatte seines Wissens keine Freundin, der Hund vielleicht? »Amber« war es leider nicht. Auch das Lieblingspferd »Jack the Ripper« öffnete ihm nicht das Herz dieses Computers. Gerhard war auf den Bürosessel gesunken. Ein Mann kam in einer Lawine fast um. Er tauchte unter und hatte doch all die langen Jahre – beim Gedanken an lange Jahre zuckte er zusammen – mit seiner Mutter Kontakt gehabt.

Jeder Mensch war sentimental, jeder Mensch liebte seine Mutter, irgendwie, auch wenn es Probleme gab. Gerhard tippte »Maria«, der Desktop flackerte auf. Auch das war kein Beweis! »Maria« war ein Allerweltsname!

Gerhard schoss durch den Kopf, dass der Computer doch sicher melden würde, wann eine Datei zum letzen Mal geöffnet worden war. Sei's drum, er öffnete ein paar Verzeichnisse. Bestandslisten von Tieren. Es gab Fotos, alle aber nur von Wildtieren, Gästen und Pferden. Verdammt, Piet war sehr vorsichtig. Oder aber er hatte gar nichts zu verbergen, und er, Gerhard, jagte eben doch einem Hirngespinst nach.

Gerhard zog die drei Schreibtischschubladen auf, das übliche Durcheinander von Stiften, Zetteln, da waren zwei alte Ausweise. Südafrikanische Ausweise – hatte er erwartet, einen deutschen Pass zu finden? Da lagen Feuerzeuge, ein paar alte Uhren, ein starkes Schmerzmittel und ein altes Schulfedermäppchen. Eins, das jeder gehabt und fast jeder bei den Umzügen über die Jahre mitgenommen hatte. Oft waren noch die alten Buntstifte drin. Ohne recht zu wissen, warum er das tat, zog Gerhard den Reißverschluss auf. Da waren die Buntstifte und ein Tintentod. Ein deutscher Tintentod, eingetrocknet. Ein Faber-Castell-Füller, eingetrocknet. Ins Stoffinnenleben hatte jemand mit Tinte in Kinderschrift hineingekrakelt. Die Schrift war verblasst, aber noch lesbar. »Peter Paulus, 3 a, 8922 Peiting, Bahnhofstraße«. Die alte PLZ, das alte Leben! Er war ein sentimentaler Knochen, der Paulus. Die Mama und das Federmäppchen, das war übrig von seiner alten Identität.

Aber was sollte Gerhard nun machen? Er konnte Paulus ja nicht einfach verhaften. Er hatte auch kein Zutrauen zu den Behörden in Südafrika. Er war hier hinter hohen Zäunen in der Einöde. Wie sollte er nach Johannesburg kommen? Das würde mehr Aufsehen erregen, als gut war. Und selbst wenn: Die würden seine seltsame Geschichte womöglich gar nicht glauben. Das erneute Schlagen der schweren alten Stehuhr riss ihn aus den Gedanken. Es war Viertel vor drei. Gerhard fuhr den Computer hinunter, schloss die Schubladen. Dann verließ er das Haus und lief in einem weiten Bogen weg von der Lodge. Er wollte nicht aus Piets

Richtung kommen. Als er aus der entgegengesetzten Ecke auf das Haus zustrebte, holte ihn der Pick-up ein.

»Hey, gar nicht müde?« Paul lachte.

»Eher im Gegenteil. Ich dachte, wenn ich mich hinlege, komm ich gar nicht mehr auf die Füße.« Das ging Gerhard ganz leicht über die Lippen.

Piet beugte sich rüber. »Schlafen können wir, wenn wir tot sind, oder? Bis gleich!«

Wieder dieser Blick. Was für ein Satz! Konnte Piet denn wissen, wer er war? Außer Piets Mutter konnte ihn keiner gewarnt haben, und Maria Paulus lag im Bett. Wie hätte sie etwas ahnen sollen? Er litt wahrscheinlich an Paranoia. Er durfte jetzt einfach keinen Fehler machen.

Gerhard betrat den Bungalow, wo Jo gerade dabei war, ihr Reitoutfit anzulegen.

»Mensch, wo bist du denn? Es geht gleich los!«

Gerhard spielte kurz mit dem Gedanken, von seiner Entdeckung zu erzählen, aber er unterließ das lieber. Jo trug das Herz auf der Zunge, es war besser, wenn sie an ihren Touristenstatus glaubte. Das machte sie lockerer, und außerdem schien sie inmitten all der Tiere die Mission völlig vergessen zu haben.

»Ich komm ja schon, nur keine Panik.«

Bei den Pferden wurden Teams gebildet. Immer ein Gast wurde einem Guide zugeteilt. Piet wollte mit Gerhard reiten.

»Mit mir siehst du am meisten!«

War da nicht wieder so ein Unterton?

Die Karte wurde studiert, Block und Bleistift waren parat. Unbeschlagene Hufe klapperten, sie bogen vom Weg ab, hinein in den Busch. Wieder diese schwer bewehrten Büsche, ratsch, der nächste Kratzer am Unterarm, Blut tropfte.

»Du musst dich schützen, die langen Lederchaps haben nichts mit Cowboyspielen zu tun«, sagte Piet.

»Ja, das macht Sinn, aber wie gesagt, ich reite sonst ja nicht. Nur Jo.« Zwei Männer reiten plaudernd durch den Busch. Was für ein Irrsinn, dachte Gerhard.

»Beruflich viel zu tun?«, fragte Piet wie beiläufig.

»Ja, tatsächlich.«

»Was machst du denn? Deine Frau ist Touristikerin, hab ich gestern gehört. Und du?«

»Ich bin bei einer Spedition. Ich fahr auch selber Lkw, das werden oft mehr Stunden als geplant.«

Diese Story hatte er sich zurechtgelegt. Bei seinem letzten Fall hatte er es mit einer Spedition zu tun gehabt. Fachfragen bei einem handwerklichen Beruf ging er damit aus dem Weg, den Akademiker hätte ihm Piet sicher nicht geglaubt. Gerhard schickte noch ein launiges »Drum ist mein Englisch auch nicht so toll. Bin halt ein einfacher Mann« hinterher.

»Ach, dein Englisch ist gut genug, oder?«

Sie ritten weiter, bis Piet anhielt und die Karte studierte.

»Wir reiten jetzt in den Sektor fünf, schau her. Da erwarte ich einige Tiere. Du kannst den Bleistift gespitzt halten. Nie die Aufmerksamkeit verlieren, Gerhard!«

War nicht wirklich jeder Satz zweideutig?

Wieder wie beiläufig fragte Piet: »Ihr seid aus dem Allgäu?«

»Ja, genau. Viel Schnee hat's da.«

»Ich war zweimal in Berlin und einmal in München. Auf Touristikmessen. Da wird deine Frau ja auch immer sein.«

»Ja, die ITB. Sehr anstrengend, sagt Jo.«

»Ja, das sag ich dir! Ich reite lieber zehn Stunden, als dass ich drei Stunden über so eine Messe geh. Na ja, so ein Winter ist ja auch hart mit dem Lkw?«

»Ja, das Fahren auf Schnee ist wie bei euch das Fahren auf Sand.«

Piet lachte. »Kann ich mir vorstellen. Und wie heißt deine Spedition, bei der du arbeitest?«

»Dachser.« Das kam wie aus der Pistole geschossen. Ein Peter aus Peiting würde Dachser kennen.

Bevor Piet noch etwas sagen konnte, deutete Gerhard nach links. Da stand eine Herde. Alberne lange Nasen hatten diese grauen Tiere.

»*Wildebeests.*« Piet lächelte, und auf einmal war auch sein Gesichtsausdruck anders. Zärtlicher, weicher. In Reih und Glied marschierten die Tiere vorbei.

»Neunzehn Stück, davon vier Babys«, sagte Gerhard und schrieb.

»Wer auf drei zählen kann und weiter, ist klar im Vorteil. Prima, Kumpel, wir sind die *lucky ones*!«

Piet klang fröhlich. Und wieder hatte Gerhard seine Zweifel. Und ja, der Typ wäre einer, den er sich als Kumpel hätte vorstellen können. Das machte es nicht einfacher.

Sie ritten weiter. Und da! Zebras, vier Stuten, etwas entfernt stand ein Hengst mit zwei weiteren Stuten. Ein schwarz-weiß gestreifter Zebrahengst starrte auf das schwarz-weiß gefleckte Pferd, das Gerhard ritt. Der Hengst gab ein markiges Geräusch von sich, das Pferd gab grummelnd Antwort. Könnte man die Welt jetzt anhalten! Vergessen, wozu er da war.

»Hast du geschrieben?«

»Klar.« Gerhard nickte.

»Okay, und jetzt werden wir die Majestäten treffen. Ich bin mir fast sicher, dass sie dahinten stehen.«

Der Busch öffnete sich, weites Grasland lag vor ihnen, nur einige Baumgruppen lagen über eine schier endlose Ebene verstreut. Auf einmal fühlte sich Gerhard wie in »Jurassic Park«. Lange Hälse ragten aus dem Buschwerk. Giraffen! So voller Eleganz, sie schienen sich in Zeitlupe zu bewegen. Vierzehn waren es, sie ästen in den Bäumen und standen still. Zeit und Raum zerflossen, bis Piet mal an den Job erinnerte. Und daran, dass es dunkel würde. Gerhard machte seine Notizen.

»Verstehst du, warum einen dieses Land und diese Arbeit so gefangen nehmen?«, fragte Piet.

»Ja, da will man nicht mehr weg, oder?«

Er bekam keine Antwort – und wusste, dass sie ein gefährliches Spiel spielten. Beide.

Die Liste, die Piet und Gerhard nach ihrem Eintreffen auf der Lodge präsentierten, war beeindruckend.

»Wow, morgen reit ich mir dir!«, rief Jo, die zwar einige Antilopen, aber keine Giraffen gezählt hatte.

»Morgen früh ist erst Paul nochmals dran. Morgen früh gilt es. Wir müssen einen jungen Giraffenbullen darten. Den rechts, den du gesehen hast, Gerhard, den goldenen. Ich nenn ihn immer ›Golden Boy‹.«

Piet entschuldigte sich, er hatte anderweitige Verpflichtungen, Helen war die Gastgeberin des Abends, und sie kam neben Gerhard zu sitzen. Alles drehte sich natürlich um die Tiere, um die Arbeit. Jo hatte sich verabschiedet, weil sie todmüde war. Sie warf Gerhard eine Kusshand zu. Die Amis waren auch zu Bett gegangen, die beiden Engländerinnen kippten einen Gin Tonic nach dem anderen und unterhielten sich mit einer australischen Praktikantin, die heute am Abendessen teilnahm. Gerhard lenkte das Gespräch auf Piet.

»Sag mal, Helen, ist er denn auch Biologe? Er weiß so viel!«

»Nein, Piet ist Farmer. Er hat den Grund vor fünfzehn Jahren dem niederländischen Piet abgekauft. Damals gab es noch Getreide, Gemüse und Vieh. Aber Piet hat schnell eingesehen, dass man mit Touristen besser verdient und mit Ökologie. Diese Kombination, bedrohte Tierarten zu schützen und zu erhalten, plus Tourismus hat Zukunft.«

»Wo war er denn vorher? In England?«

»Nein, er kam aus Botsuana. Hat da auf einer Farm gearbeitet, die einem Schweizer gehört.«

»Ach echt! Ein Schweizer!«

»Ja, ein interessanter Mann. Wir waren mal drüben, vor etwa vier Jahren. Bei Beat Zollikofer. Er hat uns erklärt, dass ›Beat‹ ein typischer Schweizer Name ist. Er hat uns ein paar Worte auf Schwyzerdütsch gelehrt: ›grüezi‹ und ›Mischtkratzerli‹.« Helen lachte.

»Was?«

»›Mischtkratzerli‹, das sind Hennen, Hühner. Piet hat versucht, unserer schwarzen Köchin Elena das beizubringen, dass ihre berühmten Hühnerfleischgerichte eigentlich ›Mischtkratzerli‹ sind. Ich konnte das fast nicht aussprechen, Elena schon gar nicht. Bloß bei Piet klang es ordentlich, aber der kann ja auch Deutsch.«

»Ach!«

»Ja, mit Beat hat er Deutsch geredet; ich sag Piet immer, er soll doch mit unseren deutschen Gästen Deutsch sprechen, Aber er sagt, er sei so aus der Übung, das sei ja bloß Schuldeutsch. Das wär ihm zu peinlich. Männer! Wenn sie was nicht perfekt beherrschen, lassen sie es lieber.« Helen lachte wieder ihr helles Lachen.

»Seid ihr denn zusammen?«, fragte Gerhard.

»Nein, er ist mein Chef. Der beste, den man sich vorstellen kann.«

»Ich dachte bloß, ihr wärt doch ein schönes Paar. Hat er denn keine Frau?«

Sie lachte. »Also mein Typ ist er nicht. Die meisten Frauen sind ganz scharf auf ihn, er merkt das meistens gar nicht. Er war mal 'ne Weile mit der Kollegin von Paul zusammen. Die ist nun aber Dozentin an der Uni in Pretoria. Irgendwie hat sich das auf die Distanz verlaufen.«

Gerhard verabschiedete sich kurz vor zwölf. Jo schnarchte wieder leise. Er setzte sich vor das Haus, vergewisserte sich, dass alle im Bett waren. Er zückte sein Handy, und Baier ging dran. Er ließ eine Tirade über sich ergehen, dass er der sturste Lapp der Welt sei. Als Baier fertig war, berichtete Gerhard und schloss: »Er ist es, ich bin sicher. Baier, können Sie was über Beat Zollikofer rausfinden und über seinen ehemaligen Mitarbeiter Peter Paulus alias Piet Patterson?«

Immer wieder waren Gesprächsfetzen untergegangen, das Netz war extrem instabil. »Rufen Sie mich an, Baier«, sagte Gerhard noch. Dann war die Verbindung unterbrochen.

Gerhard legte sich neben Jo. Da lagen sie nun wie ein altes Ehepaar. Er, der Holzkopf, und sie, die »Drama Queen«. Wie oft hätte sie etwas dafür gegeben, mit Gerhard in einem romantischen Bett unter afrikanischen Sternen zu liegen. Wie oft hätte er etwas dafür gegeben, Jos Körper nahe zu sein. Das Problem ihrer Beziehung war immer das Timing gewesen. Hatte sie ihn geliebt, war ihm das unheimlich geworden. Hatte er linkische Annäherungsversuche gemacht, hatte sich Jo gerade anderweitig orientiert. Er seufzte und schlief ein.

Am nächsten Morgen brannte die Luft! Gestern war Kasperletheater gewesen, heute war Anspannung pur. Selbst Piet war ganz dicht am Limit. Das spürte Gerhard. Erst mussten zwei Wasserbüffel raus, und das war schon »*tough*«. Sechs Fahrzeuge, Helfer, und der Heli landete. Paul rannte geduckt zum Helikopter. Lässig klinkte er sich in die Gurte. Der Rotor lärmte, der Staub verschleierte jede Sicht, alle stürzten auf ihre Fahrzeuge. Der Fahrtwind war eisig, es war ein wolkenverhangenes Afrika heute in der Frühe um sieben, und es war saukalt. Da war der Heli! Er kreiselte, er tauchte weg, Paul hing aus der Kabine, schoss! Alles lief glatt, fast wie in Trance, nach zwei Stunden waren beide Büffel auf dem Trailer. Heute hatte es zwanzig Mann gebraucht, die Tiere hochzuwuchten. Gerhard hatte Piet in die Augen geblickt, als sie sich gegenüberstanden und mit dem mächtigen Tier abmühten. Es war so etwas wie Liebe in diesen Augen gelegen. Liebe für dieses Land.

Sie fuhren zurück zur Farm, eine kurze Teepause, sogar Paul schaute nur noch konzentriert. Alle schwiegen, litten mit. Es war so wenig Zeit! Paul musste Golden Boy darten und hatte dazu genau sieben Minuten Zeit. Das hatten sie gestern gelernt. Die Gäste flankierten das Ganze zu Pferd. Der Heli kam so halsbrecherisch herein, als würde er abschmieren; der goldene Giraffenbulle rannte. Zweieinhalb Minuten, dann ging er nieder.

»Lasst den Hals nirgendwo aufschlagen«, flüsterte Jo. »Bitte!«
Das erste gewaltige Risiko war, dass die Giraffe unglücklich fiel. Auch das hatten sie gestern gehört.

Golden Boy aber lag mitten im Gras, ab nun galt es. In lächerlichen sieben Minuten mussten die Augen verbunden, ein Gegenmittel verabreicht, das Tier in Seilen vertäut sein und dann wieder stehen. Sieben Minuten waren ein Wimpernschlag! Jede Minute später konnte das Tier wegen seines speziellen Stoffwechsels und des Herzens tot sein. Keiner redete mehr, bis zum Moment, wo Piet rief: »Zieht!« Und wirklich: Der goldene Bulle wankte wacklig auf den Trailer. Klappe zu, nur der Hals schaute raus. Ein Blick auf die Uhr: sechseinhalb Minuten.

Die Mädels hatten ein paar Tränchen in den Augen. Piet haute Paul erst auf die Schultern, dann eine Umarmung. Harte Männer ganz soft. Piet wandte sich an die Runde.

»Danke, danke euch allen. Der Bursche geht jetzt auf seine Reise nach Norden. Er kommt zu einem Kumpel von mir, der so was Ähnliches macht wie ich. Golden Boy trifft da auf nette Damen.«

Piet wollte den Trailer begleiten, es war kurz vor elf. Sie alle winkten dem Trailer nach und sanken dann ermattet in die Sessel auf der Terrasse. Tee stand bereit, zwei Stunden dümpelten einfach so dahin. Um eins gab es Lunch. Alle langten ordentlich zu. Genau genommen war das eine einzige Schlemmerei. Gerhard hatte aber nicht das Gefühl, dass er zunehmen würde. Er linste ab und zu auf sein Handy, kein Anruf von Baier, und er seinerseits hatte mal wieder fast kein Netz. Es war immer noch ungewöhnlich kühl, Jo hatte sich in zwei Decken eingeschlagen und auf eine der Poolliegen gelegt.

»Geht dein Handy?«, fragte Gerhard.

»Nein, ich wollte Volker vorhin 'ne SMS schicken, die ging nicht raus. Fehlgeschlagen.«

Volker, Volker Reiber, klar, es war ja wohl normal, dass man seinem Freund ab und zu ein Lebenszeichen zukommen ließ. Gerhard war sich gar nicht sicher, dass Jo Reiber überhaupt gesagt hatte, dass sie mit ihm hier war. Reiber als Kriminaler hätte den Braten sicher gerochen und ihn zur Rede gestellt. Es war alles so schnell gegangen.

Jo hatte ihren Kopf zu ihm herübergestreckt und flüsterte: »Ist er es? Hast du was rausfinden können? Er ist so ein toller Mensch, ich kann das einfach nicht glauben.«

»Helen hat mir gestern erzählt, dass er auf einem Besuch in Botsuana Deutsch mit einem Schweizer gesprochen hat.«

»Aber das ist doch kein Beweis!« Jo war wieder lauter geworden, senkte dann aber erneut die Stimme. »Das reicht doch alles nicht. Was willst du denn nun machen?«

Gerhard verkniff sich die Geschichte vom Federmäppchen, er wollte Jo nicht in Gefahr bringen. »Ich werde ihn weiter beobachten, vielleicht macht er einen Fehler. Ich hab Baier angerufen, dass der mal diesem Schweizer auf den Zahn fühlt.«

So wie er neben Jo kauerte, wie sie da flüsterten, machten sie für außen stehende Beobachter sicher den Eindruck eines verliebten Pärchens. Alles war so irreal.

»Ich leg mich mal hin«, sagte Gerhard und gab Jo einen Kuss

auf die Wange. Ihm war danach. Ihm war auf einmal so melancholisch zumute. Er blätterte in einem »Africa Geographic« und sah immer mal wieder aufs Handy. Nichts! Er musste jetzt was tun, ging also ins Büro der Guides hinüber, wo die kleine Australierin gerade am Computer saß.

»Könnte ich mal ins Internet?« Baier war schließlich ein moderner Opa und besaß E-Mail.

»Leider nein, wir gehen über einen Stick rein. Alles tot. Seit heute Morgen. Das kommt häufig mal vor, dauert dann meist ein bis zwei Tage.«

Gerhard zuckte zusammen. Zwei Tage, das war ja die Hölle. »Das Festnetztelefon geht auch nicht?«

»Nein, bedaure.« Sie zuckte mit den Schultern.

Gerhard trollte sich. Verdammt! Jo schlief tief und fest auf ihrer Liege, und er döste in der Hütte dann auch ein. Als er aufwachte und vor die Tür trat, war Piet gerade wieder vorgefahren. Gerhard sah ihn mit Helen und Paul reden. Sie standen da im Sand und plauderten. Piet umarmte Helen und gab Paul die Hand. Sie zelebrierten einen erfolgreichen Tag. Mal ohne die Gäste. Die Freundschaft zwischen ihnen war auch auf die Distanz spürbar. Welcher Druck von ihnen abgefallen war! Drei Südafrikaner standen da im Sand. Menschen mit ganz unterschiedlichen Wurzeln. Helen aus Simbabwe, Paul, der Österreichstämmige, und Piet. Peter aus Peiting in Oberbayern, der wiederauferstandene Tote. Der Untote.

# FÜNFZEHN

*Mit dem Blut aus den verworrenen
Wunden tränkst du deine Dornen;
dass die kauernde verkrallte
Angst in allem Dunkel walte.*

Wie immer traf man sich zum Tee. Piet war aufgeräumt. Seine Augen sprühten. »So, Leute, dann machen wir heute den zweiten Teil der Zählung. Nach dem erfolgreichen Vormittag kann der Nachmittag nur besser werden.« Er sah Gerhard an und fuhr fort. »Jo, du wolltest ja mit mir reiten, aber heute bin ich die schlechteste Wahl. Ich will aufs Plateau hinauf, da werden wir kaum Tiere treffen. Ich suche eine Gruppe Warzenschweine. Reitet lieber mit Moses oder mit Helen, die haben die guten Quadranten. Das Darten heute Morgen war ja etwas aufreibend für die Langhälse, ich denke aber, Moses weiß, wo sie hin sind.«

Moses, der schwarze Guide, der immer nur lachte und von ansteckender Fröhlichkeit war, nickte eifrig.

»Gut, dann ab zu den Pferden. Es ist ja nur gerecht, wenn Gerhard wieder mit mir reitet. Denn heute wird er wenig sehen. *Sorry.*«

»Ich trete für die Damen natürlich zurück«, sagte Gerhard. Sicher wollte Piet ihn weiter aushorchen. Er war auf der Hut.

Sie ritten los, alles war wie immer. Der Himmel hatte sich wieder aufgetan, eine südafrikanische Sonne warf lange Nachmittagsschatten. Rhino Mum, an deren Auftritte sie nun alle längst gewöhnt waren, lief an den Pferden vorbei. Es fühlte sich so an, als seien sie verschmolzen mit der Gegend, hätten den Rhythmus der Farm im Blut. Gerhard folgte Piet, sie plauderten über den Giraffenbullen. Piet sprühte vor Leben. Er begann zu erzählen, von den Anfängen, von den herben Verlusten, von einem toten Wasserbüffelbullen, der wohl schon Monate im Busch gelegen hatte, der mumifiziert gewesen war, die leere Hülle eines einst so beeindruckenden stolzen Tieres. Es war, als mache Piet Werbung für seine Sache, es lag etwas in seiner Stimme. So als bitte er um Verständnis?

Der Weg schraubte sich auf das Plateau hinauf, jenes Plateau, auf dem sie am ersten Abend den Sundowner eingenommen hatten. Piet verließ den Pfad, es ging noch steiler bergauf, bis sie auf einer Klippe angekommen waren. Der Ausblick war gigantisch.

»Da drüben ist meine zweite Lodge.« Piet wies auf den Bergrücken, der sich an die lange Senke anschloss, aus der sie heraufgekommen waren. »Da!« Piet warf Gerhard ein Fernglas zu, das dieser gerade noch fangen konnte. »Ich habe eine Idee, wo die Warzenschweine stecken könnten. Ich treib sie in deine Richtung. Ich denke, sie kommen unterhalb von dir vorbei. Bitte zählen!«

Er lachte. »Diese Burschen sind schnell und wendig. Du kannst ruhig absteigen und das Pferd laufen lassen. Solange es einen Sattel draufhat, läuft es nicht weg. Meine Pferde sind darauf trainiert.«

Gerhard tat wie ihm geheißen. Das Geräusch des Hufklapperns war noch zu hören, dann wurde es still. Nun stand er allein mit einem gescheckten Pferd im Busch. Auch wenn er wusste, dass Piet höchstens fünfhundert Meter entfernt war, fühlte es sich komisch an. Es gab hier keine Elefanten und Löwen, ab und zu kam wohl auch mal ein Gepard vorbei, der die Zäune überwinden konnte. Gerhard hatte plötzlich ein Bild vor Augen. Piet würde aus einem Käfig einen Löwen herauslassen, und der würde ihn vertilgen. Quatsch! Gerhard blickte über den Rand der Klippe. Sie fiel in einer ersten Stufe ab, ein kleiner Trampelpfad klebte zwischen niedrigem Buschwerk. Dann kam die Steilstufe, Gerhard nahm an, dass das Gelände danach sicher zweihundert Meter ins Bodenlose stürzte. Die Warzenschweine mussten gut zu Fuß sein, wenn sie hier über den Trampelpfad preschten. Es blieb still, weit ging der Blick, die Schatten wurden länger. Plötzlich hörte Gerhard Geraschel und Getrappel, er fuhr herum. Piet sprengte heran.

»Keine Warzenschweine?«, fragte Gerhard.

»Nein.« Piet stand nun mit seinem Pferd ganz dicht vor ihm. »Gibst du mir das Fernglas?«

Gerhard reichte es ihm herüber, und in dem Moment hatte Piet seinen Arm gepackt. Es war alles eine geschmeidige Bewegung. Wie ein Raubtier war er über ihn gekommen, und nun stand da Gerhard mit nach hinten verdrehtem Arm. Piet hatte ihn an den Sattel gepresst, Gerhard spürte Piets Stiefel im Rücken.

»Was soll das? Spinnst du?«

»Einzelkämpfertraining, würde dir auch guttun. Bei deinem Job. Man wird doch gerne mal überfallen so des Nachts im Lkw.«

Piets Lachen klang ganz anders als sein fast zärtliches Lachen am Vormittag. Die Zärtlichkeit für die Tiere war weg. Und Piet sprach Deutsch, astreines Deutsch mit süddeutschem Akzent.

»Lass mich sofort los! Was, glaubst du, bringt dir das?«

»Aber Kommissar Weinzirl, nun enttäuschen Sie mich.«

Er wusste es. Er hatte es immer gewusst, und er, Gerhard, war in die Falle getappt. Wie ein Anfänger.

»Meine Mutter hat mich informiert. Dass Herr Baier bei ihr war. Dass er seltsame Fragen gestellt hatte. Dass eine CD fehlt und das Buch mit den Überweisungen. Dass mit allem zu rechnen sei. Wir sind gerne ein wenig misstrauisch. Ein Familienproblem. Ich habe die letzten Tage alle meine Gäste genau angesehen. Ihr habt euch ziemlich dumm angestellt. Wenigstens neue Namen hättet ihr euch aussuchen können. Herr und Frau Weinzirl.« Der Druck des Stiefels verstärkte sich.

Gerhard versuchte den Schmerz zu ignorieren. Auch die Frage hintanzustellen, wie Maria Paulus den Sohn hatte informieren können. Er gab sich cool und konterte: »Peter Paulus, willkommen in der Realität. Haben Sie Ihren alten Pass noch?«

Piet schnaubte. »Du warst an meinem Computer, was?«

»Der nicht sehr auskunftsfreudig war. Pässe gab's auch nur aus Südafrika. Aber dein altes Federmäppchen, Piet-Peter. Das hat dich verraten! Peter Paulus wird zu Piet Patterson. Warum? Warum dieses Theater? Warum inszeniert man seinen eigenen Tod?«

Piet gab Gerhard einen jähen Stoß, und der stolperte vorwärts über die Kante, über den Trampelpfad, er riss sich die Wangen auf an einem der Stachelbüsche und kam wieder hoch.

Piet war blitzschnell wie eine Raubkatze vom Pferd geglitten.

Nun standen sie an der zweiten Kante, hinter ihnen lag nichts als der Abgrund. Piet-Peter hatte eine Pistole gezogen.

»Kommissar Weinzirl, Gerhard aus dem schönen Weilheim. Du wirst jetzt dort hinunterfallen. Ein bedauerlicher Unfall! Du warst so euphorisch bei der Zählung. Ich hab dir noch gesagt, dass du vorsichtig sein sollst. Aber vor lauter Schauen und Aufschreiben, tja ... Ich wollte dich noch retten, aber leider ...!« Er lachte wieder, seine Augen waren zusammengekniffen. Raubkatzenaugen.

»Jo weiß, warum wir hier sind. Damit kommst du nicht durch!« Gerhard versuchte ruhig zu bleiben.

»Die schöne Johanna. Ist sie überhaupt deine Frau? Ich glaube nicht! Du hast sie in Gefahr gebracht. Es wäre schade, wenn ihr auch noch etwas zustoßen würde. Aus Gram über deinen Tod wollte sie Abschied nehmen und fällt über dieselbe Klippe? Herr Kommissar, glaube mir, um mich zu schlagen, müsst ihr besser sein. Mich kann man nicht schlagen. Ich bin auferstanden von den Toten.« Sein Lachen wurde noch bitterer.

»Warum hast du deinen Tod inszeniert?« Gerhard wollte Zeit gewinnen. »Wenn man ein Lawinenunglück überlebt, dankt man dem Schöpfer. Man jubelt und umarmt das Leben. Du bist untergetaucht. Warum?«

»Warum? Weil das Leben manchmal Weichen stellt! Ich war lange bewusstlos, keine Ahnung, wie lange. Ich war tot, verstehst du? Ich war in einer andern Welt, die weiß war und weich. Die mich auffing wie ein Daunenbett. Dann wachte ich auf. Ich hatte Schmerzen, aber ich bekam Luft. Es hatte sich eine Höhle gebildet. Ich begann zu graben. Mit den Händen, mit einer Skispitze. Es fühlte sich an wie die Ewigkeit und war doch noch Morgen, als ich im Tal angekommen bin. Ich nahm mein Auto und fuhr nach Österreich. Ein alter Landarzt hat mich erstversorgt, ich war ziemlich lädiert, hatte mir die Zehen erfroren und ein Knie zerstört.«

»Und der hat nicht gefragt?«

»Doch, aber manche Frage erstickt man mit Geld.«

»Und dann?«

»Wird das die lustige Geschichtenstunde, Herr Kommissar?

Aber bitte, dann musst du nicht dumm sterben. Hast zumindest die Gewissheit, das du recht gehabt hast, du Schnüffler! Eine Gewissheit bis in den Tod! Ich war dann in einer Klinik in Ungarn. Durch die Erfrierungen war mein Gesicht entstellt, die Nase Matsch, der neue Peter war geboren.«

»Und da wurde das Schweigen auch mit Geld erkauft? Mit dem Blutgeld, das Valentin Lang das Leben gekostet hatte?«

»Ach, die Ungarn hat das nicht interessiert.«

»Blutgeld? Du wusstest, dass euer feiner Lebensstil nur möglich war, weil dein Vater Lang das Patent geklaut hatte? Ihn im Stollen hat verrecken lassen?«

»Ich wusste als Kind lange nur von dem Unfall. Bis ich eines Tages Unterlagen gefunden hatte. Die bewiesen, dass mein Vater Lang ermordet hatte. Ich habe meine Mutter zur Rede gestellt. Sie wusste es. Hatte es immer gewusst. Und sie nahm mir das Versprechen ab, zu schweigen. Ich war völlig durcheinander. Bin erst mal eine Skitour gegangen. Eine Skitour, die mein Leben verändert hat. Tod und Wiederauferstehung. Das war die Chance, elegant aus der Sache rauszukommen.«

»Wieso rauszukommen? Wieso hast du dich der Sache nicht gestellt?«

»Dass mein Vater ein Mörder ist? Dass ich der Sohn eines Mörders bin? Dass meine Pläne, als Bergsteiger in Michis Fußstapfen zu treten, zerstört waren? Ich habe bis heute Schmerzen im Knie, ohne Tabletten komme ich selten aus. Es war ein eleganter Abgang.«

»Elegant? Na ja. Den eigenen Tod zu fingieren ist nicht sonderlich elegant. Sondern kriminell und grausam.«

»Ach komm, du Moralapostel. Was wäre die Alternative gewesen? Was hätten wir auch tun sollen? Zu Langs gehen und ihnen rückwirkend das Geld für das Patent geben? Leo war ein Einfaltspinsel, seine Mutter eine dumme Putze. Was brauchten die Geld? Geld verdirbt den Charakter! So hatten Leo und seine fette Mutter doch wenigstens ihren guten behalten. Als Dorftrottel belächelt, aber irgendwie geliebt. Die Trottel lieben sie immer, die bedeuten keine Gefahr!«

»Dich hat keiner geliebt?«

»Was geht dich das an? Wir waren begütert, das schafft immer Feinde.«
»Deine Mutter hat auch gleich gewusst, dass du lebst?«
»Natürlich!« In seine Augen trat kurz so etwas wie Wehmut. »Ich habe ihr gesagt, sie müsse etwas Geduld haben. Ich traf ein paar Jungs in Ungarn. Die haben mich mitgenommen.«
»Wohin?«
»In ein Lager, zur Ausbildung. Wir waren in Kroatien, unter anderem.«
Er war Söldner gewesen, ein gekaufter Killer. Ein gedungener Mörder! Gerhard schluckte. Ein Toter mehr oder weniger war auf der Liste dieses Mannes sicher nicht mehr als ein dünnes Strichlein. Dann hatte er es leicht gehabt, die Identitäten zu wechseln. Solche Organisationen verfügten über gute Fälscher und fragten nie nach dem Warum. Es war Irrsinn! Der Sohn inszenierte seinen Tod, die Mutter trug das mit.
»Alles nur wegen der Scheißkohle?«
»Es ging nicht nur um die Kohle, es ging um das Andenken an meinen Vater. Es war besser, dass alles so blieb, wie es war.«
Oh ja, die unbeugsame Maria Paulus hatte das so beschlossen.
»Ein hoher Preis, oder? Ein hoher Preis für eine Mutter?«
»Ein angemessener Preis. Außerdem habe ich meine Mutter häufig getroffen. Sie reiste viel. Sie reiste allein. Sie traf mich irgendwo auf der Welt. Es ist überall so gut, wie man sich da fühlt.«
»Aber irgendwann konnte sie nicht mehr reisen?«
»Nein, und ich bin nach Deutschland geflogen. Mehrfach. Ich war bei ihr. Auch in Peiting. Immer wieder. Du kannst mir glauben, die Nacht war immer meine Verbündete.«
Auch das glaubte ihm Gerhard. »Aber dann kam deine Mutter mit der Leo-Lang-Geschichte raus? Und Leo musste weg?«
Er lachte. »Klar, es war bedrückend einfach. Ich bin sogar in Peiting auf dem Fest umhergeschlendert. Keiner hat mich erkannt. Wie auch? Ich sehe nicht mehr aus wie Peter Paulus. Menschen sehen sowieso nur, was sie sehen wollen.«
»Du kanntest die Stollen?«
»Natürlich! Unser Jugendabenteuerland. Was haben wir da

drin gefeiert, gekifft, gevögelt. Ein guter Platz und einer, der meist unbeobachtet ist.«

»Und Miri?« Gerhard spürte die Wut und die Verzweiflung in sich aufsteigen. »Warum musste Miri sterben?«

»Miriam Keller, geborene Jais! Miri hat mich erkannt. Sie konnte hinter die Dinge sehen. Sie sah in die Herzen der Menschen. Miri hatte Pech. Miri war zu neugierig, Miri hat meine Mutter oft besucht, sie haben Englisch geplaudert. Miri hat ein bisschen geschnüffelt. Wissbegier nennt man so was wohl. Sie hat die Kontoauszüge gefunden, Beweise, dass viel Geld jeden Monat nach Südafrika ging. Sie hat weitergeschnüffelt und eins und eins zusammengezählt. Sie hat Leo Lang ausgefragt, sie war bei diesem Restaurator Bader, der die alten Zeichnungen gefunden hatte. Zufälle, die zu einem Bild wurden. Sie hat mir aufgelauert, einmal war ich unvorsichtig. Sie hat auf mich gewartet, als ich über die Terrassentür bei meiner Mutter verschwinden wollte.«

»Und weiter?« Alles in ihm bebte und zitterte. Gerhard glaubte, noch nie eine solche Verzweiflung in sich gespürt zu haben.

»Sie sprach mich mit meinem Namen an. Sagte, sie sei doch die Miri. Natürlich wusste ich, wer sie war. Ich kannte sie von der Schule, von den Feten. Miri, die wilde Hummel unserer Jugendzeit. Ich hab mich bei ihr eingeladen. Wir haben geplaudert über die alten Zeiten. Sie hat mir sogar versprochen, dichtzuhalten. Wegen meiner Mutter, Miri mochte meine Mutter sehr.«

»Warum musste sie dann sterben?«

»Frauen kann man nicht trauen. Denen geht das Herz über und in der Folge der Mund. Wenn es dich beruhigt: Ich hab ihr was ins Trinken getan. Sie hat nichts gespürt.«

»Und die Tablettenblister?«

»Hab ich ausgelegt. Gestorben ist sie an einem Sedativum, das hatte ich von Paul, in ihrem Wein.«

»Und wenn wir den Wein untersucht hätten?«

»Dann hättet ihr eine weitere Substanz gefunden. Und was daraus geschlossen? Dass sie noch etwas eingenommen hatte. Es war ein Selbstmord, so einfach ist das eben.«

Gerhard zitterte. Ja, so einfach war das, wenn man die Züge

im Voraus planen konnte. »Und dann hast du den Brief geschrieben?«

»Ja, ich hab ihn zu ihren Aufzeichnungen gelegt. Sie war ein sehr unglücklicher Mensch. Bunte Fassade, Fenster bis in die Seele, ein großes Herz für alle, große Gesten, große Worte. Eine gewaltige Bühnenpräsenz hatte sie, unsere Miri. Und tief drin so einsam, so zerrüttet. Vielleicht hab ich ihr sogar geholfen.«

»Du Monster! Du mieses Monster!« Es brach aus Gerhard hervor wie eine Lavaeruption.

»Gerhard Weinzirl, Kommissar von und zu Weilheim. Ich bin kein Monster. Ich bin nur ein Mensch, der begonnen hat, sich zu wehren. Und das werde ich weiter tun. Ein Raubmord, ein Selbstmord und nun ein Unfall – so ist die Welt! Und nun gehst du rückwärts, es wird ein schöner Fall werden. Du spürst nichts.«

»Und wenn nicht? Schießt du dann?«

»Für wie dämlich hältst du mich? Eine Schusswunde ist schwer zu erklären. Glaub mir, Gerhard, meine Ausbildung hat mich einiges gelehrt. Du wirst da unten liegen. So oder so.«

In dem Moment zerschnitt ein Geräusch seine Worte. Beide Männer sahen zum Himmel. Da stürzte der Heli herein, Paul hing in seinem Gurt, Gerhard sah nur noch das Gewehr, dann hörte er den Laut, den Piet von sich gab. Etwas ließ ihn straucheln. Gerhard hechtete zur Seite irgendwie in die Dornenbüsche. Ein Schuss löste sich. Überall war Staub, der Rotor war so laut, dass sein Trommelfell zu bersten schien. Er lag da in den Dornen und wartete auf den Tod. Das Rotorengeräusch ebbte ab. Er hörte Rufe.

»Gerhard, *where are you*?« Steinchen rollten und rieselten.

Gerhard richtete sich auf. Da stand Paul, sein Gewehr in der Hand. Die andere Hand reichte er Gerhard.

»*Careful*«, sagte er nur. Sie standen auf dem kleinen Trampelpfad, vor ihnen lag Piet im Sand. In seinem Rücken steckte der Pfeil.

»Hast du, hast du …?« Gerhards Stimme versagte.

»Ihn erschossen? Nein, nur betäubt.« Paul sah auf den Mann vor ihm herunter, zog den Pfeil heraus. »Piet, wie konntest du nur?« In seinen lustigen Augen lag so viel Schmerz. Paul fesselte ihm die Hände auf dem Rücken. »Er wird in fünf Minuten wieder da sein.«

Oben auf der Kante der Klippe kamen Jeeps zu stehen, Männer in Uniform rutschten den Hang hinunter. Einer legte über die Fesseln noch Handschellen. Ein anderer hatte Piet seinen Stiefel ins Kreuz gestellt. Der dritte, ein großer schmaler Mann mit eisblauen Augen, tauschte schnelle Sätze in Afrikaans mit Paul aus. Dann wandte er sich an Gerhard, stellte sich als Samuel White vor.

»Sind Sie verletzt?«, fragte er.

»Nein, nur ein paar Kratzer, ich versteh nicht, ich?« Hilfe suchend wandte sich Gerhard an Paul.

»Als ihr gerade weg wart, kam Samuel mit ein paar Leuten auf die Farm. Sie wollten Piet sprechen, dringend sprechen. Mir war klar, dass sie euch mit den Jeeps womöglich nicht mehr erreichen würden. Adam«, er wies auf den Piloten, »war gottlob mit dem Heli noch da. Ich hatte eine Idee, wo ihr wart. Ich habe Piet gesehen, als er mit der Pistole auf dich gezielt hat.« Er zuckte mit den Schultern.

So einfach war das. Ein gezielter Fangschuss. Der beste Schütze von Afrika. Paul, der immer traf. Diesmal nicht in die Arschbacke, sondern in den Rücken. Einer hatte Piet doch besiegt, einer, der aus der Luft gekommen war wie das Jüngste Gericht und sich wie ein Adler auf das Raubtier gestürzt hatte. Der Adler hatte gesiegt. Aber warum plötzlich dieses Aufgebot an Polizei?

Der Große wandte sich an Gerhard, seine Stimme war ruhig und souverän. »Wir würden Sie nun bitten, mit meinen Kollegen zur Farm zurückzufahren. Ich muss später mit Ihnen reden. So weit liegt das nun in unseren Händen. Sie sind inoffiziell hier, Sie sind als Tourist eingereist, Herr Kommissar Weinzirl.« In seinen Worten lag eine Rüge. Auch klang ein »Und nun haben wir den Schlamassel am Hals« mit. Er räusperte sich. »Herr Patterson ist südafrikanischer Staatsbürger, alles Weitere klären unsere Behörden.«

Er drehte sich weg, und zwei weitere Männer wie Schränke waren neben Gerhard getreten. Es war fast, als führten sie ihn ab. Zwischen den Männern erklomm Gerhard die Klippe, sein Körper schmerzte. Er blutete aus vielen kleinen Schnittwunden, seine Knie waren aufgeschlagen, er merkte, dass sein Knöchel gegen den Stiefel anschwoll. Er wollte nicht so unwürdig humpeln, aber fast wäre ihm der Knöchel weggesackt. Paul, der ebenfalls hinter ihm den Hang hochgekommen war, sagte etwas auf Afrikaans. Einer der Männer antwortete, es war spürbar, dass Paul eine Instanz war. Die coole Sau, das war er wirklich. Da hatte Jo schon recht.

Jo! Was würde auf der Farm los sein? Irgendwie ging Gerhard das alles zu schnell.

»Ich hab deinen Begleitern gesagt, dass ich mich nachher um deine Verletzungen kümmere, Adam setzt mich auf Piets Nest ab. Ich lade nur schnell meine Sachen aus.« Er lächelte. »Falls es dir nichts ausmacht, von einem Veterinär behandelt zu werden. Aber bis wir einen anständigen Humanmediziner dahaben, vergehen Stunden. Und das, was Vaalwater zu bieten hat, ist eher ein Medizinmann. *So long.*«

Adam startete den Heli, sie duckten sich alle, feiner Staub vernebelte einmal mehr die Sicht. Als sie zum Himmel blickten, war der Heli bereits entschwunden. Die Männer wiesen auf den Jeep, in den Gerhard einsteigen sollte. Während er mühsam reinkletterte, kam Piet über die Kuppe. Die Hände gefesselt, der Große hatte eine Waffe auf ihn gerichtet. Ganz kurz trafen sich Gerhards und Piets Blicke. Es lag so etwas wie Verwunderung in den Augen des Mannes mit dem Doppelleben – und Anerkennung. Gerhards Jeep rumpelte davon. Gerhard sah Piet vor sich, immer nur Piet. Piet, den brillanten Erzähler, den markigen Farmer, den lässigen Gastgeber seiner opulenten Diners, den soften Tierliebhaber. Er wäre ein Kumpel gewesen und war ein Mörder. Er hatte ihn umbringen wollen, und doch spürte Gerhard keinen Hass. Er hatte Miri umgebracht. Immer noch kein Hass, nur eine nie gekannte Verzweiflung. Nur das Wissen, dass er weit über seine Grenzen gegangen war. In Welten eingetaucht, die so weit weg waren von seinem banalen Leben im Pfaffenwinkel. Er hatte versagt. In jeder Hinsicht.

Der Jeep schepperte weiter, die Sonne fiel herunter, Götterdämmerung! Südafrikas Dämmerung war so kurz, und heute hatte jemand das Licht besonders schnell abgedreht, schien es Gerhard. Als sie auf die Farm fuhren, war es draußen stockdunkel. Überall in den Dornbüschen flackerten Augen auf, Tieraugen in der Nacht. Die Farm selbst lag da wie in einem Südafrika-Bildband. Lichtreflexe spielten auf dem Pool, Fackeln säumten die Wege. Alles war wie immer – und doch würde nichts mehr sein wie zuvor.

## SECHZEHN

*Stehen, im Schatten*
*des Wundenmals in der Luft.*
*Für-niemand-und-nichts-Stehn.*
*Unerkannt,*
*für dich*
*allein.*
*Mit allem, was darin Raum hat,*
*auch ohne*
*Sprache.*

Helen war als Erste am Jeep. Sie half Gerhard, auszusteigen; in ihren Augen lag ein so tiefer Schmerz, dass es ihm wehtat. Dann kam Jo angerannt, die stoppte wie ein galoppierendes Pferd vor einem Zaun. Als sie Gerhard sah, begann sie zu weinen. Niemand sagte ein Wort. Paul kam ihnen über die Wiese am Pool entgegen und versuchte einen Scherz. »Houston, ich übernehme jetzt.« Er stützte Gerhard nun anstatt der zierlichen Helen. Sie mussten ein komisches Bild abgeben. Der humpelnde völlig zerschrammte Gerhard, der wie ein Jammerlappen an Paul hing. Zwei Frauen hinter ihnen, die eine in Tränen aufgelöst, die andere zu Eis erstarrt, mitten im blühenden Leben rundum.

Auf der Terrasse saßen die Engländerinnen und das amerikanische Honeymoonpärchen und waren kalkweiß unter der Sonnenbräune. Sie klammerten sich alle an ihren Tonics fest, es war ihnen anzusehen, dass sie nichts begriffen.

Paul hatte im Kaminzimmer eine Art mobiler Praxis aufgebaut. »Ist alles auf Viecher ausgelegt, aber ich denk mal, Röntgenplatte ist Röntgenplatte.« Er begann Gerhards Knöchel zu untersuchen, erstaunlich vorsichtig, nur einmal wäre Gerhard am liebsten durch die Decke geschossen. Dann drapierte Paul den Knöchel auf die Platte. Zwei Bilder machte er, er arbeitete präzise und ruhig. Gerhard war froh um die Sprachlosigkeit. Paul verschwand kurz und kam dann wieder.

»Nichts gebrochen, ich bin mir auch ziemlich sicher, dass die Bänder noch intakt sind. Eine massive Überdehnung und Prellung, würde ich sagen.« Er warf Gerhard eine Salbe zu. »Für Pferde, hilft am besten. Ich tape dir das jetzt nicht; die Schwellung ist zu stark. Hochlegen, Eis drauf, schmieren. So – und jetzt sollten wir die Wunden etwas säubern. Wie schaut es mit deinem Tetanusschutz aus?«

»Ja, der müsste noch passen. Ich hatte, ich hatte ...« Wann war das gewesen, als er in einem Gipsbehälter gelandet war? Er brachte es allmählich auf eine stattliche Anzahl von »Arbeitsunfällen«, dachte Gerhard bitter.

»Gut«, sagte Paul und begann die Wunden zu säubern, auszukratzen und mit einer brennenden Tinktur zu überziehen. Fast genoss Gerhard den Schmerz. Der körperliche Schmerz lenkte von dem Feuer ab, das in seinem Inneren tobte. Paul reichte ihm noch ein paar Schmerztabletten. Die Tür ging einen Spaltbreit auf, und Jo streckte den Kopf herein.

»Kann ich?«

»Sicher.« Paul machte eine einladende Handbewegung. Während Paul seine Siebensachen aufräumte, half Jo, Gerhard den Knöchel hochzulegen.

»Ab?«

»Nein, nur überdehnt und geprellt. Und ein paar Schnitte.« Paul lächelte sie an.

»Du siehst wie durch den Fleischwolf gedreht aus! Oh Scheiße!« Die Tränen hatten wieder begonnen zu fließen. Helen war hereingekommen mit vier Flaschen Bier in der Hand. Sie wirkte immer noch wie erstarrt. Sie verteilte das Bier, und dann saßen sie alle vier da im Schein des Kaminfeuers, die Flaschen stießen zusammen.

»Ich bin euch eine Erklärung schuldig«, sagte Gerhard und begann zu erzählen. Von dem toten Leo Lang, von Miri, von dem Betrug an einem alten Bergwerkspatent, von Peter Paulus und seiner Wiederauferstehung aus der Lawine. Wie er auf Piet Patterson gekommen war. Und er schloss seinen Bericht mit dem

Satz: »Es war Irrsinn, hierherzukommen und zu glauben, ich könnte hier auf eigene Faust ...« Er brach ab und schickte dann noch ein »Es tut mir so leid« hinterher.

Sie schwiegen. Paul war aufgestanden und hatte sich ein weiteres Bier aus dem Kühlschrank geholt. Ein zweites reichte er Gerhard.

»Tierärztlich verordnet.«

»Paul, ich muss dir danken. Ohne dich ...« Wieder gaben die zusammenklingenden Flaschen ein dumpfes Geräusch von sich.

Paul zuckte mit den Schultern. »Mir kam das alles zuerst so unwirklich vor. Dieser Samuel, alles war so undurchsichtig. Aber Jo hat mir dann gesagt, dass du eigentlich Kommissar bist und Piet nicht der, für den er sich ausgibt. Dann sind wir geflogen.«

Gerhard hatte Jos Blick gesucht.

»Als ihr weg wart, brach hier die Hölle los. Polizei, Jeeps, alles ging wild durcheinander. Da war dieser Samuel White, der uns aufhielt. Wir wollten ja auch gerade zum ›game census‹ losreiten, hatten uns nur etwas verratscht mit Paul, den wir noch verabschieden wollten.«

»Aber wieso plötzlich Polizei?«, fragte Gerhard.

»Baier«, sagte Jo leise. »Ich bin an dein Handy. Als wir hier gewartet haben und dachten, wir müssten sterben vor Angst, hat Baier angerufen. Du hast ihn ja wohl in der Nacht angerufen, und er hat dann rotiert. In Botsuana mit diesem Schweizer gesprochen, gehört, dass Piet Patterson ein ehemaliger Söldner gewesen ist, den er aufgenommen hatte, ohne groß zu fragen. Dass er immer gewusst hatte, dass sein Mitarbeiter aus Süddeutschland stammte. Baier muss irgendwie in der Frühe schon über München oder Berlin – keine Ahnung, wie er das bewerkstelligen konnte – eine Lawine losgetreten haben.« Jo nahm einen Schluck Bier.

Eine Lawine losgetreten, ja, damit hatte alles begonnen.

Jo hatte Mühe, tränenfrei zu reden. »Jedenfalls muss es ihm gelungen sein, dass irgendwie die südafrikanische Polizei in Bewegung gesetzt wurde, die dann am Nachmittag hier eingetroffen ist. Zu spät, wenn nicht Paul ...« Jo schluckte.

Ein Mädchen vom Personal war eingetreten. Helen stand auf

und ging ihr entgegen. Sie flüsterte Helen etwas ins Ohr und huschte wieder hinaus. Helen straffte die schmalen Schultern und wandte sich an Gerhard.

»Morgen früh kommt ein Taxi, das euch abholt. Ihr müsst eine Aussage in Johannesburg machen. Samuel White kommt heute nicht mehr, er trifft euch morgen in Johannesburg. Ihr habt dann am Abend einen Flieger zurück nach München.«

Helen war immer noch wie versteinert. Gerhard sah sie an.

»Helen, es tut mir leid, dass ich euch da alle mit hineingezogen habe. Ich hätte das nie tun dürfen, an den offiziellen Wegen vorbeiagieren. Ich war wie von Sinnen. Ich habe mein klares Denken verloren.«

Ja, es tat ihm leid, er wiederholte sich mit seinen gebetsmühlenartigen Bekundungen.

»Was ist denn nun mit Piet?«, fragte Jo.

»Sie haben ihn mitgenommen.« Helen flüsterte fast. Sie verlor sich im Türrahmen. Sie wirkte so zart zwischen den schweren dunklen Balken. »Wie soll das hier denn nur weitergehen?«

»Wie immer. Ihr macht weiter wie immer. Wir haben alle zu jeder Zeit weitergemacht, Helen!« Paul sah sie eindringlich an.

»Es ist mühsam, immer wieder die Heimat zu verlieren.«

»Du wirst sie nicht verlieren, Helen. Du wirst hier gebraucht. Du bist die Seele der Lodge. Du kennst die Tiere. Nun warte doch erst einmal ab.« Paul war zu ihr hinübergegangen und nahm sie in den Arm. Nun begann sie zu weinen, endlich! Jo heulte mit, und Gerhard hielt sich krampfhaft an seinem Bier fest. Es wurden noch viele weitere Biere, lange Erzählungen über Piet. Sie verhielten sich wie Trauergäste auf einer Beerdigung, die nicht müde wurden, alte Geschichten zu erzählen. Weil das tröstete und den Verstorbenen ein Stück weit am Leben erhielt.

Gerhard erwachte mit Schmerzen. Er versuchte sich zu orientieren. Er lag noch immer im Kaminzimmer, jemand hatte ihn fürsorglich mit einer Wolldecke zugedeckt. Eine Decke mit Safarimotiven. So fürsorglich, wie Miri das damals getan hatte. Auf einmal flossen Tränen. Gerhard wusste, dass er nun schon zum zweiten Mal heulte. Wegen Miri. Männer weinten doch nicht. Jemand hatte altmodische Krücken an die Couch gelehnt, er kam sich vor wie in einer Filmszene. »Der englische Patient«, dachte er. Er aber war kein hollywoodtauglicher Graf Almásy, er war ein Allgäuer Patient und der größte Idiot von allen. Sein Fuß war dick wie ein Klumpen, er krückte nach draußen, wo die Webervögel wieder in den Morgen hineinlärmten. Jo kam in ein Badetuch gehüllt über den Rasen, sie hatte eine Tasse Tee in der Hand. Es war sechs Uhr.

»Wir haben dich liegen lassen, du bist eingeschlafen.« Sie lächelte müde. »Ich hab gepackt, es ist alles fertig.«

»Danke. Hast du überhaupt geschlafen?«

»Drei, vier Stunden. Du weißt ja, Schlaf wird total überbewertet.« Sie versuchte fröhlich zu klingen, locker.

»Jo, ich, ich ... es war Wahnsinn, was ich dir zugemutet habe.«

»Nein, es war, wenn überhaupt, meine Schuld. Ich hätte Nein sagen müssen. Aber ich wollte hierher. Unbedacht, wie ich halt immer war und bin.«

Sie setzten sich um sieben an den Frühstückstisch, Gerhard hatte Hunger, obwohl er das als unpassend empfand. Jo langte auch zu, es war das Essen der Übernächtigten, der Verkaterten. Essen als Übersprungshandlung. Essen, um dem Reden zu entgehen. Paul hatte auch auf der Farm übernachtet und wirkte ungewöhnlich frisch. Helen huschte ganz kurz vorbei mit einigen Papieren in der Hand.

»Ich verabschiede euch nachher, ich muss einiges vorbereiten. Heute kommen neue Gäste, eine größere Gruppe.«

Die Honeymooner und die Engländerinnen tauchten kurz vor acht auf. Es war keine Zeit mehr für Erklärungen, nur für Verabschiedungen. Ein paar E-Mail-Adressen wurden ausgetauscht. Gerhards und Jos Gepäck stand bereits in der Auffahrt, und Gerhard humpelte schon mal los. Das Taxi kam um Viertel nach acht, Helen sprach mit dem Fahrer. Paul lud das Gepäck ein, dann gab er Gerhard die Hand. Einem Gerhard, der auf der einen Krücke schwankte. Paul umarmte Jo und versprach zu mailen. Dann war Helen dran, das war das Schwerste. Sie gab Gerhard einen Kuss auf die Wange, und Gerhard ersparte ihnen allen ein weiteres »Es tut mir leid«. Er hätte so viel sagen müssen, und dafür war es zu spät.

Die Taxifahrt war wahrscheinlich die stillste in der Geschichte dieses Chauffeurs. Jo war eingeschlafen, Gerhard starrte auf die dahinfliegende Landschaft. Die Berge, die Dornenbüsche, die Zäune. Sie waren schließlich auf der Autobahn angelangt, der Verkehr hatte zugenommen, überall gab es Baustellen. Es gab immer wieder kurze Staus. Klar, das Land hatte seit der Fußball-WM mehrspurige Prachtboulevards. Sie näherten sich Johannesburg, sie durchfuhren einen Slum, erreichten Skyscraper, und irgendwo im Getümmel von Autos und Motorrädern, irgendwo inmitten von Einbahnstraßen bog der Fahrer in einen Hinterhof ein. Zwei schwer bewaffnete Posten öffneten ihnen. Es war kurz nach zwölf.

Das Gepäck wurde ausgeladen, sie wurden zum Aufzug geleitet und fanden sich ein paar Stockwerke höher wieder. Samuel White stand da, als sich die Aufzugtür öffnete.

»*Welcome to Joburg!*«, sagte er, so als sei er ein Hotelportier. Er bat Jo, in einem Aufenthaltsraum zu warten, wo ein rabenschwarzer Mann ihr Wasser und Kaffee servierte; Gerhard bat er in sein Büro.

»Wir müssen nachher noch offizielle Protokolle unterzeichnen, das ist momentan der inoffizielle Teil. Das ist IPA, ich wollte kurz mit dir allein reden.«

IPA, International Police Association, natürlich! Baier war Mitglied dieser Vereinigung, die ein inoffizieller Zusammenschluss von Polizisten war, die sich gegenseitig weltweit halfen. Geriet irgendwo ein Polizist in Not, kontaktierte er erst mal einen IPA-Kollegen im fremden Land. Baier hatte immer schon regen Kontakt zu Kollegen weltweit gehalten, auch denen auf Kuba, jener Insel, die Baier so liebte. Und nun hatte ihm die IPA das Leben gerettet!

»Baier?« Mehr brachte Gerhard nicht heraus.

»Dein Kollege Baier hat in München einen alten Freund von mir kontaktiert. Ich hatte mal vor Jahren in München meinen Ausweis verloren, euer ›*Beer Festival*‹, du weißt«, er lachte, »jedenfalls habe ich IPA-Kollegen in München kontaktiert, und gerade in München sitzen sehr hilfsbereite, nette Kollegen. München hat mich mit Baier in Kontakt gebracht, und er hat mir den Fall erklärt. Dachte, ich mach mich mal auf den Weg!«

»Samuel, das ist großartig, aber ...«

»Aber geht so was in Südafrika?, willst du fragen. Sicher, Gerhard, ich hab drei weitere Freunde aktiviert, parallel lief aber auch schon die Anfrage über Interpol. Dein Freund Baier hat alles in Bewegung gesetzt, was möglich war. Gut für dich.«

Ja, denn sonst wäre er jetzt tot. »Samuel, ich hab das die letzten Stunden schon tausendmal gesagt. Es tut mir leid. Und danke, ich, ich ...«

»Dein eigenmächtiges Handeln war dumm und lebensgefährlich, aber das brauch ich dir als Polizisten ja nicht zu sagen. Was das zu Hause für Konsequenzen hat, weiß ich nicht, das wirst du klären müssen. Was wir jetzt müssen: rübergehen und offizielle Aussagen protokollieren. Deine Freundin auch.«

Der Papierkrieg war beachtlich, die Kollegen blieben freundlich-distanziert. Es war halb drei, als sie fertig waren. Samuel, der immer mal wieder verschwunden war, tauchte auf und sprach eine Einladung zum Essen aus. Er entführte sie ins Lonehill Shopping Centre, wo die Köche in einer offenen Küche mitten im Raum wirbelten. »Chefs in Motion« war kein schlechter Name für das Restaurant! Die Wodka- und Gorgonzolaschnecken wollte Jo dann doch lieber nicht probieren, die Pasta mit feinen Gewürzen tat's auch. Sie nahmen auf einer Art Deck mit Blick über Lonehill Platz – wie Touristen, die mit einem einheimischen Freund zusammensaßen.

»Was passiert nun mit Piet?«, fragte Jo an irgendeiner Stelle des Gesprächs. »Wird er denn ausgeliefert?«

»Das hängt von seiner Staatsangehörigkeit ab«, sagte Samuel. »Wenn er rechtmäßiger Bürger von Südafrika ist, dann gibt es kein Auslieferungsabkommen mit Deutschland. Hat er aber eine falsche Identität, ist seine angebliche Staatsbürgerschaft nur erschlichen, dann wäre er ja noch Deutscher. Dann würden deutsche Zielfahnder ihn hier abholen und nach Deutschland begleiten. Das müssen wir alles klären in den nächsten Tagen.«

Jo überlegte. »Ja, aber sind die Morde in Deutschland denn beweisbar?«

»Jo«, Gerhard sah sie fast gequält an, »das wird Sache der Polizei, inzwischen auch von Interpol sein.«

Samuel mischte sich ein. »Johanna, wir in Südafrika können ihm einen Mordversuch nachweisen; inwieweit die deutschen Morde ihm zuzuschreiben sind, das werden wir sehen.«

»Aber er hat das Gerhard doch erzählt!«

»Erzählt ja, aber das ist kein Beweis! Aussage gegen Aussage!« Gerhard war lauter geworden.

»Aber das wäre ja ...« Jo brach ab.

»Ungerecht, liebe Johanna? Das Leben ist selten gerecht. Wir versuchen nur unser Bestes. Gegen gute Anwälte und mangelnde Beweise sind wir überall auf der Welt machtlos.« Samuel nickte ihr zu.

Samuel setzte sie später am Flughafen ab, sie schlenderten durch die Shopping-Arkaden, kauften natürlich Droëwors, diese »südafrikanischen Landjäger«, wie Gerhard scherzte. Der Flieger hob pünktlich ab, und immer noch fühlte es sich wie ein Film an.

Als das Diner serviert wurde und Wein, als sie wieder eine Weile schweigend gegessen hatten, fragte Jo plötzlich völlig unvermittelt: »Was ich mich die ganze Zeit frage: Warum ist diese Miri Piet oder Peter so arglos gefolgt?«

»Wie kommst du jetzt auf sie?«

»Ihretwegen sind wir doch geflogen. Du wolltest ihren Tod nicht als Selbstmord akzeptieren. Baier auch nicht. Um Leo Lang ist es dir nicht gegangen. Nicht um deine Ehre als Ermittler. So einer bist du nicht, Gerhard Weinzirl. Dir ging es immer nur um diese Miri und um Baier.«

»Sag nicht immer ›diese Miri‹!«

»Gut, von mir aus. Warum war Miriam Keller so arglos?«

»Weil die langen Jahre sie eben doch nicht gebrochen haben? Sie war zu arglos, bis zuletzt. Zu gläubig in Bezug auf das Gute im Menschen? Trotz der langen Jahre.«

»Was für lange Jahre?«

»Ach nichts.«

»Du kanntest sie nicht. Nach einer Nacht kennt man niemanden. Hast du nicht immer gepredigt, Liebe und Sex nicht zu verwechseln?«

»Ja, aber es war anders.« Gerhard spürte, wie dumm dieser Satz war.

»Es ist leicht, eine Frau zu lieben, die ein Traumbild ist. Unerreichbar.«

»Nein, tot. Sie ist tot.«

»Das ist furchtbar, ich weiß.«

»Ich hätte sie lieben können.«

»Woher willst du das wissen?«

»Ich weiß es eben.«

»Du verrennst dich. Wie war das mit Kassandra? Und dieser Rumänin? Mit mir früher? Alles interessante Frauen aus Fleisch und Blut. Alle sind mehr oder weniger steinige Wege mit dir gegangen. Keine hast du je geliebt. Und jetzt willst du eine Tote lieben? Sie soll es gewesen sein? Wo es all die andern nicht waren? Weinzirl, du verrennst dich wirklich!«

»Vielleicht. Vielleicht hast du recht. Ich weiß nicht, was Liebe ist, aber Miri war etwas Besonderes, und das Leben hat ihr wenig Verschnaufpausen gegönnt.«

»Ja, ich weiß. Ich frage mich oft, ob die paar Momente Freude all das Leid rechtfertigen.« Jo lächelte wehmütig.

»Ist dein Leben denn so leidvoll? Du hast Reiber, du hast Erfolg. Du bist gesund. Schön.«

»Ach Gerhard, wie klingt denn das! Meinst du, wir alle hätten ein Luxusproblem? Wir alle sind materiell abgesichert und gesund. Das war Miri auch, und doch hat sie gelitten. Warum ist Liebe mit so viel Leiden verbunden? Kennst du das schreckliche Lied von Udo Jürgens ›Ich wünsch dir Liebe ohne Leiden‹? Es ist furchtbar, so ein Lied gut zu finden. In meinem Alter. Daran merkst du, wie verletzlich wir sind. Alle. Du auch.«

Es blieb ihm, zu schweigen. Kurz drückte er Jos Hand und sagte nur: »Danke, danke für alles. Früher, heute und hoffentlich in Zukunft. Ich weiß nicht, was ich ohne dich täte.«

»Noch mehr Scheiß bauen.« Jos Lächeln war angestrengt.

Baier stand am Flughafen. Gerhard empfand es als nur angemessen, dass er in einem Rollstuhl saß und von Jo geschoben wurde. Dass er zu Baier aufsehen musste.

»Danke«, sagte Gerhard nur.

Auf der Fahrt erzählte Baier in seinem typischen verbfreien Stil. Es war eine Räuberpistole. Er hatte mitten in der Nacht diesen Beat herausgeklingelt. Es geschafft, dem Informationen zu entlocken. Über den deutschen Söldner. Er hatte seinen IPA-Freund in München mitten in der Nacht herausgeklingelt. Sie hatten Kontakt zu Samuel bekommen. Zeitgleich waren Mails vom LKA ans BKA und über Interpol nach Südafrika gegangen. Baier hatte allen klargemacht, dass es brannte. Dass es lichterloh brannte.

»Zu euch ja kein Durchdringen. Alles tot. Handys, Mails, alle Verbindungen«, schloss Baier.

»Aber Baier, warum denn auf einmal diese Hektik? Ich meine, ja, ich habe wegen Botsuana angerufen. Ja, ich wusste nun, dass er Deutsch spricht, ich wusste sicher, dass er es ist. Aber im Prinzip war das unsere Hypothese ja zu jeder Zeit. Warum auf einmal alle Hebel in Bewegung?«

»Maria Paulus hat mich angerufen. Oder besser das Heim. Kurz nachdem Sie angerufen hatten. Ich sollte kommen.«

»Wie?«

»Sie hat eine Lebensbeichte abgelegt. Und sie hat mir gesagt, dass ihr Sohn ahne, dass Sie da unten sind. Sie wollte Ihr Leben retten. Wenigstens ein Leben retten, wo sie das von Miri doch nicht hatte retten können. Sie ist über ihren Schatten gesprungen, diese harte Frau. Von da an ging alles ganz schnell, musste schnell gehen.«

»Wusste sie von den Morden?«

»Ihr Sohn hat sich sicher nicht damit gebrüstet. Aber sie war bis zum Ende kristallklar im Kopf. Sie dürfte die Zusammenhänge erkannt haben.«

»Aber warum? Warum auf einmal?«

»Wenn der Tod anklopft, ist es Zeit, aufzuräumen. Höchste Eisenbahn. Nach mir kam der Geistliche für die letzte Ölung.«

Gerhard versuchte das alles zu begreifen.

»Sie ist gestorben. Noch in derselben Nacht. Genauer in den frühen Morgenstunden. Die Nachtschwester hatte mich dann informiert. Ich war ja neben dem Pfarrer Maria Paulus' letzter Kontakt. Die Nachtschwester hat mir erzählt, dass sie noch verzweifelt versucht hatte, den Sohn zu erreichen. Auch sie hatte kein Glück mit dem Netz.«

»Aber das ist, das ist ...« Jo schluckte schwer.

»Ein seltsamer Zufall? Schicksal? Grausam? Die so oft beschworene ausgleichende Gerechtigkeit? Was weiß ich!« Baier sagte das so düster.

# Epilog

*Wieder Begegnungen mit
vereinzelten Worten wie:
Steinschlag, Hartgräser, Zeit.*

Es waren drei Wochen vergangen. Gerhard traf sich mit Jo und Baier bei Toni. Sie saßen draußen unter der Markise. Bestellten. Jo ihren Bauernsalat, Gerhard den Symposionteller. Baier mit einem Augenzwinkern eine Seniorenportion vom Souvlaki. Jo ihren Athos weiß, die Männer ihr Weißbier.

»Paul hat mir eine Mail geschickt. Sie haben Piets Safe aufgebrochen. Er hatte ein Testament gemacht. Er hat alles Helen geschenkt. Eine Schenkung, egal wie seine Zukunft aussieht. Egal wie und wo er angeklagt wird. Das wird so anerkannt. Er war ja durchaus der rechtmäßige Besitzer, unabhängig von seiner Identität«, sagte Gerhard.

»Schön für Helen, dann hat sie ihre Heimat noch. Schön.«

Ihre zweite Heimat, dachte Gerhard. Eine zweite Heimat, die mit so viel Blut und Tränen verbunden war.

»Ich hab auch was erfahren«, sagte Baier. »Sie werden Miris Tagebuch oder ihre Anklageschrift veröffentlichen. Ein großer Verlag.«

»Aber das hilft ihr auch nichts mehr«, sagte Gerhard und spürte, wie Tränen in seine Augen schossen. Er wurde auf seine alten Tage noch zur Heulsuse.

»Aber vielleicht ein paar anderen«, sagte Jo. »Wie wird das Buch denn heißen?«

»›Die langen Jahre‹«, sagte Baier.

ENDE

# Zum Schluss

Es gibt Zeiten für Paul Celan. Das sagt Bettina Deutz und zeigt Gerhard Weinzirl, der sicher alles andere ist als ein Lyrikliebhaber, ihr Buch. Bei Paul Celan scheiden sich die Geister. Die einen halten das für verquasten Unsinn, manche Deutschlehrer nerven mit ihrer Interpretationswut. Sei's drum, die Textstellen sollen auch Anregung sein, mal wieder Lyrik zu lesen. Deshalb die Celan-Zitate über den Kapiteln, die alle aus der kommentierten Gesamtausgabe von Suhrkamp[*] stammen.

Der Dank geht diesmal zuallererst an die Habersetzer-Oma und an die gesamte Familie Habersetzer. Er geht an Irmi und Steffi. An Marlene. Er geht an die hoch engagierten Ehrenamtlichen des Museums Klösterle und vor allem an Hertwig Ludwig, der eigentlich selbst ein Buch schreiben müsste – so herrlich kann er über den Bergbau in Peiting erzählen. Dank geht an den großartigen Ludwig Waldinger vom LKA in München, der für Krimischreiber immer ein offenes Ohr hat und tolle Ideen. Herzlicher Dank geht an die gesamte Belegschaft von Ant's Nest in Südafrika, die mir so eindrückliche Erlebnisse geboten hat.

---

[*] Paul Celan, Die Gedichte. Kommentierte Gesamtausgabe, 2. Auflage, Berlin 2003 (Suhrkamp Verlag)

Nicola Förg
**FUNKENSONNTAG**
Broschur, 224 Seiten
ISBN 978-3-89705-302-1

»Unterhaltsam, dramatisch und spannend geschrieben.« Allgäuer Zeitung

»Raffiniert schafft es Nicola Förg, die scheinbar harmlose Heimeligkeit der Voralpen in ein vielschichtiges Gebirgsdrama auszubauen und mit erstaunlicher Dramatik eskalieren zu lassen.« Südkurier

Nicola Förg
**GOTTESFURCHT**
Broschur, 224 Seiten
ISBN 978-3-89705-404-2

»Ein besonderer Lesespaß.«
Nordbayerischer Kurier

»Lebensechte Figuren, Humor, Lebensweisheiten, Lokalkolorit und ein komplexer Kriminalfall.« Passauer Neue Presse

www.emons-verlag.de

Nicola Förg
**NACHTPFADE**
Broschur, 224 Seiten
ISBN 978-3-89705-522-3

»Förg spürt einmal mehr der kriminellen Energie nach, die sich hinter den geraniengeschmückten Fassaden im Oberland verbirgt. Das macht sie mit Charme und Witz, ihr Blick auf die Menschen ist nie verletzend, aber oft entlarvend, ihre Schreibe mehr geradeaus als feinsinnig.«
Merkur Journal

»Mitten hinein in traditionelle Heimat-Events und idyllische Locations platzt das Verbrechen.« Leonart

Nicola Förg
**HUNDSLEBEN**
Broschur, 224 Seiten
ISBN 978-3-89705-615-2

»Nicola Förg entfesselt wieder die kriminelle Energie im bayerischen Idyll, spürt wortgewandt bösen Buben nach und schaut nebenbei tief in ländliche Seelen. Ein Heimatkrimi der besten Sorte.«
Münchner Merkur

»Ein Krimi voller Spannung, aber auch hintergründigem oberbayerischen Humor.« Bayern im Buch

www.emons-verlag.de